向前——新锐军旅小说家丛书

朱向前◎主编

HONGLU YI DIAN XUE

红炉
一点雪

朱旻鸢

著

山西出版传媒集团　北岳文艺出版社
BEIYUE LITERATURE & ART PUBLISHING HOUSE

图书在版编目（CIP）数据

红炉一点雪／朱旻鸢著．— 太原：北岳文艺出版社，2017.7
（向前——新锐军旅小说家丛书／朱向前主编）
ISBN 978-7-5378-5257-9

Ⅰ．①红…　Ⅱ．①朱…　Ⅲ．①中篇小说-小说集-中国-当代
②短篇小说-小说集-中国-当代　Ⅳ．① I247.7

中国版本图书馆 CIP 数据核字 (2017) 第 139461 号

书　名：红炉一点雪　　出 品 人：续小强　　书籍设计：张永文
著　者：朱旻鸢　　　　责任编辑：刘文飞　　责任印制：巩　璠
　　　　　　　　　　　助理编辑：畅　浩

出版发行：山西出版传媒集团·北岳文艺出版社
地址：山西省太原市并州南路 57 号　邮编：030012
电话：0351-5628696（发行部）　0351-5628688（总编办）
传真：0351-5628680
网址：http://www.bywy.com　E-mail：bywycbs@163.com
经销商：新华书店　印刷装订：山西人民印刷有限责任公司

开本：890mm×1230mm　1/32　字数：224 千字　印张：8.375
版次：2017 年 7 月第 1 版　印次：2017 年 7 月山西第 1 次印刷
书号：ISBN　978-7-5378-5257-9
定价：36.00 元

新松千尺待来日　初心一寸看从头

——《向前——新锐军旅小说家丛书》序

进入二十一世纪以来，以王凯、西元、王棵、裴指海、卢一萍、朱旻鸢、王甜、曾皓、曾剑、李骏、魏远峰等人为代表的"新生代"军旅作家浮出水面，从业余走向专业，从青涩走向成熟，渐次成为军旅文学的希望和未来。他们之中的佼佼者已经在当代文坛初露峥嵘（如部分作品获"茅盾文学奖""鲁迅文学奖"提名，更多作品被《新华文摘》《小说选刊》等国家核心期刊转载）。

"新生代"作家的迅速成长缓解了二十一世纪军旅文学出现的"孤岛现象"（此一说法为朱向前在二十一世纪之初所提出，意指进入二十一世纪以后，军旅文学渐趋边缘化，只有少数执着的坚韧者在"商海横流"中彰显出英雄本色，有如"孤岛"耸峙一般），他们的创作成果大多体现在中短篇小说领域，数量可观，并在质量上葆有较高的艺术水准。"新生代"作家的成长环境决定了他们再难复制前辈们深切的战争经历和磅礴的集体疼痛，因此，他们的创作呈现的是从个体的角度切入生活，是对宏大叙事的消解，显示出迥异于老一代军旅作家的叙事范式和美学风貌，这既显露出二十一世纪军旅文学与其承接的"新时期"军旅文学之间创作生态环境、文学观念的代际差异，也彰显了"新生代"作家在二十一世纪语境下试图构建独立美学追求的创新精神和自觉意识。

显而易见，"新生代"作家大都有着扎实的基层部队生活经验，他们从熟稔的军旅生活出发，写下了一系列带有个人成长经历、富有个性化叙事风格的小说，营构出属于自己的一方"营盘"。然而，当"新生代"作家所描摹和绘制的"军营现实"进入一种过于私语化的境地而无法寻求突破时，他们笔下的军旅生活的面目就显得稍嫌狭窄了。作家们显然也意识到了这个问题，近几年，在完成了最初的对军营生活的回顾之后，部分"新生代"作家主动突围，在更为广阔的军旅文学土壤之中寻觅新的创作资源，他们的新作显示出积极向爱国主义和英雄主义等军旅文学核心价值靠拢的特征，并生发出独特的思考。

之所以在建军九十周年之际，把这样一个年轻方阵（作者年龄上限四十五周岁）的十一部中短篇小说集推荐给大家，也在于此。正所谓：新松千尺待来日，初心一寸看从头。

为了让大家对这个"新生代方阵"有更好的了解，下面将不揣冒昧、不计利钝，对十一位作者的创作特点做简要勾勒（按姓氏笔画排序），挂一漏万，自当难免，还望作者和读者们海涵。

王棵：王棵曾经去南沙体验过守礁生活，这使他有能力抵达守礁士兵的精神深处，这种能力给他带来自信，在早期的创作生涯中，他有意识地运用这种能力，密集地向文坛递交过一批以礁岛、军舰、海洋为背景的中短篇小说。这段写作经历多少影响了王棵后来的创作理念，王棵后来可谓点多面广的创作实践中，许多小说都与早期充满腥咸海味的小说在内部建有秘密通道，这个通道是由孤岛这一意象构成的。孤岛的意象，来自于弥漫在这些小说中的孤独感。

王凯：王凯将日常化和个人化的风格带入对军人形象的摹写之中，把真性情和真本色倾注到这些人物身上，层层剥除和消除了曾经强加到军人身上的那些虚假矫饰的东西，既还原了真实的军人形象和军人人性，又保持了理想主义的底色，让真正的军人精神和品格的光辉焕发出来。从王凯小说中那些遭遇理想与现实矛盾、身陷情感与道德困境、面临追寻与放弃抉择的普通军人身上，可以看出作家对于军人职业与生命本质的深切思考。

王甜：王甜笔下涵盖历史战争中小人物的命运、现实军旅中的个体成长、军人的情感与婚姻、退伍军人对军旅生涯的反思等多个方面，并在整体上呈现出相近的特色：一是主题思想融入哲理色彩，例如对历史真相的追问、个体的自我救赎等；二是轻情节重状态，摆脱对情节的过度依赖，强调对人物生存状态的描摹；三是艺术表现上采用"轻魔幻"手法，以超现实的情节或细节凸显主题。

西元：西元堪称二十一世纪军旅文坛的重量级"拳击手"，出拳频、力道大而且每每能击中要害。他喜欢直面战争的"战壕"描绘，无论是现实题材还是战争历史题材，都竭力表达一种充满激情的精神力量。他注重将人放置在社会、历史语境中进行打量，力求通过内外结合的方式，辩证地写出人物灵魂的深邃以及存在本身的复杂。他的作品还注重哲思和诗性的融合，语言往往带有诗性色彩，跳跃，灵动，所涉及的问题却又带有鲜明的哲思意味。

李骏：李骏的小说，多以边疆生活、故乡革命、机关生活为主题，坚持对日常生活的书写，充满了温暖阳光、深情厚谊。他写边防官兵的生活，细致入微、幽默风趣，将边关将士的战天斗地、喜乐悲欢，通过简洁明快的手法，写得栩栩如生，生动感人；他写故乡的革命英雄，均以独特视角，通过英雄的传奇经历、情感人生、命运吊诡，展现出一派风生水起、大波大折的景象，却又将英雄还原于人，不避历史得失，不讳尊者之荣，读后令人久久深思与叹息；他写机关生活，观照现实，追踪变化，既味道纯正，又起伏跌宕，既现实又充满温情。

朱旻鸢：相较于业已习见的军旅文学叙事，朱旻鸢的小说别具一种斑驳复杂、意绪苍茫的审美色彩。这部集子收录的五部作品都没有离开过"塞外"和"部队"，故事原型甚至都来自一个连队。这些中短篇小说以独特新颖的视角和幽默顽劣且活泼弹跳的个性化语言书写当下军人的生活，在滑稽变形中，是对现实基层的戏谑和调侃，使底层连队生活呈现为一种似真非真、似像不像的笑闹场景。青年人的活力与智慧，青春期的激动与狂想，无所顾忌地表达出来，为我们展现了部队生活的另一个截面。

卢一萍：作家在西部边疆地区生活了二十余年，对生活有着敏锐的观察力，注重对人性的挖掘，善于捕捉底层人物身上的光亮，通过他的文字，可以引导读者对纷繁的现实生活有更真切的理解。其丰富的生活阅历为小说带来了独特的审美体验，他善于营造大气悲壮的氛围，衬托出微小生命的丰富多彩和昂扬向上的精神。小说主人公形象塑造立体丰满，细致勾勒了现代军人丰富的内心世界，在当代军旅小说创作中颇具特点。

曾皓：曾皓发表于不同时间段的中短篇小说，在思想脉络上有着清晰的主线，都有着对现实的强烈关切和理性的批判，更重要的是有着对笔下人物生命状态的深切观照，抒写他们在时代缝隙中的尴尬、困惑和对终极理想的追求，敢于用小说去发现问题、思考问题并给予愿景。而他文字中表现出的"自由、轻盈、神秘"的审美特征，更让他的小说呈现出一种超越现实的灵动和向上飞升的状态。

曾剑：曾剑善用短句和比喻，所以他的中短篇军旅小说呈现出散文化的倾向，具有浓厚的抒情意味。他用舒缓的笔调，从容不迫地书写着普通士兵的故事，展现他们"怨而不怒"的情绪，情感质朴真实，让人感受到一种中国传统中特有的中和之美。曾剑的写作，也像他小说的叙事节奏一样，不急不缓、从容有度、踏踏实实，一边深情地回望故乡，一边走进军营、深入普通士兵的生活，用心感受，用笔书写，用春日般的人性美温暖着为生活奔波的人们。

裴指海：迄今为止，裴指海所创作的中短篇小说主要聚焦于两个题材领域——革命历史题材和现实题材。相对而言，革命历史题材小说是作者着力最深的一个领域。他创作了一系列革命历史题材的中短篇小说，充溢的旺盛的想象力与卓越的文本建构能力，尊重历史事实，表现了革命历史的纷纭复杂，力图以当代视野最大限度地还原革命历史的复杂性，发人深思。

魏远峰：魏远峰的军旅小说都放在三多塘，三多塘是他刚到新兵连的地方，他的三多塘是有气味、质感的——炮库中陈年水泥的味道，菜地施肥后的味道，小便池"童子尿"的味道。还有一尺多长老鼠的样子、凤凰树开花的样子、菜地边含羞草的样子。魏远峰的乡土小说，则总是在写黄河、黄河滩、武陟县，这是他的故土之地，也是他的血脉之源。这些，让人想起福克纳"邮票般大小的故土"及其虚构的杰佛生小镇。

说来也巧，以上十一位作者的单位或者曾经服役的部队，正好涵盖了海陆空三军和东西南北中各战区，以这么一套多姿多彩的小丛书，向中国人民解放军建军九十周年献礼，适得其所，恰逢其时。我想起二十年前——一九九七年，受邀为北岳文艺出版社主编了由陈怀国、石钟山等当年的新锐军旅作家担纲的长篇军旅小说"金戈"丛书，反响不俗。在此，我要对北岳文艺出版社具有的浓厚的军旅文学情结和持之以恒的品质致以深深的敬意。同时，感谢主编助理徐艺嘉为本丛书所付出的辛勤劳动。

最后，我要特别说明一下本丛书名"向前"——实非出自此"向前"而乃彼"向前"也——引自《中国人民解放军军歌》第一句："向前！向前!! 向前……"

是为序。

朱向前

丁酉桃月谷旦改定于江右袁州听松楼

目 录

斜坡

林先飞追上我的时候，我正沿营区的公路向炮场爬坡。

　　塞外市是一座山城，巴掌大的市区就在群山环抱的一小块盆地里。我们营区的这条路和所有从周边通往市区的路一样，是一个巨大的斜坡，坡长得就像冬奥会的滑雪场。斜坡的底端自然是塞外市的市中心，整个塞外市最繁华的地方。那里有装满玻璃的高楼大厦，有穿着入时的红男绿女，还有闪烁着暧昧光芒的霓虹灯。斜坡顶端就是我们神炮旅建在山腰上的炮场，那里摆放着各式各样的火炮，有小口径的，有中口径的，还有大口径的。斜坡中间的两侧分布着我们几个营的营区。那条大斜坡，说是公路，那是天气好的时候；一到暴雨天，就成了一条湍急的"河流"。由于两侧的马路牙子高，从山上汇集下来的雨水裹挟着所有被群山抛弃的鸡零狗碎就顺着公路骨碌着冲刷而下。市中心转眼就变成了一个大型垃圾场。沥青路面也被水冲刷得坑坑洼洼，像被野猪翻拱过的秋收地。

　　从营区到炮场十五分钟，从炮场到营区十分钟。这是我这几天用双脚量出来的。五分钟的时间差就是因为坡陡。坡陡对步行影响还是小的，若是骑自行车，那就是天壤之别：上坡基本是车骑人，下坡才是人骑车。下去的时候不蹬一脚，就能溜出三公里以上。但是车闸千万要好，否则有故事上演。最经典的故事就是，曾经有位排长因为骑了没闸的车下市区，结果连闯了三个红灯。眼看要闯第四个了，排长惊慌失措之际把车子一扔，飞身抱在路边一棵树上，而车子还溜出去二十米才倒。结果，第二天《塞外晚报》的头条标题就是"市中心惊现无人驾驶自行车，市民疑是神秘力量操控"。

我相信这个故事是真的，因为这个排长就是我连的现任指导员王忠。

这个是故事，但还有一个是事故。N年前，旅里的一辆牵引车牵引着打靶归来的火炮回炮场。车子和火炮爬坡爬到一半时，连接车和炮的牵引钩突然松开了，十吨多重的火炮挣脱汽车后就肆无忌惮地沿着公路往下加速溜行。现场所有的人都傻了：当时正是下班高峰期！当所有人都不敢睁眼看的时候，火炮前面的一个轮子被一块下雨时从山上冲下的大石块绊了一下，车轮就偏了一个方向，火炮从路中间滑向了路边，最终撞向了一个营的院墙。最后，火炮把一堵院墙全部推倒之后，还把炮口从宿舍楼的一扇窗户上伸了进去才停止前进。炮口捅进去的正好是该营营部的一个厕所。那个营的营长刚喝完打靶归来的庆功酒，站在厕所的小便池上边唱"咱老百姓今儿个真高兴"边撒尿，扭头看到从窗户外捅进来的黑乎乎的炮口，骂道，他奶奶的，喝点酒还用得着拿炮轰！

我相信这个事故也是真的，因为这个营长就是我们现在的神炮旅旅长！

想到这个事故，我就不由得加快了步子：我负责看管的那十几门火炮此时正停放在炮场外的路边呢。

路上似乎格外的冷清，虽然有几簇像放羊似的溜达着的人群，却也是穿着便装，三三两两地沿着斜坡向下——确切地说是向市区走去。这让我感到一些莫名的失落。这要是在以往，这一片该是正热闹的时候：十几个连队的队伍同时带出营区，像搬家的蚂蚁一样爬着长坡去炮场训练，一路上的歌声和口号声就像涨潮时的浪头一样，一浪高过一浪。要是遇到两个较劲的连队，还要拉拉歌，拉得战士们一个个脸红脖子粗，声嘶力竭，真像上了生死决战的战场。那时整个山坡就像个烧红的炉子。但现在，再没有这样的场景了。部队撤编的命令一下来，炉子里的火仿佛就被一下子抽走了，只剩下一个冰冷的炉胆。好端端的一个部队说没就没，谁心里舒坦呢？所以这两天，兵们私自外出下市区溜达溜达已经算是比较客气的了。有一个兄弟连队，干部被全部确定为转业后，为了发泄不满，甚至把操场的篮球架子拆了拉到废品站换了啤酒喝，气得旅长在干部大会上拍着桌子骂了两个多小时。

毋庸置疑，我无限怀念带着兵从这里爬坡去炮场训练的时光，从军校毕业分配到连队当排长起，我就喜欢上了这种像炉子一样火热的连队生活。尽管后来阴差阳错地被调到机关去帮了几个月的忙，但几经折腾，我又总算回到了连队，只是没想到的是，我还没来得及重新投入连队的生活，部队就撤编了。

正式宣布撤编后，连队的工作除了搞搞教育，主要就是负责炮场的警卫，确保全旅的火炮在移交前万无一失。这本是连长的事，但由于连长和一部分技术骨干已经交流到其他部队，指导员就把这个任务交给了刚从机关回来的我。这项任务显然很重要，指导员交代任务时，用无比坚毅的目光看着我，就像首长把吸引敌人的艰巨任务交给狼牙山五壮士一样，充满了同志间的信任。他语重心长地对我说，小平同志说过，事业是干出来的，不是说出来的，不干，半点儿马克思主义也没有。把这项任务交给你，是组织上对你的考验，最后关头了，好好干吧。这是我被机关清退回来之后第一次被连首长用这样信任的目光注视，受宠若惊之余，我没有推托。况且，为了支持我工作，指导员还把连队的优秀士官周聪也调拨给了我。只不过这几天他一直在请假，听说病了，也有消息说是因为连队推荐他留队的事儿被旅里否了，正忙着四处活动呢。

火炮们就在眼前了。这些曾经在靶场上威风八面、气吞万里如虎的火炮如今老老实实地排成一路纵队，安静地停放在公路边，耷拉着脑袋，毕恭毕敬地等着接收部队的车来拉走，就像一群等着宰割的羔羊。本来它们应该摆放在炮场的炮位上，是指导员根据旅里"做好今天交接火炮"的通知精神，硬是命令全连官兵提前把它们推出炮场的，原因是下午有首长来连队检查指导，怕到时候迎接检查和推炮相互冲突。可炮推出来后，连队又接到推迟交接的通知。按说，为了安全起见应该再把炮推回炮场，因为这些炮虽然用三角木和石块塞着轮胎，但万一出现纰漏再来个无人驾驶，后果不堪设想。这情况我专门向指导员汇报过。但指导员那会儿正在忙着打一个看起来很重要的电话，被我打断之后他把电话一扣，表情严肃地说，作为党员干部，想问题办事情应该抓住事物的主要矛盾和矛盾的主要方面！现在，迎接上级首长的检查才是最最重要的。说完把手机往口袋里一塞，扭头走了。其实指导员说的也有道理，比起连队越来越活跃的思想来，这些放在外面的火炮还是比较安全的：这一片几乎没有什么人员出没，只要不下大雨把那些垫轮胎的三角木和石头冲走，就可保万无一失。

塞外的秋天，几乎没有大雨。

看到炮们都安然无恙，我停下来喘了口气。刚喘了口气，秋风就吹过来了。塞外的秋风具有一定的穿透力，它们就像无数枚细得看不见的针一样穿过我的衣服，拂过我刚刚汗湿的表皮以及表皮上的毛孔，把我激了个寒战。这个寒战让我的脑袋不由自主地往回扭了一个角度，斜坡上新添的一道风景立即映入眼帘。那是一个兵，穿着齐整的军装，正从坡下奋力地跑上来。他四肢粗短，动作笨拙，看起来像只被人追杀的鸭子。

是手下列兵林先飞。

排长。林先飞离得十米远就开始喊，显得很有礼节礼貌似的。

啥事？

你看我的动作有没有进步？

当然有。和林先飞说话，我一向很注意，以免惹麻烦。上次就是因为他问我这次裁军他能否留下，我随口说了句"你刚从农场回来，五公里都跑不及格"，结果导致他马上要脱军装了还天天在斜坡上练跑步。

为了避免被林先飞纠缠，我停止喘气，继续朝着火炮前进。林先飞却像拽住了我的尾巴一样从身后跟了上来，急促地说，排长，排长，我和你一起站岗。

你怎么没去市里转转？我说。言外之意，没事儿你该干啥干啥去，别在我面前晃悠。

我不能出去，现在是部队考验我的关键时刻，我要好好表现，表现好了才能留下。林先飞的表情像五六十年代电影里的正面人物。

我问，谁说的？

指导员。

我苦笑了一下，记得指导员搞教育时是这么说过，但那是文件里的话，原话是这么写的：要靠素质立身，凭实绩进步……行百里者半九十，只有在最后关头经受住考验的人才是组织上需要的人。只要心眼儿稍活一点儿的兵都不会动心：全旅一两千号战士除了已经交流到其他部队的部分技术骨干，只能留下一百多人组成善后办。这十里挑一的好事儿哪是这两天表现就能争取的？听说有的人为了留下用尽了关系手段，恨不能削尖了脑袋往这一百个名额里钻。据说为这，旅里已经开了几次通宵会，下决心要狠刹不正之风，重新确定留守人员。要不是这事耽误，战士们的复员命令早下来了。但林先飞却动心了。我第一天上炮场的时候他就死皮赖脸地主动提出要跟我一起去看炮场，说要好好表现。我也把他的情况给指导员汇报过，但指导员听后眉头皱得像公鹅，说，他想干什么？有什么动机？这个本·拉登！

其实不能怪指导员武断，全连官兵都公认林先飞是连队的本·拉登。

林先飞是我当新兵排长时带的新兵，也是我带的最失败一个新兵。

林先飞典型的北人南相，长得小巧玲珑，五官清秀，光看长相，绝对是一个灵气、讨人喜欢的新兵蛋子。但事实证明，他辜负了他的外表。这家伙说话喜欢绕弯子，给人下套。他最早给我下套是在他刚到部队一星期。那天，他闯进我的排部说要汇报思想，进了门却又不汇报了，像伺机偷食的老鼠一样眨巴着双眼问我，排长，部队的规定是不是必须遵守？我正在写值班日记，连头都没抬就说，那还用说！

那有人违反规定怎么办？

当然要处理！

为了强调语气的严肃程度，我还边说边把笔往桌上摔了一下，摔得笔在桌上滚了好几个骨碌最后掉到地上。自从带新兵以来，我就牢记指导员曾经传授过的带兵经验：一定要把新兵震慑在第一时间。什么是第一时间？就是第一次和你交锋的时间。我想我这一摔肯定把他震慑住了。谁知他马上从怀里掏出一张纸递给我。那是新兵连发给每个新兵的印有《军区带兵十不准》《集团军新兵连规定》《新兵班长守则》等规章制度的打印纸。不同的是，他递给我的那张纸上在每一条规定后面都用钢笔罗列了他的班长周聪的违规之举！我的头就大了！为了保住自己在新兵中的威信，我对着林先飞罗列的内容逐项进行了核实。除了周聪扣除新兵津贴搞"小会餐"这一条比较严重外，其他像训练时对新兵言行粗鲁等都不是什么问题。左右衡量之后，我把问题反映给了指导员，因为周聪是连队的优秀骨干，还是政治部张副主任的外甥。正在拿着一本砖头一样厚的书在学习理论的指导员听完后头都没抬说，这个兵有问题，你政治教育没跟上！为此，我回去让林先飞抄了五遍《士兵职责》才算了事。但指导员的话却一语中的。越来越多的骨干的反映，证明了林先飞的确是个问题兵：爱占便宜，吃什么都比别人多半口，不光在饭堂吃，还经常把馒头打回宿舍晚上偷着吃；一次把连队会餐时喝空的易拉罐全部抱回宿舍，堆在他的床底下，结果撞上连队检查卫生，把班里、排里的分扣了个精光。而最让我难堪的是新兵连的文艺晚会，所有的新兵一上台要么演唱军人道德组歌，要么就朗诵"连队啊我温暖的家"，只有林先飞上去抓了麦克风敞开鸭公嗓就公然地吼上了《流浪歌》：流浪的人在外想念你，亲爱的妈妈……他声音低沉嘶哑，边吼还边抹眼泪，把指导员的脸都气青了，大会小会就批：这叫什么兵？竟唱这种影响士气格调低下的打工歌曲，破坏温馨的军营氛围！

　　但就这样一个"干啥啥不行，吃啥啥不剩，关键时刻拉稀尿炕"的主依旧一如既往地向领导反映问题，乐此不疲，从排里到连里再到营里一路反映上去。他反映炊事班不按规定烧洗脚水，班长为了保持内务整洁不让坐铺面……让我后来见了他就头痛，对他反映的问题不是搪塞过去，就是猛批一顿了事。林先飞就这样在上诉和被驳回中很快升级为连队的重点人。连队把重点人统称为"恐怖分子"，林先飞很快就成了公认的本·拉登。连队为了防止他出问题，派他的班长周聪专人负责，处处提防着他。但没想到最后还是出事了。新兵下连的时候旅里来了几个胳肢窝下夹着夹子的干部，声称要调查新兵班长周聪的问题。他们把赫然署着"林先飞"大名的举报信给我们看，给了我和指导员一个措手不及。但指导员毕竟是指导员，他凭借丰富的政治工作经验和当年让自行车无人驾驶一样的胆识，力挽狂澜于即倒，使整个事态向着与原来正好相反的方向发展：调查组不仅没有调查出周聪的问题，而且还挖掘出他的许多感人事迹，这些事迹在指导员的指导下，经过我像写小说一样的加工，发表在了一张小报上。调查组走后不久，周聪被评为"优秀新训骨干"，指导员被评为"优秀新训干部"，我被调到了机关写新闻报道，而林先飞，则分到了全旅最偏远、条件最艰苦的农场。

不过林先飞下农场的时候却没有再犯毛病。听指导员说去农场锻炼后可以考军校，高兴得不得了，走时见谁给谁敬礼，屁颠屁颠地背着背包上了农场的拉粪车。

拉粪车驶出营门的那一刻，全连官兵都松了口气。

可谁也没料到几个月之后，他竟然又从农场回来了，而且还是在部队解散前夕。

找个地方坐下吧，只要把这些炮看好就行了，不用站那么正规。我朝在一边站军姿的林先飞说。林先飞搓了搓手，跑到路中间去搬一块石头当座椅，边搬边嘟囔，这么大的石头从哪儿来的呢？

我说，那是下雨时从山上冲下来的。林先飞的眼睛就大了起来，半信半疑地看着我。我就把夏天这里下雨的盛况给林先飞吹嘘了一番。说公路怎么变成河流，说石头怎么翻滚。林先飞听得目瞪口呆，连嘴都忘了合，一线涎水从嘴角流了下来，说，要是下雨，那这些炮不是很危险？我就说，你他妈个乌鸦嘴！林先飞就不再说话，仰起头看天。天高云淡。天底下流动着透明的空气，远处的群山依旧很有层次地叠在一起，离我们一米远的地上几片叶子在晚风中不停地翻转，还有几只蟋蟀潜伏在我们附近的草丛里合唱。

排长，你说我能留下来吗？林先飞又开始来精神了。

这个，不好说。

为啥呢？

为啥个屁！就像你为啥叫林先飞，你知道吗？

我知道，我娘说我笨，笨鸟先飞。

你何止是笨，你简直就一傻×！

林先飞显然被我突然发威的一句话震了一下，小嘴嗫嚅了一下，说，真的吗，我干了什么傻事？排长你说说。林先飞把身子往我这边凑了凑。

干的傻事还少吗，你？把馒头带回宿舍是你干的吧？

嗯。

在床下藏易拉罐是你干的吧？

嗯。

在文艺晚会上唱《流浪歌》是你干的吧？

嗯。

到旅部去告你们班长的状是你干的吧？

嗯。

这就够了。

可我哪儿做错了呢？林先飞一副很无辜的样子，像被狗仔队曝了丑闻的影视明星。

我带馒头是怕那些馒头扔了可惜。炊事班每天把剩下的大白馒头都扔泔水桶里，浪费不是……

别把自己装得像勤俭节约标兵似的，全连就你懂得节约？

书上说，勤俭节约是我们的传家宝。林先飞的声音明显小了许多，但还是有点儿不服。

你什么都有理！往床下藏易拉罐也有理？

一个易拉罐两毛多钱呢！

到旅里告你们班长的状也有理？

他集资搞会餐，扣全班每人二十块钱津贴费……

为这点儿钱也值得把全连都得罪？你咋就不能像回地球人，食点人间烟火，就算是为你的前途迁就迁就，让你的狗屁真理稍息一下？

书上说，己所不欲，勿施于人。排长，你不也是因为不愿写新闻报道才回连队的吗？尽管林先飞的声音很小，但我一个字没落地全听见了。

你他妈给我闭嘴！我站起来，指着他的鼻子吼了一嗓子。

哪壶不开提哪壶，林先飞已经把我激怒到不顾干部形象了。

林先飞这下彻底被我的情绪给震慑住了，不再说话，低下头看地上的一群蚂蚁搬家。我当然只好把目光投向远处。天边的几片云飘来飘去，好像一团搅不开的墨。

夜幕就这样在我们的沉默中渐渐地拉了下来。

排长，今晚要下雨。当又一阵秋风吹过时，林先飞又一次张开了那张稍息了很久的嘴开始发话。

谁说的？天气预报？

不是，我在农场时村里的大爷教我的。

你又瞎说！我在塞外两年了还没见过秋天下雨是什么样。

书上说，天有不测风云。林先飞指着地上说，你看，蚂蚁搬家。

你大爷！我说出这三个字感觉是在骂人，又马上接着，就教你这个？

不，大爷说，塞外秋天雨少，但下起来也不得了。天上铁砧云，很快大雨淋……

行了行了，别在这里歪理邪说了。我冲他挥了挥手，恨不能拿张黄表纸把他的嘴糊上。对付一个以无事生非为专业的兵的最好方法就是不给他可乘之机。

林先飞不甘心地闭上了嘴。他已经感觉到了我逐渐走向恼怒的情绪。但片刻之后，他又腾地站起来像发现了新大陆似的指着天边的一块云说，排长，还是回去叫人推炮吧。要是今天不下雨，我就……

你就什么，你能干什么？

我就……就不再提留下的事。

我看了林先飞一眼，看来今天不让他彻底服一次，他是不会善罢甘休的。正想着怎么治林先飞，手机响了，是指导员。他以不容商量的语气命令我马上回连队，政治部张副主任莅临指导工作来了。我问，我下去谁看着炮？指导员说，林先飞不是在吗？

你咋知道？我问。

这个兵……指导员的声音仿佛从鼻子里哼出来的，接着意味深长地说，他想干啥我还不知道？

指导员就是指导员。这句话我没说出来，只在心里默念了一遍。合上手机我转身对林先飞说，你在这儿待着，我下去一趟。

找人推炮？

对！我很肯定地回答，然后转身向坡下的营区走去。

连队宿舍楼里异常的冷清。几个刚外出购物回来的老兵正忙着整理行李箱里的东西，还有几个洗漱完的兵端着脸盆趿着拖鞋从楼道里走过，踢踢踏踏的声音把声控灯震得忽明忽灭的。我楼上楼下地转了一圈，连指导员的影也没找着，更不要说张副主任。倒是对面饭堂的窗户透出雪亮的灯光，里面人头攒动，透露出繁忙的景象。我径直走到饭堂门口，从里面传来丁零当啷的响声。有五六个战士正忙着摆弄桌椅板凳。那几个战士都是连队公认的最有希望留队的苗子。现场指挥的正是消失了几天的士官周聪。他们把平时战士们吃饭的小方桌拼接成一个长条形，然后迅速地往桌上码菜。这次好像准备了很多的菜。桌面上摆着一层凉菜，凉菜上摞着一层热菜，热菜中间坐着一大盆汤，呼呼地冒着热气。刚从操作间出来的新兵刘柱端着一盘"大丰收"正往最上面一层摞。看样子是要会餐了！我的胃酸过多地分泌了一下。可会餐要等到复员命令宣布以后呀。正琢磨着，从饭堂里急匆匆地冲出来一个身体，像子弹一般撞在了我的腰眼上。我一看，正是我要找的像精华般浓缩的指导员。指导员满头大汗，好像有什么急事，仰起头见是我，说，正好正好，正找你呢，赶紧进去。说着，连推带拉地把我往饭堂扯。

我说，还有事呢，还有事呢。

没事，现在能有多大个事。张副主任莅临指导，对留队干部进行最后一次考察！你这曾经的直接下属还不陪一下？

我苦笑了一下。看来他们还在把我当张副主任的人。自从因成功宣传周聪的先进事迹而调到政治部帮忙后，营里的官兵就知道了我是张副主任的"关系"，都羡慕地说，张副主任可是旅长、政委的红人，这下你可有奔头了。其实只有我自己清楚，我和张副主任没有任何的私交。

正犹豫着，饭堂的后门开了。一群人谈笑间走了进来，短暂的谦让之后迅速入座。指导员一着急用尽全力往我的腰眼上一推，我就像演员上了舞台一样，一下就进了饭堂。这下想逃都来不及了，所有的目光立即像聚光灯一样打在了我的身上。

我被指导员像按钉一样地按在了椅子上，心里却在盘算着如何撤离阵地。撤离不是怕喝酒，而是怕喝多了误了事。毕竟，还有看护十几门炮的重任在肩。但在机关工作的经验告诉我，从张副主任面前撤离不是一件容易的事，只有见机行事。

我偷偷地环视了一圈桌面，一切果然像指导员说得那样重要。因为坐在上座的果然是张副主任，营里的营长、教导员也坐在两边陪着。但张副主任却不像是来检查工作的。一是因为张副主任以往下基层从来不吃饭，吃饭也不从来不喝酒。这在全旅有口皆碑的。为此，他成了旅长政委眼里最信任的机关领导。这也是众所周知的。二是他往日下基层检查指导工作时绷得像倒弓一样的身姿和那张像关公一样严肃的脸都不见了。他的身体有些佝偻，像一把弓断了弦，额头上浮现出一些波浪纹，眼睛下凸出两个眼袋，像是熬了夜的关公，只有头发还是"地方支援中央"地盘在头顶上，显得一如既往地珍贵，只不过掺杂了几缕白发后，更像一团洗碗的钢丝球。与两个月前我在机关时天天见到的那个对我指手画脚的张副主任相比，此时的他就像一张由彩色褪变成黑白的相片，见证了这段时间他精神和肉体所受的煎熬。当然，威严褪尽之后也给人一种慈祥感。这种慈祥给了我撤离的勇气。于是，我站起来刚要禀明情况，指导员已经发话了：下面请张副主任为我们做指示！然后带头鼓起了掌，其他人也跟着鼓掌。我只好也滥竽充数地鼓着掌坐下来。

这是怎么回事？不是说好最后回老连队吃顿四菜一汤吗？落实指示不坚决啊。刚要做指示的张副主任突然指着餐桌，点着桌子上摆了三层才勉强摆下的菜，像发现了基层建设中的重大问题，很严肃地对指导员说。

指导员急忙解释，是这样的，本来定的是四菜一汤，但营里两个二级厨师听说是首长来了，都想为连队争点荣誉，就较上了劲，结果做出这一桌子的菜来。

看看，多好的部队，多好的战士啊！张副主任点点指导员说，就是要转业了也不至于把我在旅里的名声给坏了吧？

咱们不瞎说，谁能知道？教导员说。大家都说"是是是"，随张副主任一起感怀即将解散的老部队来。声音一下又把饭堂淹没了。我只好像按钉一样又按回原地。可一坐下我就后悔了。架势一拉开，酒桌就成了战场，你来我往的酒杯和酒辞就把整个饭桌变成了枪林弹雨般的战场，没有给我留任何可供逃离的空隙。

无法撤退，就只有潜伏，死守滴酒不喝的底线，才能保证在这场乱战中全身而退。但我还没有潜伏好，指导员就发现了我，像揭发犯人一样地指着我说，朱排长，副主任难得来一次，你还不表示一下？他那绷得像大棚薄膜一样的表情告诉我，他对我在桌上的表现十分不满意。我只好把那半个还没啃完的兔子头撂在一边，说，副主任，今晚，我确实有事……

既然有事，就不勉强了。张副主任打断我的话说。这时我才发现，几个回合下来，张副主任已经目光迷离，脸颊绯红。他用蒙娜丽莎一样的表情看着我说，我一个要转业的人不能影响你们留队干部的前途啊。滚蛋之前能回老连队和大家坐坐就万分荣幸啦。说到这儿，张副主任突然停下来，又开双手的手指捂在红扑扑的脸上，挡着眼睛，似乎有泪要掉下来，带着浓浓的颤音说，当兵第一顿饭就在这个饭堂吃的，那时候吃面条，刚出锅，没有卤，每人端一碗蹲在地上吸溜，那个香啊……

所有人都低下头，似乎都陷入了对悠悠往事的深切回忆之中，而我却成了破坏气氛的罪人。

一股悲壮的气氛笼罩了整个饭堂，连室外秋风吹过的声音都能听见，我更加坐立不安。就在这个时候，张副主任突然拍了一下桌子，说，嗨！我说这干吗？喝酒喝酒，说这些败兴的事有什么用？又举起杯子说，来，这一杯为马上滚蛋的同志，都干了！所有人都腾地一下站起来，像队列训练一样地整齐。十来只杯子从四面八方往中间凑，马上就要激情相撞的时候，饭堂的门"咣当"一声被推开了。呆头呆脑的林先飞挟裹着一阵冷风，像一个闯入地下组织的特务一样冲了进来，手里竟提溜着一把大铁锹，给所有人一个视觉冲击。

报告，指导员，快要下雨了，找人推炮吧！林先飞很显然没有看到他进来之前的一幕，直愣愣地向指导员说。

此时，张副主任的杯子正好举到半空，林先飞的到来迫使他只好把杯子放了下来，扭过头看窗外的天色，脸上露出婴儿般天真无邪的笑容。所有人也都看向窗外。此时的天色虽然已晚，但塞外秋天的晴朗还是能从明净的夜色中一览无余。指导员神色严肃地说，林先飞啊，你的个人愿望组织会考虑的，当然，退伍也是为国防事业做贡献嘛！

林先飞好像没有听明白指导员的意思，站在那里没有动，两秒钟后又补充了一句，再不推就晚啦！

指导员的脸就像被辣椒油浇了一遍的兔头，瞪着林先飞怒斥道，给我出去！

　　一直像警卫员一样站在一旁注视着桌上酒杯深浅的周聪就像是得到了口令一样，扔下酒瓶，三步并作两步跑过去，伸出手像捅刷炮管一样把林先飞捅了出去。

　　指导员站起来很尴尬地解释，副主任，这个兵有点儿问题。

　　副主任依旧不看指导员看着窗外。很显然，刚才林先飞的造访像突然泼来的一瓢水把他刚刚点燃的把酒言欢的兴致给活活地浇灭了。过了半晌他才缓过神，幽幽地说，有问题还让他看炮场？难怪旅长说，头等干部用思想带兵，中等干部用计谋带兵，末等干部用训斥带兵。

　　我的责任，我的责任！指导员像一根脱离了压迫的弹簧一样从椅子上蹦了起来，脸上满是汗水，好像经历了大体力的劳动，说，这样，副主任，说一千，道一万，两横一竖就是干！我自罚三杯。指导员说着端起满满的一杯啤酒往嘴里一扔，干了，接着倒满，又往嘴里一扔，干了，接着再倒满，再往嘴里一扔，没来得及全部吞下去，正好一个嗝打上来，一部分酒水从嘴角呼地喷了出来，像夏日广场的喷泉一样，还有一部分顺着脖子流进了衣服里。指导员仰着脖子又打了一个长时间的饱含酒精的饱嗝，然后抹了一把嘴角，看着我，像刚受过酷刑的地下党员看着逼供的特务，说，朱排长，作为林先飞的直接领导，你看着办！

　　我一惊，嘴里啃着的一个麻辣兔头滑下来，掉在了桌子上，麻辣油汁溅了一脸……

　　我打着麻辣加酒精味的饱嗝躺在宿舍的床上时，已经夜深人静。今晚显然是喝多了。由于林先飞的突然出现，我被逼自罚三杯，死守的马其诺防线一破，一切就不在自己的掌控之中了……一阵醉意由内而外地袭击了我。我的眼皮再也支撑不住了，就像节目表演完毕之后的幕布一样地拉了下来。世界顿时变得恍惚起来，我隐约地听到窗外有人在喊，朱排长，下雨啦。我一阵惊悸，克服所有醉意和困意强撑着从床上爬起来，窗外果然开始滴嘀答答地掉起了雨点。我摸索着向外跑去，可腿却灌了铅似的抬不起来，也迈不出去。雨却越下越大，等我跌跌撞撞地出了营门，就变成了瓢泼大雨。门前的斜坡早成了一条天河，洪水裹挟着泥沙向下倾泻。我跳上斜坡往上跑，一个浪就把我打翻在水里。为了不被冲走，我像当年的指导员一样一把搂住路旁的一棵树，总算是没被冲走，一抬头，却远远地看到塞在火炮轮胎下的三角木和石头正在被洪水一块一块地冲开。最下方一门炮的所有障碍物被冲开后，火炮开始顺着坡加速滑行……我死搂着树干大喊，林先飞，林先飞！林先飞立即像半飘在空中的上帝一样出现了。我说，你给我顶住！林先飞没有动，站在马路牙子上，看着在泥水中打滚的我，脸上那得意的笑容像鲜花一样渐渐绽放……我恼羞成怒，大骂，老子毙了你。伸手去掏枪，腰间空空的，哪儿有枪？抬头看见火炮已经碾到了跟前，一只黑色的橡胶轮胎正朝我的脑袋滚来。我不知从哪儿来的力气，一个鲤鱼打挺起了身，水和火炮立即消失了，只有身下的架子床和眼前昏黄的灯光。

原来是一场噩梦！一肚子酒倒是全作汗散了。

我惊魂未定地坐在宿舍的床上，醉眼惺忪地看着空荡荡的屋子。这要是以往，地上早摆好了我的洗漱用具，林先飞应该还坐在马扎上翻他那一堆破烂的书。那些书是从老家带来准备考军校的。其实他高中没有上完，是根本不可能考上军校的，但是他却死心塌地要考军校。为了不打击他的工作积极性，我只好说，只要表现好，多看书，就能考上。他从农场回来后就真的有事没事地翻他的那些旧书。

林先飞从农场回来时我正好外出了。据说是因为出了大问题才把他从农场接回来的，但具体是什么问题，谁也不清楚，因为送他回连队的是旅长的越野车。后来指导员告诉我，那天旅长用车把他送回连队后，脸上一丝笑容都没有，对连队主官说了一句"让这个兵好好锻炼锻炼"，就钻进了车里。

能出什么问题？指导员叹了声气低声跟我说，狼行千里吃肉，狗行千里吃屎。

连首长显然是感觉到了旅长那句话的分量，于是把他安排在了我所住的排部，由我专人看管，提防他再出问题。

想到这儿，我突然想起林先飞现在还饿着肚子在炮场，傻等着我搬救兵呢。尽管今晚不会下雨已成定局，但还是有必要马上去炮场一趟，一是名正言顺地让林先飞彻底死了心——以后不要再提留下的事；二是让他赶紧回来吃点儿喝点儿，好好睡一觉，睡觉时顺便好好反思一下当兵这一年走的弯路，别什么事都一根筋到底，否则回到地方要吃的苦头还多着哩。我擦了一把额头的汗，抓了手电略带蹒跚地向炮场走去。

已经是后半夜了。后半夜的塞外更加静谧深邃。我走出营区耳边就只剩下自己略显紊乱的脚步声。一阵秋风吹过，树上的叶子哗哗作响，刚才出过汗的额头一阵清凉。又一阵秋风吹来，树叶又哗哗作响，额头忽然感到几滴冰凉。我以为是错觉，伸出手，果然是雨！我快步地折回营房找指导员汇报，但指导员的屋里空空如也。突然想起刚才一出饭堂指导员就和周聪钻进张副主任的吉普车一阵风似的出了营门。其他的几个干部比我喝得还多，躺在床上像一摊烂泥。我又找了一圈，楼里竟然一个人都没有了，连刚才在饭堂干活的刘柱等积极分子也不见了！

这帮孙子，关键时刻都他妈跑了！我边骂边往斜坡上跑，脑门的汗就和外面的雨一样越下越大。

旅长亲自带领的救援队在雨停之后才赶到，那时天已经亮了。因为市区被洪水淹没，他们的车被堵在了路上，雷雨使无线电和手机无法正常通信，他们就在寸步难行中熬到了天亮。据后来的电视新闻说，这场由西南到东北范围受冷空气和副热带高压边缘暖湿气流共同影响而突然产生的局部性强降雨，是塞外少有的秋季强降雨，由于没有提前预报，大雨一度造成市区交通堵塞。所以当旅长带着救援队赶到的时候，雨已经接近尾声，市区的洪水已经泄到更洼的地方去了。

停放在公路边的十几门火炮安然无恙地站在原地，显然让旅长大感意外：它们轮胎下垫着的三角木和石头，还在那儿垫着；一群浑身泥水惊魂未定、筋疲力尽的兵拄着铁锹铁镐站在火炮的前头，浑身往下滴答着泥水，在秋风中瑟瑟发抖；火炮纵队上方那段坚硬的沥青路面被人为地刨开了，挖成了一条又深又宽的排水沟，从山上沿着公路冲下来的洪水和石头就从这里拐了个弯排到了路边。

卫生队的救护车呜噜哇啦地把两个伤员拉走后，旅长看着被挖得像掩体一样的排水沟，又看了一眼站在一旁的几十个被浇得像泥猴一样的兵，一汪晶亮的东西在眼眶里转了几圈，如星星一样地闪烁了几下后，他把头转了过去，看着很远的地方问，都是自发过来的？

有几个点了点头，有几个摇了摇头，都不知道说什么。只有新兵刘柱似乎被刚才他所经历的一切吓傻了，余悸未减，哆哆嗦嗦地说，是指导员派林先飞叫我们上来的。

旅长摇了下手，说，不管怎样，你们才是合格的。随即转过身跟身后的参谋说，把他们的名字都记下来，愿意留下来的做个记号。

首长，您误会了。我们不是为了留下，这炮俺摸了八年，不能看着它……一个二级士官犹豫了半天开了口。

不脱军装就得来。一个一级士官接上话茬儿。

刘柱一听说能留下来，竟忘了眼前的是旅长，激动地拉着参谋的手，话又没完没了，说，首长，要记就记指导员吧！要不是指导员提前派林先飞把我们一个一个找过来挖好了沟等着，这炮早就不在这儿了。你不知道这雨有多吓人，那洪水、那石头就跟电影里似的往下滚。我们刚挖好的沟几分钟就堵满了，指导员就指挥我们跳下去掏。刚才那两个伤员就是跳下去被石头砸的。

参谋头也没抬地往本上写着字。

刘柱的嘴还没停，而且越来越语无伦次，说，本来我们都不相信有雨，还以为林先飞忽悠我们呢，你知道，他说话是没人信的，但他反复说是指导员接到了上级的紧急通知，肯定有雨，如果推炮来不及，就把水引开。

刘柱咽了一口唾沫，又说，林先飞还说指导员和排长都亲自在炮场等着我们呢。这下我们就坐不住了，虽然部队要解散了……

刘柱！指导员猛瞪了刘柱一眼。

刘柱的话匣子总算关住了。

林先飞？旅长突然愣了一下，说，这个兵我好像有印象。

就是您从农场接回来那个小牛倌。参谋写字的手停了一下，抬头回答。

对，就是他。我觉得自己应该上场了，壮了壮胆对旅长说，这个战士，以前是有点儿问题，但从农场回来后转变很大。

我想告诉旅长，其实仅凭他今天的表现，完全有资格留下来。

以前有什么问题？旅长问。

这……我立即被噎住了。他在农场犯的事我不知道，但我总不至于把他拿馒头、藏易拉罐的事告诉旅长吧。

是这样，首长，这个兵别的毛病没有，就是思想有点儿落后，我们已经帮教过来了。一直在旁边沉默的指导员说。他和周聪惊惶失措地赶到现场的时候，被林先飞提前两个小时忽悠过来的全连战士已经把沟挖好了。当看到洪水像黄河壶口瀑布一样倾泻而下时，一贯思维敏捷、出口成章的他竟然再没有说出一个字。

思想落后？我怎么没有发现？他一个人在农场山头上放牛，边放牛还边复习文化。一个新兵，不用人管，每天按时起床、照样出操，还叠内务。有人打那些牛饲料的主意，他一两都没卖过。知道他家的情况吗？就一个老娘，靠捡易拉罐过活，他一个月的津贴基本都寄回家了。这样的兵，我二十几年里也见得不多。旅长说。又想起什么似的问，现在人呢？

送卫生队去了。脚被滚下的石头砸了一下，不过没事儿，不是很严重。指导员说。

林先飞伤的确实不是很重。刚才一块巨石从山上滚下来，堵到水沟里后就不再动弹，所有人用镐刨了半天也无济于事，洪水开始从沟里溢出冲向火炮。林先飞和一个老兵就跳了下去，刚把巨石抬上来，又一块石头滚了下去……

指导员过硬的心理素质帮他迅速调整了状态，他开始用出口成章的口才向旅长汇报：我们平时就经常教育战士，平时工作要看得出来，关键时刻要站得出来，危急时刻要豁得出来……

指导员停止了汇报，因为旅长已经拉开了车门。他上前一步，伸出一只手护住车门的上框，压低了声音说，首长，虽然按规定我该转业了，但还是想继续为国防事业做贡献……

转业也是在为国防事业做贡献嘛！没有等指导员把话说完，旅长就用下这句话转身上了车。随着车门咣当一声，车就开走了。指导员望着抛下一条青烟的车屁股感慨，首长就是有水平啊，情况比我们掌握的还全面。转过身发现我就在跟前，脸色又不自然起来，就像是喝了过期的啤酒，说，嗨，你看，党的创新理论既成就了我，也差点儿害了我。

我无意识地点点头。

他又说，一会儿你去趟卫生队，告诉林先飞，他在最后关头经受住了考验，连队把他留下了。

又说，伤再重一点儿，就能立三等功了。

我转身向坡下走去，一会儿我要换身便装去趟市里。我记得林先飞上救护车时告诉我，今天是给他老娘寄生活费的日子。我得把他这个月的津贴寄回去。

鱼儿山日出

1

那天狼狈不堪地回连，进屋第一眼他见到的就是他。

那天，挂着政治部号牌的吉普车在营里绕了两圈儿才停下来。进营门的时候司机问他停哪儿，他一惊，突然觉得是个问题，短暂考虑后郑重交代：找个没人的地方停，哪儿没人往哪儿停，实在不行就找个没干部的地方停。司机偏着脑袋看了他一眼，然后一脚油门就进了营院，快得他连门岗哨兵是否敬礼都没看清。等车子慢下来，他就听到了司机往嘴里吸冷气的声音。院子里到处都是人，到处都是干部。正好是体能训练时间，营里所有的人员，上至营长教导员，下至各连的炊事员、饲养员、通信员以及营部的理发员，都穿着裤衩汗衫在院子里绕着跑道驴拉磨似的跑步。车子没法停了，司机是机关的司机，不知道营里这些裤衩汗衫谁是干部谁是兵，只好按他事先的指示，一边开着车子继续前行一边东张西望地往窗外搜索合适的地方。就在这时候，他从倒车镜里看到了营长教导员不太美观的跑步姿势。他们的小肚腩像女人的乳房一样上下颤抖着。他们的后面隐隐约约好像是副营长，副营长后面好像还跟着三个连队的连长指导员……上周他陪政治部分管教育的李副主任下营里检查第一季度教育落实情况，好像也是这个队形，但那次他们没怎么跑，车子直接在营部门口停下，他们正好在车前集结完毕，然后按队形顺序一一上前跟刚下车的李副主任敬礼握手，再一一跟他敬礼握手。

他急忙拍打着司机的手臂叫停了车子。司机告诉他，他们已经跟在车后面跑两圈了。显然，车子一进营门他们就已经看见了，而且，他们一定还看到了车前脸和车屁股上挂着的能与政治部领导相对应的车牌。

停车的地方是营院最西南的角落，左边是大厕所，右边是垃圾池，确实没有人，更没有干部。但他们的车子却吸引着一堆人而且是干部正往这里跑。

营区里的气氛果然在他跳出车门的那一瞬间发生了转折。他听到一片叹息和一些支离破碎的笑声。营长、教导员则像考核时冲过了终点线一样，喘着粗气迈着大步就停了下来。后面的连主官中几个资质稍老的捂着嘴笑得浑身发抖。他小跑迎上去敬礼，解释道，营长、教导员、副营长，我回来了。

营长说，是你呀，我还以为是哪位大首长呢。营长说着用手猛擦额头的大汗。

教导员问，你回来了是啥意思？边问两只眼睛边像看生人似的上下打量着他，目光最后在他手掌上崭新的伤口和裤子上崭新的破洞上来回跳跃。

副营长啥也不说，跟在后面点头，像以往一样，只要营长教导员在或者其中一个在，他就只点头不说话。谁也不知道他是什么意思。

就是结束帮忙，正式回营里报到。他怯怯地回答，目光飘忽不定，像是欠了教导员一笔巨款似的。

不是下来检查政治教育的？营长问。

不是不是。他急忙摇头，恨不得把头摇断。

噢，那回连里好好待着吧，下个月去农场劳动正缺年轻力壮的干部带队呢。教导员抱起双臂颠着小碎步从他身边跑过去，并不忘招呼营长，慢跑几圈，要不明天肌肉疼。

营长愉快地接受了邀请。几个连主官也跟着接受了邀请，纷纷从他身边颠了过去。他们捂着嘴说，赶紧走赶紧走，臭死了臭死了。

倒是本连队的连长、指导员够意思，在与他擦肩而过的短暂时间里忍着恶臭与他寒暄了几句。指导员不无遗憾地说了一些安慰的话：你看我好不容易把你推荐上去，怎么又回来了？他说没有。没去副主任家吧？他说没有。指导员说难怪难怪。

连长丝毫不感到遗憾，甚至还有些许兴奋，说回来正好，正好正好。你不在，你们排里都翻天了，前几天刚抓回一个翻墙出去上网的，还在枪库关着呢，这几天又冒出来几个病号。你说现在的兵都成什么了？一天到晚，娇生惯养，屎疼蛋痒。回来好好抓抓吧，帮忙也帮不出屎名堂，种了别人的地，荒了自己的田。

他说，是的是的。这种场合他似乎只剩下说这两个字的权利，更何况他们说得也都有一定道理。两个月前，他的"田"在他的辛苦耕耘下的确还是形势一片大好；而他能离开基层连队调到机关帮忙，也确是拜指导员所赐。

副营长突然骂上了。人都走没了，他才开始骂。骂负责厕所和垃圾池卫生的连排班及其连长排长班长责任心差，敷衍了事，不把他这个副营长放眼里。骂得苍蝇一团一团地腾空而起，在他们周围展翅盘旋。

他终于在骂声的提示下想起，这个月负责这两处卫生的正是他排里所属的三个班。他突然就闻到了臭味，仿佛鼻子瞬间恢复了嗅觉。于是赶紧从后备厢里拎出背包和行李，像拖两条死狗一样地提着，低着头直往连队宿舍钻，一群嗡嗡高歌的绿头苍蝇坚定地追随着他。排里几个有眼色的新兵从训练场地上跑过来，抢他手上的东西，被他像赶苍蝇一样坚决赶跑，滚，都给我回去，训练去。

用脚尖点开宿舍门，进门第一眼看到的就是他。这是个新兵，靠着墙角坐在马扎上，屋里空无旁人，但他依旧坐得很端正，像是在开班务会。见他进来，倏地从马扎上站了起来，把他吓了一跳。这是一张纯陌生的面孔，白净，白得不像基层官兵。他几经尝试，试图搜索出有关这张面孔的点滴信息，均以失败告终。

你叫什么？他问。

报告排长，二班列兵王小峰。王小峰说这话的时候，手已经到达了他的背包和行李上。他没给，顺手扔在地上。王小峰又从地上捡起来，往床上拾掇。

我怎么从来没见过你？他问。

以前我是新兵七连的，下连后分到二连。王小峰说这话的时候，一只冒着热气的玻璃杯已经递到了他面前，不远不近，他伸手正好接住。

喔，新兵七连的，怪不得……他端起杯子呷了一口，感觉有些烫，嘴边的话于是隐藏成了心理活动：怪不得脸那么白，怪不得这么有眼色，怪不得底气那么足……总之一句话，怪不得不像他带的兵。新兵七连是为旅首长机关以及直属队培养首长公务员、警卫执勤战士、机关勤务兵而专门成立的一个新兵连，新兵刚到火车站就由他们先挑，挑完剩下的才往其他单位分；新兵下连的时候，他们的兵优先留在旅部大院，当然也有留不下的，就像眼前这位，可他依旧保存着新兵七连的优越感。这让他感到不可思议。

排长，我下连那天你正好走，去机关报到。他提示他们历史上曾经有过的短暂交集，然后猛然觉悟一般说，哦——那时我脸比较黑。

在这里养白了？

都这么说。他嘴角上翘，害羞地笑了，要是女孩子，应该很好看。

可他是个兵，那就不好看了。他把目光从他身上移开。

你怎么不训练，跑到屋里来了？他望着窗外热火朝天的操场问。

我有点头晕，班长让回来休息。

啊？他把水杯蹾在桌子上。两个月不在位，他的排部都成了战士们的休息室了。

经常这样？

站久了就晕。

我站久了还晕呢，谁站久了不晕！都像你这样一站就晕，一晕就休息，全连全营全旅……全中国人民解放军还有人站岗吗，每隔十年的国庆大阅兵还能搞吗，长此以往还叫部队吗？怪不得养这么白，怪不得连长说娇生惯养，屎疼蛋痒……机关两个月的材料浸泡，使得一大堆激烈的言辞条件反射般地从他心底喷涌而出，于喉咙处汇聚成一份标准的教育提纲初稿。

但他没来得及发表。他看见他的眼睛直勾勾地钉在自己裤子的膝盖处。那上面有一个拇指大小的破洞，步枪弹孔一般，在挺括洋气的〇七式春秋常服上显得非常刺眼。

排长，你脱下来，我帮你补补。他说话的语气不像是请示，而是命令。

好像一下被点中穴位，已经到嘴边的教育提纲突然间土崩瓦解，没剩下一个字。这个破洞出现在一个年龄和外表都处于人生最值得纪念的时期的少尉军官身上，确实令他无比懊恼，它像一面战败者的旗帜，时刻刺激着他的神经。

2

这是他从机关全面败退时留下的纪念。机关、连队于他而言正是连长说的"地"和"田"的关系。"地"是他去帮忙工作的旅机关，"田"则是他所任职的排，神炮旅一营二连一排。一年前从军校毕业分配到这块"田"里时，他也确实决心把它侍弄好，像当年麻子班长侍弄他们一样。但指导员却不这样认为，他觉得年轻干部窝在基层没出息，只有进机关才有前途。最后考察出他有点文字功底，便开始把他往机关培养。培养的方式就是没完没了地给他安排写作任务。指导员原是政治部的干事，对文字材料热衷情有可原，但他从不自己写，说这段时间一写东西就头痛。他每次找他写东西总是以这句话开头。他自然成了指导员的枪手。指导员让他写的材料主要有两种，一是连队的成绩，二是指导员个人的先进事迹。连队事迹一般的套路都是连队本来是后进的，但自从在以他为首的新支委上任后，发生了巨大的变化。指导员说的那些事，有些他听说过，但大多只发生在报纸上宣传的那些单位身上，都有令人难以置信的感人之处。这些事就像饭馆里的燕鲍翅，偶尔吃一次回味无穷，要是拿回家当家常便饭天天吃，就会受不了。每当他受不了的时候，指导员就过来拍他的肩膀说，小伙子，写好点，我才好向机关推荐推荐。

但他指示他写的那些先进事迹材料既没给连队带来过什么"先进"，也没把他推荐到什么机关，每次送上去之后都像他们打靶时那些偏离目标的高射炮弹，连声响都听不见，更遑论战绩。直到有一次，指导员跟几个老乡在炊事班喝酒，被主管安全保卫的政治部张副主任现场抓住，他给指导员写的检查才让他在上级面前露了一回脸。尽管那份他熬了两个通宵把自己感动得热泪盈眶的检查指导员一个字也没有用（他在干部大会上念的是自己亲自起草的那份），但他残留在办公桌上的原始草稿还是被一个下来帮建的机关干事看到了。第二天，干事就找到他，问愿不愿意去政治部，他不知道政治部的情况，但他毫不犹豫地说：愿意。这是一个省略句，被省略的部分是："只要能离开这个连队，去哪儿都成。"

就这样，他当排长以来带的第一批新兵活蹦乱跳地下连后，他就接到了政治部宣传科借调帮忙两个月的通知。但没想到，两个月之后他就全面败退，退回到了自己的"田"里。

导致他在机关败退的原因，说来有些难以启齿，竟是源于他那不争气的肚子。他一直有慢性肠炎，这种肠炎最大的特点就是经常毫无预兆地闹肚子，遇冷、进油腻或情绪波动或劳累都是诱因。到后来，随着他当上班长、保送进军校，他的诱因逐渐锁定为情绪波动，闹与不闹、闹得凶与不凶，跟饮食、气候、环境等等越来越没关系，却与精神紧张度的关联日益密切，精神一紧张肚子就有反应，越紧张反应越剧烈，用基层部队最通俗易懂的话说叫"关键时刻就拉稀"。军校快毕业时，一位头发花白，动作缓慢的军医就半开玩笑地告诉他，可能要等到你当了大官，遇到什么人遇到什么事都不再紧张时，才能根治。尽管他早就知道这位军医素以对普通学员"只开医嘱不开药"而扬名军校，但他还是深信不疑，但紧接着又怀疑了——毕业后在连里当排长的那半年，从来没有闹过肚子。再后来他又不疑了，因为一到机关就复发了。尽管他到机关后分到的是一张没有电脑的办公桌和一份没有具体事项的工作分工，但他从来不觉得比"两眼一睁忙到熄灯，两眼一闭提高警惕"的连队生活要轻松多少，相反他觉得机关大院的每一棵冬青树都让他感到紧张。人就不用说了，无论官还是兵都让他感到恓惶，尤其是见了分管内部管理的张副主任。张副主任在基层连队当过八年指导员、四年教导员，管理经验非常丰富，经常不打招呼地莅临他们的办公室或者宿舍，检查他们的桌椅板凳摆得是否到位，床单被罩是否按时换洗，有时还亲自弯下腰去数他们床下的鞋子。久而久之，每次一瞥见张副主任的影子，隔着老远他心里就开始盘算，像点验一样把所属的桌椅板凳、床单被罩、床下的鞋子都过一遍，确保万无一失之后才敢迎上去跟他打招呼。有一次，大概是到机关一个月后，在饭堂与张副主任一桌吃饭，吃着吃着，张副主任突然就盯着他不动了，问：人家都用筷子，你为啥用勺子？

他扫了一眼全桌的筷子，又看了看自己手里的不锈钢勺，死活不知道该怎么回答。他从全桌人的眼神看出，他们也不知道这是个什么问题。

你那勺子在嘴里抿半天，又拿出来叉菜，接触面积这么大，卫生吗？张副主任说完，全桌子的人一下子都醒悟过来，纷纷扭头看他，目光像某部大片里的箭一样齐刷刷向他扎来。就在那瞬间，他听见肚子里咕噜一声哀鸣，随即腹腔翻滚，肛门重坠。他急忙扔了勺子和碗，直接穿过操作间往厕所跑去。

从那以后，他见到张副主任肚子就有反应，而最终拉肚子的概率足有七成。他尽量躲着他，但张副主任恰恰是他平时必须面对概率最高的领导。正课时间老往厕所跑，科长和老干事们开始对他有了看法。开始他们派出代表对他旁敲侧击，说，早不拉晚不拉，非得上班期间拉，年纪轻轻，可不能养成这毛病啊。但无济于事，他们的话再有道理也治不了他的腹泻，只要他拉肚子他就必须往厕所跑。

不久，大概也就是他在政治部两个月帮忙期满结束之际，部里开了次部务会，研究落实编制，清退超编人员。研究的结果，部里三十个干部，清退一人，他被选中。接到通知后，他没有跟任何人道别，主要是怕临走前再经受一次痛苦的腹泻。但当他收拾完铺盖走出宿舍，正要往楼下走时，一个熟悉的身影突然出现了楼梯口，张副主任严肃而慈祥地站在他面前，说，嘴上没毛办事不牢，走也不打个招呼，我车子都给你安排好了。他感到一股暖流在身体里涌动的同时，也感到了到肚子的哀鸣和肠子的痉挛。他语速极快地表达了一下抱歉、感谢以及整改决心，来不及下去跟张副主任握手便扔下行李，折回去找厕所。转身的一刹那，他的脚绊到了一根斜躺在地上的墩布棍子，身体一下失去重心，以一个前扑的姿势顺着楼梯滑翔而下，最先着地的部位——手和膝盖，在粗糙的水泥地面上滑行。等他重新站起来的时候，他的手掌上和崭新的〇七式军官春秋常服的裤子都留下了一个不大不小的口子。因为这个口子，进营门的时候他特意叮嘱司机避着人停车……

3

去去去，他朝他吼道，去把你们班长给我叫过来!

一簇簇的火苗子显然已经代替了教育提纲里的文字。

二班长终于出现在他面前。这是一个老兵，中士了，兵龄比他还长，正式党员，三等功及以下的奖励拿过无数，站在他面前就像站在他手下的新兵面前一样，双手牵着体能汗衫的前襟，上下来回地扇着，雪白的肚皮以及灰色的肚脐眼在他眼前一闪一闪。两个月前他还不是这样。那时候他还是二排的排长，见了他客客气气的。二班长边往肚皮上扇着风边往门口方向甩了下头，那个叫作王小峰的新兵便自觉地拿着墩布出门打扫楼道去了。他开始问王小峰的情况，但刚说了"王小峰"三个字，就被二班长打断了，用旅团级以上主官才有的腔调说，新兵的事啊，班里的新兵和后勤这块都由副班长分管，你直接问他就行了。说完抢起拳头砰砰砸墙，把恭候在门外的二班副砸了进来。

二班副倒是谦虚谨慎加正规，手里还拿着参加连务会专用的红皮本。听说是问王小峰的情况，翻开本子便开始啰里啰唆地汇报王小峰的优点，尤其是针线活不错，营里很多干部的衣服都是找他改装、缝补，为班里赢得了荣誉。这是新骨干的特点，不管上面问哪个兵的情况，他都一样汇报优点，一是生怕别人不知道他带的这个班有多先进，二是汇报下属的缺点只能说明自己无能。

新兵七连的兵为什么没留在旅部? 他及时打断他的汇报。

旅部要不了那么多，我班长说今年有二三十个分到下面连队呢。

我问你他为什么没留下？这次他把"他"字说得特别重。

我班长说是因为长得太黑，不适合当首长公务员。

脸黑算个屁。他顿了一下，麻子班长那张麻脸突然从眼前一闪而过——六年来，它总是在他看到或想到其他丑陋的脸庞时适时出现。

没问题能从旅部下来？

旅部下来的就一定有问……二班副察觉说错话时为时已晚，怯怯地偷看他一眼，伸舌头舔了一下上嘴唇，把最后一个"题"字咽了下去。

……

除了站岗不行，没发现什么问题。十几秒钟尴尬的沉默后，二班副为了补救刚刚犯下的错误，火速挖掘出一个缺点。

什么情况？

他一站岗就头晕，班里已经取消了他的岗哨。

一上岗台就晕？

是，医生说是晕岗。

什么什么？你再说一次。他坚信是听错了。

晕——岗。

二班副重复的这两个字让他许久没有说出话来。

4

他已经很久没有听人提起过这两个字了。第一次听到，是六年前，也是在这鱼儿山下，也是一个黄昏。那是一个刚刚转暖的春天，塞外冰雪消融，溪流淙淙，牛群羊群开始出来吃草。他和高明亮、王健伟背着背包、提着迷彩后留包像徒步拉练一样在胖子杰的带领下步行了十几里地，从下午两点一直走到太阳偏西，才到达鱼儿山脚下的北营区。站在山下营院门口迎接他们的是一个身材板正的高个子士官，三级的衔——那时候还叫三级，相当于现在的上士——三级士官一脸的麻子，因为麻子多，使五官显得不重要。这让他想起新兵连看过的电影《烈火金刚》里的大麻子丁尚武。

"丁尚武"一脸的凶相，像审犯人一样挨个把他们打量了一遍，看得高明亮打报告要撒尿。于是胖子杰就让他们仨扔了行李统一去墙根下撒尿，然后把麻子上士扯到一边，神秘得像两个交换情报的地下党。他没尿，尿泡子里没货。中午听说要去北营区，以为将坐长途车，午饭时既没喝汤也没喝水，没想到是纯步行，一路下来，身上仅有的一点水分也出汗出没了。

他在墙根下做了假动作就回来了。假动作是为了体现新兵的服从意识。他回到原地取行李，一不小心就听见了胖子杰和麻子的对话。

胖子杰说，这仨兵都没啥大毛病，说实话还真舍不得给你。

麻子说，没毛病你肯给我？没毛病能来北营区？一个卸子弹一个假摔。

胖子杰及时地递上一支烟说，这你也知道？

他听出来他们说的是王健伟和高明亮。他们的故事早已在排里传得沸沸扬扬。王健伟第一天站岗时，就把执勤枪里的子弹偷偷卸下来一颗，准备拔了弹头给他女朋友做项链，结果还没来得及拔就被胖子杰抓了个人赃俱获；而高明亮则在站了几天岗之后就宣布自己不适合站岗，强烈要求去条件艰苦的北营区执勤，胖子杰没搭理他，又写血书，被胖子杰当着全班的面揉进了垃圾桶，再后来他就从岗台上摔了下来，手和脸皮都擦破了。

麻子点着了烟说，放心吧，什么样的兵到了我手里都能掰过来。又问，还有一个是啥毛病？

他知道该说自己了，屏住了呼吸，盯着他们手里明灭交替的烟头，盯住了烟头就盯住了嘴。

胖子杰说，站不了岗，除了站不了岗啥都行。

什么情况？

就是晕岗。

麻子就皱了眉，集合了一脸的麻子说，当兵还有晕岗的？

胖子杰狡黠地笑一下说，天生的，不信你试试就知道了。

他心里就咯噔一下，像小心走在冰面上的人突然掉进了冰窟窿里。他没想到他被发配到北营区是因为这个。他、王健伟和高明亮原来都是神炮旅警调排的新兵，当初下连分班时，被门岗班长胖子杰第一批挑进门岗班。那会儿他感觉到整个地球都是自己的。门岗是何等重要的地方，神炮旅的门面和窗口呢，旅里的政委亲自说的。能去那儿为旅部大院站岗的兵，除了身高、相貌要高人一等，队列动作和思想作风也要高人一等，自然，在以后的提干、保送入学、入党、转士官、当班长等好事上也要高人一等。

他就这样入选了，但不知道为什么在门岗训练一周之后，他又被扫地出门了，而且是调换到离旅部大院最远的北营区。当时向他宣布排里的决定时，班长胖子杰只跟他说了三点理由：组织决定、工作需要、个人特点。个人什么特点，他没说。他只从传说中猜测出王健伟和高明亮的"个人特点"。

现在他终于知道了，自己的个人特点就是这两个字，而且是"天生的"！可从来没人告诉过他有这个特点。

他只记得那次"站功"训练，胖子杰让他们站在灯光球场看台的台阶上——前脚掌着地，后脚跟悬空。这是胖子杰发明创造的一种新型训练方法，据说可以养成身体前倾、避免头晕的好习惯。那次他本来站得很稳当，但胖子杰过来检查之后，觉得他稳当是因为脚掌悬空部位不够比例，于是用口令指挥他一点点往后挪脚后跟，挪到只剩下几根脚趾头

035

还趴在台阶上时，他终于像一根被砍伐的树一样向后倒了下去。尽管胖子杰肥胖的小手紧急赶到，于最后时刻拎住了他的衣领，但他的后脑勺还是不轻不重地磕在了石头台阶上。他感到星光四射，接着昏天暗地。从卫生队回来后，他一看到那些石头台阶就觉得头晕目眩，只要一站上去，不管脚后跟是否悬空，他都不敢睁眼。胖子杰拍拍他的肩膀，说再歇几天就没事了。

再歇几天后，他接到了调往北营区的命令。

5

那条裤子最终还是被二班副趁他睡觉的时候偷走，交给了王小峰处理。王小峰缝补裤子的手艺和他使用的工具一样，专业程度都远远超出了他的预料。如果不仔细看，绝没人能看出来裤子上有补丁，当然也就更看不出曾经摔破过。指导员去年冬天骑自行车回家时摔了一跤，把新发的冬装裤子摔破了个洞，拿到专业的裁缝店花了五十块钱织补的也就这个效果。

他想象不出一个手像年轻女人一样巧的人，脸原来能黑成什么样子。

因为裤子缝得很成功，他那自打进入营门以来一直延续着的糟糕心情顿时好了许多。穿上那条好像没破过但实际上摔破过的裤子，两条腿竟不由自主地朝门外走去。先是在楼道里转了一圈，并且专门转到枪库看了看那个从网吧抓回来的兵。那个兵以为来的是连长或指导员，隔着防盗门上的铁栏杆懒洋洋打着呵欠递过来一份检查，待听出来是他，扔了检查一个立正就钉在了地上。他让管枪库的文书把他放了——他在，诸如此类翻墙头之事绝不可能发生。然后又出楼在营院里绕着操场走了一圈。由于裤子上没有了破洞，他不必再三步一低头地去看膝盖，像偷地雷的汉奸一样，也不再担心遇到熟人尤其是干部。他像两个月前一样神情自然地跟他们打招呼，就像他从来没有去过机关，更不是刚从机关退回来的一样。而同时他也发现，那些被他主动打招呼的人也和他一样神情自然地回应着他。尤其是昨天还点名批评他的副营长，在垃圾池边遇上后还拍着他的肩膀表扬了他，说他回来后力度很大，成效很明显，一夜之间就弄利索了。其实他根本没有过问这事。

他有些后悔前一天的简单粗暴了，于是他的腿又迈向了二班宿舍。

王小峰正坐在床前的马扎上忙碌着。床上像摆地摊一样码放着一摞衣服，各种各样的军装，少许便衣，还有几件花花绿绿的，应该是来自家属院。他记得二班副曾向他汇报，他不仅会缝补，还会拆改。教导员老婆减肥成功后，许多中高档衣服都是经他的手才得以从死亡线上挽救回来，延续了使用寿命。为此他不仅为全班全排甚至为全连都赢得了"殊荣"——别的班排不可能有这好事。

他在二班半开着的门前一声不吭地站了足足十分钟，王小峰没有发现他。因为他连头都没抬一下。他无法把眼前的王小峰和那个不想站岗的王小峰联系起来。他觉得整天趴在床上穿针引线绝不比站岗轻松。

这不像是一个好吃懒做的兵，至少比刚下连时的高明亮强百倍。高明亮连自己的袜子都不洗，积攒到床头柜里实在塞不下了，才拿塑料袋提溜到服务社的洗衣店。但就这样的兵，后来还是被麻子拾掇成了"内务标兵"，天天抢着给全班洗床单被罩。

他再次把二班副叫到跟前，用温柔了许多的语气问，带他去过医院没有？

去过，基本上一晕就去。

医生怎么说？

能怎么说，再观察观察呗，或者去大医院检查。

为什么不去大医院检查？

连长说不用，新兵半年前入伍时都全面检查过了，有大毛病当不了兵。

那倒是。他觉得连长的话很有道理，除非这个兵是走后门进来的。那就只能继续观察咯！他想说这句话的时候却突然想到了另一句话，于是问，医生是个女的吧？

嗯……很漂亮。

以后不许去了。

啊？可我班长说……

少跟我扯淡！一听到"我班长说"这几个字，他的火气莫名其妙地又上来了，就像他一见到张副主任肚子就开始咕噜一样。他使劲往下压了压，把火气压下去半截，缓和了语气说，把你们班长叫过来。

他正在连部向连长、指导员汇报工作。

把王小峰给我叫过来。

现在恐怕不行，他正在给营长补衬衣。

哦，都在干大事啊。他只剩下自我解嘲的份儿。的确，他们忙的事都比他重要，尤其是王小峰。王小峰给营长补衣服期间，恐怕连教导员都不会去打搅，就像以前王小峰利用正课时间给教导员老婆拆改衣服时，营长也从不过问一样。这是他们营一贯以来军政主官团结融洽的传统所决定的。况且，营长正在和老婆闹离婚。他每次从家属院回来，脸上或者脖子上或者手上就会新添几道指甲印，王小峰就会有新的工作任务。他让营部通信员送来的衣服，不是被钉子划破了袖口就是被树枝挂掉了肩章，要不就是扣子无缘无故地全部脱落。

二班副满脸委屈与不解地离开之后，他掏出手机开始拨卫生所的号码，但刚响了一声他就挂掉了。

很漂亮……再观察观察。这他妈到底是医生观察病人还是病人观察医生。他把手机揣进兜里，一抬屁股从椅子上站起来，手在膝盖上拍打了两下，朝卫生所走去。出门时遇到连长，他说是去看看自己的肚子。他没说为王小峰的事，并不是他行事低调、淡泊名利，是怕连长又说娇惯新兵。其实他有两套方案：如果她在，他就只问王小峰的情况；如果她不在，是那个四眼男医生，他就看看自己的肚子，顺便再看看手上的伤口。

她是整个北营区唯一的女军人，六年前就是了。那时她军医大学刚毕业，嫩得身上能掐出水来。拆子弹给女朋友做项链的王健伟说，她是北营区的区花。麻子班长补充说还是神炮旅的旅花。这让他又一次想起《烈火金刚》，想起里面那个和麻子丁尚武谈恋爱的林丽。她值班坐诊的时候，来看病的兵就特别多。据说，北营区五个营的营长、教导员还为此联名给旅长政委写过信，要求把她调离北营区。但她还是没走，不仅没走，每天空闲时间还坚持出来晒太阳，仿佛要以此告诉所有人她还没走似的。她一出来，院子里就活跃起来。据说，这倒是减少病号的有效途径。王健伟和高明亮到北营区的第一周，就轮流各生了一次病，每人分别从她手里领到几粒大白片，都舍不得吃，战利品一样揣在上衣兜里。第二周本来该轮到他了，但他却一直没有生病，连头痛脑热也没有，连两周前还频发的"先天性晕岗"也没再犯过，因为麻子不允许。麻子规定到了北营区以前的事就不许再提，以前的"病"也不许再犯。他们就都严格遵守了。王健伟再没拆过枪里的子弹。他和高明亮也没再从岗台子上掉下来过。当然，客观条件是，班里根本就没配枪弹，他们也再没上过岗台，北营区的执勤都是以流动哨方式在鱼儿山脚下的五个营院外巡逻，不用站岗台子。他再没晕的机会，甚至一度忘记了自己曾经晕过。高明亮和王健伟都隔着一张桌子和她拉过话，而他只在五米开外的距离注视过她。那一次他戴着钢盔穿着军警靴去执勤，正巧碰到她坐在门口晒太阳。他至今还记得那天的她：脸很白，嘴唇鲜艳，就像上学时老师用红墨水在白卷上打的"0"。他从她身边走过的时候，在脚上用了些力，使靴底的铁掌和地面撞得叮当直响。他觉得这个动作最能体现他的男人气魄，但她好像根本没有注意到他——他没有扭头，《队列条令》不允许，他是用眼睛的余光感知到的。

再后来，他终于下定了决心要生一次病。六年前的北营区比现在还要荒凉许多倍，五个营院、一条灰马路、一大群兵，就这样。现在营区周围那些五光十色的网吧呀、游戏厅呀、按摩店呀，一家也没有。他们是警调排驻这边的独立班，正规连队的唱歌呀、军民联欢呀、看光碟呀，他们也全都没有。所以麻子说这是最适合改正错误的地方，因为想犯错误都没有机会。如果不生病，他们就只有两个娱乐项目，一个是打篮球，另一个是赌马。麻子喜欢打篮球，但球技很臭，他在场上的时候比赛更接近于美式橄榄球的风格。如果有公正的裁判，他犯规的时间肯定比不犯的时间多，要在他面前投进一个球几乎要冒着生命危险。但他们依旧必须赢他，输球只会增加班务会的时间。

后来，为了逃避打篮球，他们宁愿去执勤。执勤可以赌马。沿马路巡逻纠察的时候，听见有马车驴车打老远过来了，他们就开始猜是马车还是驴车，赌注通常是两瓶啤酒一袋花生米，下了勤蹲在库房里"小咪"——小范围、短时间地"咪西"。赌马虽远比打篮球有意思，但不是想赌就有。有时在马路上等半天连辆自行车都等不来。有一次好不容易来了一辆，他押马车，王健伟押驴车，结果上来的是辆骡车。

于是他就想到了生病。可惜他生不逢时，麻子班长已经洞悉到了他们的阴谋。导火索是王健伟。王健伟纠察执勤时在一个被抓到的老兵裤腰上看到一颗子弹壳做成的铜哨，后来这个铜哨就到了王健伟手里，再后来就到了她手里，但最终还是到了麻子手里。麻子拿着铜哨在他们宿舍门口"嘀嘀嘀嘀"吹了一动紧急集合哨，把他们集合起来，先打背包跑五公里，跑完再隆重召开班务会，正式规定全班以后不许再生病，非生不可的时候，先向他报告，由他亲自代劳去卫生所给他们领大白片。于是他的计划泡汤了，成了王健伟和高明亮的笑料，他们时不时地拿出珍藏的大白片来向他炫耀一番，导致他不惜铤而走险，打出胖子杰封赐给他的"晕岗"大旗……

6

果然是她坐诊值班，还没进诊室他就知道了。门口排着老长的队，从楼道一直延伸到门厅，基本上都是战士。见一个少尉军官出现在队尾，队伍自动地闪开一条路，把他让了进去。

这是他第一次这么近距离地与她正面直视，只隔着一张三合板的办公桌。她变化不大，脸依旧白，嘴唇也依旧鲜艳，只不过像所有结了婚生过孩子的女人一样，较没有结婚生孩子时丰满了许多，尤其是胸部，把原本可能合身的制式衬衣绷得跟大棚的塑料薄膜似的。王健伟说她脸上有雀斑，确实有，不过很隐蔽。高明亮说她身上有股白玉兰的香味，他没闻出来，倒是有一股哺乳期的奶腥味。这两点机密让他当年损失了四瓶啤酒两袋花生米。

哪儿不舒服？快说，看什么看，都干部了还跟新兵似的。他正盯着她看，她已经拿圆珠笔敲着桌子朝他嚷嚷开了，显然她已经不记得他了。这六年里像他一样想引起她注意的兵估计得有成千上万。他心里突然踏实了许多，像悬在半空的东西终于落到了地面。

他问王小峰的情况，她问王小峰是谁。他说就是就是……二连晕岗那个。

你们还没带他去三甲医院检查？她反问。

你检查不出来？

你看我这里除了一张桌子什么也没有，可能检查得出来吗？你当我

041

是华佗李时珍啊？

他问，果真有这种病吗？

没有，几年前有过一个，被他们班长就治好了。这次是我怕在确诊前你们这些连排干部折腾人家，编的。

几年前，你怎么跟他们班长说的？

你问这干吗？她那张生动的脸突然凝滞起来。

我……他"我"了几下也没"我"出后面的话，仿佛突然就失声了。但他确实特别想知道她当初是怎么跟麻子说的。麻子宣布不许生病后，王健伟和高明亮就拿他娱乐上了，猜他要几年才能看上病。高明亮押半年，因为半年后他就是老兵了。王健伟押一年半，因为一年半后麻子就转业了。赌两瓶啤酒一袋花生米。他俩打赌，却非要当着他的面。他装着没听见，要出去，他们拉住他，说如果他现在就能看上病，所有的啤酒和花生米都归他，还不需要他押注，零投入啊。他终于火了，说要是老子看不上，双倍奉还。

就这样他站在了麻子面前。当"晕岗"两个字从他嘴里说出来的时候，他看见麻子脸上的麻子开始颤抖，抖得几乎要雨点似的往下掉。

什么？你再说一遍？

我……晕岗。他用蚊子一样的声音重复，尽管他坚信只要往岗台上一站就能证明自己没有撒谎。

你晕岗？那你晕不晕枪，晕不晕炮，晕不晕床？我看你是晕女人了。

庞杰班长说的。

他说你是就是了？说你胖你就喘了，说你瘦你就飘了？我问你，到这里后晕过没有？

没有，可来这后也没站过岗台。

好好好，来来来。麻子领着他在院子里转了一圈，先是找到四百米障碍的高低跳台，比画了一下，觉得太高，最后在墙根下找到一个废弃的岗台子。他心虚了几秒钟，但最终还是咬牙上去了，不仅咬牙还闭着眼。睁开眼后的情况让他和麻子都震惊。他看见的是地面在旋转，然后眼前那根大烟囱以及旁边的宿舍楼就像当初灯光球场的台阶一样，齐刷刷地向他倾倒过来，他感到脚底悬空，像踩在一大团棉花上。麻子看到的是他在岗台上像醉汉似的东摇西晃。最终，他像一颗末势的陀螺一样摇晃着从岗台子上倒了下去。

他不知道是该庆幸还是沮丧。但麻子确是傻了，说，邪门邪门，老子当十年兵还没见过这种屌事。把王健伟和高明亮都叫过来又看了一次同样的表演后，果真领着他去了卫生所。但他依然没能看上病，麻子严格落实班务会的精神，没让他进门，让他在楼道里等着，自己"代劳"进去了，还把门关得死死的，连旅保卫科制定的"男女军人一般不得独处一室，确因工作需要必须独处一室时不得关门"的明文规定也不顾了。他至今也不知道他们在里面到底说了些什么。只知道从卫生所回来后，他就开始了真正炼狱般的生活。

我……我就是想用他的方法把王小峰治好。他终于想到一个恰当的理由。

其实我什么也没有说。她的回答令他意外且愤怒。

我能说什么？他那班长孙大麻子连人都不让我见，我怎么确诊？他就自己折腾去了，折腾了一个星期，估计实在没辙了，又来求我。我就告诉他，那是心理恐惧，需要心理疗法。她不顾他的愤怒继续往下说，同时右手的圆珠笔在一张单子上龙飞凤舞，眼睛却盯在左手的手机屏幕上。

为这事后来我还……唉，都过去这么多年了，还提它干什么？她把眼睛从屏幕上跳开，看他一眼，又转移到窗外。

歉意一下就将他裹了个严实。他也跟着她看向窗外，仿佛外面突然发生了什么有意思的事情。看了几秒钟，才接着问，有没有先天性晕岗的可能？

不能说绝对没有，但目前世界上还没发现。我学医时只听说过跑步肚，天生不能跑步，一跑肚子就疼。

职业病呢？

有，但站岗的职业病是静脉曲张。

他拍拍脑门，后悔自己问这么外行的问题，门岗班每年都有几个因静脉曲张住院的。

那他到底是什么问题？我说的是王小峰。

要么是有病，要么真有病。她随口说出一句绕口令，前半句重音在"病"字，后半句在"真"字。

他正深入理解"是有病"和"真有病"的本质区别，她已经把单子撕下来拍在他面前，说，介绍信，拿着去三甲医院检查一下，我老公在那里，上面有他电话，你懂的。他似懂非懂地点了点头，问她下班后有没有时间，找个地方坐坐？

没有，我儿子还等着我回去喂奶呢。她果断地拒绝了他，而且不忘把大门关死：想坐坐我给你介绍一个。他尴尬地笑笑，决定把想表达的歉意提前表达出来，但还没开口，诊室的门又开了，推门进来一个中尉，资历章显示还是正连职。于是他闭了嘴，像那些为他让路的战士一样，抓起介绍信自动地闪到一边去了。

7

二班长的两只手不知道怎么放了。随着他拈着介绍信添油加醋地转述卫生所军医的"原话"，二班长的身体开始不自然。在机关两个月的材料积淀终于发挥了正能量，帮他把一个不怎么严重的问题以客观公正的形式描绘到触目惊心、无以复加的严重。二班长那两只手本来是随意搭在胸前的，后来慢慢放下，下垂至大腿的两侧，基本接近《队列条令》中有关"立正"的规定，再后来两根中指就紧紧贴在了裤缝线上。等他全部讲完，那两手又开始活络起来，猴子似的抓耳挠腮。他承认自己虽然当班长多年，多次被各级评为优秀骨干，但工作还是不够深入扎实，差点被新兵蒙骗，云云。这让他很满足，能让一个老班长在新排长面前服软，本身就意味着巨大的胜利。他大度地笑了笑，以示谅解，并不忘乘胜追击，巩固和扩大战果。他让二班长坐铺上，然后自己欠着身子，连屁股带椅子抱起往他跟前凑，凑到几乎头碰着头了，才说，无论他是有病还是真有病，都是一件大事。说实话，我也是为咱们自己考虑，这兵真要出了大问题，营长、教导员会替咱们扛吗？到头来还不是咱俩倒霉？当然，先处理你再处理我，然后才是连长、指导员。

是是是。二班长由惊慌变得感动，并及时请示，那这事怎么处理？他胸有成竹地说，你不用管了，我有治疗方案，你去把王小峰给我找过来。二班长应声出门，屁颠屁颠地去了，就像当初王小峰去找他一样。

王小峰很快出现在他面前，身体笔直，手里抱着一件鲜艳的碎花丝质长裙类的衣物，应该是旗袍。可能是旗袍太长，更可能是王小峰怕弄脏了旗袍，他把旗袍的一头搭在自己的肩头，另一头斜跨过上半身耷拉在胯部，像八国联军的绶带。

披了绶带的解放军战士王小峰像一枚刺，扎得他眼睛生疼。

在家干什么的？

裁缝。

难怪。他沉稳地点头，尽管他早就知道了。作为现阶段他心目中的"重点人"，他早已完成了对他的前期情报侦察，甚至还直接给他家里打过十分钟的电话（给自己家里他都没打过这么长的）。家里条件正如他所料，比较可以，县城有名的裁缝世家，四代单传。他甚至还打听到他小时候从楼梯上摔下来过一次。他没问是否娇生惯养。这纯属愚蠢而多余。

那为什么要来当兵呢？他接着问。

总觉得针线活是女人干的事。

当兵才是男人干的事？

他点点头，女人一样腼腆。这让他感到厌恶和沮丧，于是话就越发犀利起来：到了部队还只能给人缝缝补补，不照样是女人？

可是……他抖了抖手里的旗袍，憋了半天憋得满脸通红却憋不出来一句话。

把它给我放下！他觉得他俨然已经把旗袍当成了一面旗帜，正拿它向自己挥舞。

旗袍从他身上滑落在地。与之一起滑落在地的还有他的泪水。

你知道一个男人，一个当兵的该干什么吗？

他摇摇头，说，排长我晕。

他也跟着摇头，几近绝望地摇头。他想说你晕，老子才他妈晕呢。

他确实晕，晕是因为他没想到他会认熊。当兵的什么都不怕，就怕自己认熊。当年麻子就是这么跟他们说的——他又想到了麻子，从他当副班长开始，每次遇到头痛的问题，总会毫无预感地想到麻子。尽管麻子是他内心深处最不愿意触碰的点，但他毕竟是他军旅生涯唯一的真正的班长，更是他见过的最有实践经验的"兵头"。麻子于他而言像一本教科书，但更像他应对各种乱七八糟的考试而制作的"题库"，平时深藏，绝不轻易示人，一旦遇到难题必定最先想到，就像某些部队整天挂在嘴边的口号："首战用我，用我必胜。"正是凭着这本六年前的"题库"压阵，他才有底气从不把那些年龄、学历都占优势的大学生排长放眼里。

"认熊"的理论就是从麻子那里听来的。麻子认为，认不认熊是赖兵和好兵的本质区别。在那次被王健伟称为"八届新兵一次会议"的班务会上，麻子就叼着烟卷向刚刚完成徒步行军、放下背包的他们言简意赅地阐明了这个带兵观点。

麻子话不多，胖子杰经常挂在嘴边的那些深奥的政治理论他一句也没有，翻来覆去就庄稼汉似的那么几句：只要自个儿不认熊，啥都好办，连许三多都能咸鱼翻身。哪儿跌倒从哪儿爬起来，从哪儿来回哪儿去。说来说去把高明亮说急了，说，你意思是要我回门岗站岗？

那可不，谁都可以看不起自己，但自己不能看不起自己。

我没有看不起自己。

没有看不起自己就要争取回旅部，不回旅部哪来出路？

高明亮脸上绽放出一朵不严肃的笑：那你自己为啥不争取回？

我回不回关你鸟事，你个新兵蛋子还管起我来了。麻子的麻脸一板，满屋子找工具却没找到合适的，只好指着自己的脸说，我有麻子你们有吗？

三个新兵面面相觑，没人遇到过这样的问题。以往老兵、班长在他们面前摆老资格说的都是：我有嘉奖你们有吗，我有"优秀士兵"你们有吗，我有党票你们有吗，我有对象你们有吗……现在这些在麻子面前都弱爆了。

说，到底有没有？麻子用下巴指着高明亮问。

没有。高明亮挺了挺胸回答。

所以你们都必须回，我可以不回。

这就是麻子的逻辑。后来他们花了好几天时间，结合大量的民间传说，才真正领会麻子的讲话精神：因为你们身上的毛病都可以改掉，我脸上的麻子改不掉。麻子当年也是门岗的一员悍将，是同年兵里最有实力竞争未来门岗班长的人选，但因为脸上的麻子，在一次全旅性的歌咏比赛前夕，被安排到北营区执勤，临时顶替回旅部排练节目的胖子杰，不想这一临时就是八年。这八年里，麻子来者不拒，带了七拨从门岗"筛选"过来的兵，这些兵后来有的回到门岗，有的考学上了军校，当然大多数下了基层连队，然后中规中矩干到复员，但最起码都保证了安全着陆。只有麻子还留在这里。因为只有他脸上的麻子没有变，而警调排先后三任排长也都高度一致地认为，他离优秀的门岗班长只差一张没有麻子的脸。

这就是麻子要他们回旅部的原因：只要身上的毛病不是像他脸上的麻子一样与生俱来，就必须改掉。而他们也正是按麻子说的，再苦再难没有认过熊，在一年之内拔掉了身上的刺，纷纷从跌倒的地方站了起来，尽管站的过程出现了让麻子始料不及的新情况新问题。

8

三甲医院的检查他是亲自带着他去做的。尽管他知道这只是走个程序，检不检查，结果都不会有太大的出入，但去和不去却大不一样。他要让他彻底死心，彻底死心了才能置之死地而后生。他更要避免麻子的悲剧重演。人类社会总是在吸取前人的经验教训中曲折前进的———个列兵的晕岗问题，都被他上升到了整个人类社会前进的高度，看来在机关搞材料搞出来的后遗症短时间内不会痊愈。

但必须要有所进步，否则六年前那人的那些罪就全白遭了。

那次从卫生所回来之后，麻子就开始着了魔似的折腾他，让他站砖块上，开始是薄薄的一层，然后一层层地加高，加一层他就要晕一回，晕一回他就要吐一回。但这并没有讨得麻子的怜悯，他像一个沉浸于自己课题的动物学家一样，沉着冷静地推动着实验进程，绝不会因为小白鼠遭受的痛苦而前功尽弃。他坚信没有他整治不了的毛病。他举例说，他们那个年代，班里有一个走路八字脚的，新兵连三个月都没纠正过来，后来遇到一个班长，什么方法也没教，只扔给他一根棍子，让自己看着敲，只要发现八字脚了，就给脚上一棍子，结果两个星期就给敲过来了。这办法虽然不讲理，但就是他娘管用。

这是麻子的特点，他一搞训练就成了权威科学家。他组织班里做俯卧撑从来不定数量质量，只定汗水，做多少怎么做他全不管，水泥地面上的汗水够了就行。高明亮训练时也是科学家。于是他含了凉白开，像蚕吐丝那样边做边往下滴，洇湿的地面竟然和汗水差不多，直让他和王健伟羡慕忌妒恨。可麻子一眼就看出来了，说高明亮同志流的是白开水吧，没有盐分。高明亮不服，麻子说，凉白开在地上是一摊一摊的，汗珠子是一粒一粒的。高明亮于是再不敢当科学家。

你别恨我，恨我也没用，谁让你们来这个鬼地方，谁让我是你班长。每次折腾完他顶多说几句这样的话，以示自己的关心和关怀。开始他并不知道恨，但几经麻子提醒后，他真恨上了。有一次，他刚上岗台就晕，晕得就差把五脏六腑吐出来了，吐得两条腿发软，麻子眼皮也没抬一下，用手势指挥王健伟、高明亮，一边一个搀着他的胳肢窝，像押送囚犯一样把他架了上去。高明亮见他脑袋往下耷拉，请示是否上卫生所看看医生。麻子说，看医生？班长就是医生，医生就是班长。我们那个年代哪有卫生所，病了都扛着，小病小扛，大病大杠，实在扛不住了才上旅部。麻子喜欢拿他们那个年代的事儿来教育他们，比如，他们那个年代，能打场篮球就过年了；他们那个年代，班长是班长兵是兵……仿佛他是红军时期入伍的一样。

幸好王健伟和高明亮还算够意思，体现了难兄难弟的觉悟，一个每天给他用红糖熬姜汤，一个每晚到炊事班为他烧盆洗脚水，让他觉得那四瓶啤酒和两袋花生米输得很值。

即使这样麻子也无动于衷，见他们端着姜汤、洗脚水进屋了，瞅都不瞅一眼，叼了烟就出门。终于，他爆发了，于某个晚上独自在门口小卖部一口气灌下去一瓶二锅头后，打着饱嗝晃到麻子跟前抗议，说他方法不科学，简单粗暴。麻子听了笑得浑身发颤，接着随手一巴掌把他劈倒在床上，说，我说咋老没效果呢，原来是灌猫尿灌的。说着又把他从床上拎起来，扔进了对面的小库房，连同一大本信纸和一支圆珠笔。他真把信纸都写满了，一半写了份五千字的检查，另一半写了封五千字的匿名信，直接写给旅长，历数麻子的种种罪行，重点是简单粗暴、打骂体罚。信寄出去后他又有些后悔，毕竟是在二锅头的作用下完成的"大作"，充斥其中的各种浮夸和虚构让他提心吊胆。但仅仅两天后之后，他所有的疑虑就烟消云散了。形势发生了根本性的转折，麻子突然改变了方式方法，不再让他站砖头了，还开始巴结他们，还说要带他们去鱼儿山看日出。说鱼儿山是塞外的制高点，山尖上的红点是个亭子，亭子是塞外第一个看见阳光的地方，是著名的塞外八景之一。

开始他们不大在意，坚信一定是麻子编造出来的一个景点。因为每天执勤的时候他们都要从各种角度几百遍地看那些山。他们从来没有觉得哪座山长得像鱼，都是清一色的毫无个性的馒头山、奶头山。他们也曾从侦察兵的指挥镜里看过那上面的亭子，才发现那其实不是亭子，而是一间破房子，门窗都被人卸了，只剩下四面砖墙，太阳落下去，把砖墙照成一块燃着的炭。

如果这样的山头上看到的日出也算是塞外八景，那世界上的每一座山包子都可以卖门票了。

但麻子就是麻子。他下的定论和做出的决定是不能更改的。不同的意见建议就像打篮球没能赢他一样，只能增加班务会的时间。于是几天后他们果真就上了鱼儿山，也果真爬上了房顶，高明亮和王健伟先上去，然后他在麻子的命令和王、高二人的协助下半推半就地也上去了。在那个房顶上，他慢慢睁开眼，第一次看到没有台阶、没有烟囱和楼房的世界，所有的东西都踩在了脚底下，脚底不再虚空，地面也就不再摇晃。

他从心底为自己写匿名信的英明举措欢呼雀跃，但仅仅三天之后，麻子被保卫科的大屁股车带走了。接着他们仨被不断地隔离问话，而绝大多数时候不需要他们辩解，只需要他们说是或者不是，有或者没有。比如：他是不是明令禁止你们去看病，他是不是让你在砖头上练站立，是不是每次都让你站到头晕呕吐，有没有和女军医独处一室，而且关着门，有没有动手打过你……而他们的回答也惊人的一致：是，有。

不久排里就宣布了对麻子的处分决定，撤销班长职务，行政记过，年底提前复员。一起受处分的还有她，作为医护人员，玩忽职守，违反男女相处规定，记行政警告一次。

9

他没想到不抱任何希望的医院之行会有意外收获。收获当然不是来自王小峰，而是他自己。他本来没想过要去找他，有介绍信有证件能正常挂号看病，没必要再去扯出一层关系，欠出一份人情。但他没想到王小峰的检查被医生护士们搞得那么繁杂，他把王小峰交给医生后便埋头坐在楼道的长条椅上，过往护士的粉色短裙、白色丝袜和灰色布鞋把他的眼睛都晃花了，才等来一个白大褂告诉他，检查已经完了，但需卧床休息半天才能走。他由衷地感慨了一下医生护士的爱心和医院的人性化程度，但他依然觉得做个破检查就休息半天完全没有必要。他记得麻子说他们那个年代，老兵们复员前扎堆上医院割包皮，割完回连队照样参加五公里越野。半天时间不能一直坐在长条椅上看护士的下半身，再看他该"晕护士"了。于是他就想到了他，以及有关他和她的一些八卦传闻：因为那个处分，因为受处分的是她，她立即喧宾夺主成了故事的主角，并为故事增添进去许多活色生香的佐料，使故事在神炮旅经久不衰。又因为这个故事，她在谈了几个高富帅都失败后，断然嫁给了一个年龄长相都比她老很多的男人，于是全旅又风传一朵鲜花插在牛粪上……现在离这堆牛粪这么近，他想看看这是一堆什么样的牛粪。

他没有想象中的丑，只是有些谢顶，外露的头顶像手枪子弹的弹头一样光滑圆润，散发着金属的光泽。相对于相貌，他觉得他说话啰唆更让人难以接受，而啰唆是因为过于热情。听说是她介绍来的，她部队的战友，他非要表示表示。他说的"表示"不是请客吃饭喝酒，也不是送他礼物纪念品，而是要给他看病。说既然娘家人来了，不能空坐一场、空手而归吧，要不回去我怎么跟我老婆交代？你知道我老婆这个人的脾气，发起火来可是不管不顾的，要闹离婚的。硬要他好好挖掘挖掘身上有什么病，实在没病就做个全身检查什么的。这是他第一次见识医生的"表示"方式。他想说你老婆的脾气我怎么知道，但听着他一口一个"娘家人"，又发火又离婚的，他就不好意思拒绝了，要再拒绝，估计就该直接称他"小舅子"了。盛情难却，他当然就想到了自己的肚子。尽管对它跟对王小峰的检查一样，都没有抱什么希望，但他还是顺从地接受了安排，非常配合地跟一个刚刚留洋回来的老中医（他开始以为听错了）讲了自己的症状和病史，然后端着各种塑料器皿去各个窗口验血验尿验大便。查检的结果和医生的结论并没出乎他的意外，慢性结肠炎，几年前他就知道了这个结果。出乎他意外的是，医生竟然十分自信地说他能治好这种一紧张就拉肚子的肠炎，因为他以前有过根治这种病的先例。说得他心花怒放，仿佛获得了新生。

他说这种病与精神焦虑密切相关。他接着解释，焦虑可导致脾气暴躁、焦躁不安、情绪低落、腹泻腹痛、尿频尿急、月经紊乱……他又把话题辐射到全社会，说现在社会上像他这种情况越来越多，他列举了近年来英年早逝的名人，他们有的死于癌症，有的死于心脏病，有的死于跳楼，但根源都在焦虑。因为现在的生活节奏越来越紧张，生存压力越来越大，人们越来越不自信，内心越来越恐惧。从小为考大学焦虑，考上了大学为工作焦虑，有了工作又要买房子、结婚、评职称，评职称还要考试，考英语和计算机。他突然激动起来，用手指敲着桌面说全世界只有中国才有中医，你说考英语干什么？中医主要是望闻问切，你说考计算机干什么？可他就要你考，你说能不焦虑吗？我在非洲就从来没有见过这种病。他们穷得只剩下一条裤衩，但照样天天唱歌跳舞穷乐呵。

他开始讲他在非洲的奇闻逸事。说联合国有两个维和人员被食人族抓去了，吃得只剩下一副骨架。他这才知道"留洋"其实是去非洲维和。他不想跟着他去非洲，找了个机会打断他。他这才从非洲回到国内，再回到塞外，再回到他的肠炎上来。说他的焦虑是因为恐惧导致，单纯靠药物不能根治，根治还需要配合心理治疗，只有克服心理障碍才能治好。

他最终给开了一副他潜心研制多年的中药，还介绍了几种可降低焦虑的方法，心理暗示、散步、慢跑、听音乐以及深呼吸等等，但最关键的还是他写在一张便笺纸上的七个字：解铃还须系铃人——让他找一个对他肚子刺激最见效的人，解决心理恐惧。他毫无准备地想到了张副主任。接着想到的是，如果真能治好，他还有进机关的可能，连队再适合自己，也不可能待一辈子，除非正连就转业。

这样想的时候半天就过去了。他去病房领出王小峰，却在门口就被"牛粪"拦下，要留他们吃饭，说都已经安排好了，酒和凉菜都上了，就差热菜和主食了。他们只好跟着他进了医院旁边的小饭馆，里面坐满了穿着病号服吃饭的人。坐在他们中间，他觉得自己立刻就成了病人。尽管从医学的角度来说，他确实是一个患有慢性结肠炎的病人，但这依旧让他感到非常别扭，于是坚称不喝酒，拍着手里的药袋子，说服药期间必须戒酒。他说这不还没开始用药嘛，喝完这顿明天就戒。他说他是肠炎，尤其不能喝啤酒。他说那就换白酒！他赶紧拉住他，还是啤酒好，还是啤酒好。唯一的战果是总算让王小峰幸免于酒。后来为了喝多喝少的事，他们差点动手打起来。他像贞节烈女抵抗强奸一样顽强地阻挡着他的敬酒，保证自己勉强死守在喝醉的边缘。

灌酒的结果，是"牛粪"把自己灌多了。最后的杯中酒下肚，一只手就搭上了他的肩膀上，有力度有节奏地拍打着他的肌肉说，兄弟，现在咱不是外人了，你实话实说告诉哥，我老婆那个处分跟作风问题到底有没有关系？

没有！他看了一眼旁边神情愕然的王小峰，情不得立马堵死他的耳朵眼。但已经来不及了，他一把掀开压在肩膀上的手，拽起王小峰起身往外走。走到饭馆门口，他才想起王小峰的检查结果，只好又站在门口等着"牛粪"。"牛粪"拍着脑袋告诉他，主治医师说现在还不好下结论，本着对孩子负责的态度，他们再确认之后告知。

三天，最迟不会超过三天。"牛粪"亲自把他们送到门口，晃着三根手指说，三天之内我一定给你回电话。

如果没事就算了，没必要浪费电话费，主要是浪费您时间和精力。他不知道是怕他的啰唆还是怕他的热情，但他确实已经怕接他的电话了。

行行行。"牛粪"这次异常爽快，说如果超过三天我没打电话，就说明没事，该吃吃该喝喝，该干吗干吗。

那一大包中药他是自己提回来的。一路上王小峰无数次要抢他的药袋子，他没让，把那个写着医院名字的牛皮纸袋牢牢抓在自己手里。快进营门的时候，他又拐进门口的烧饼店卖了一个烧饼，顺便要了一个大号的"武大郎烧饼专用"塑料袋，套在药袋子外面。他不想让人看到二连新兵王小峰去医院检查是提着一大包药回来的。

10

三天内他果然没等来他的电话。这三天他的手机来电总共不到十个，其中有两个是保险公司的，他接都没接就直接挂掉了；还有一个陌生号码，他以为是他的，接通后聊了半天才知道是对方打错了。他没来电话，也没发短信，连个口信也没让她捎。这为他安心地治疗肚子创造了良好的外在环境。三天里他按时按量煎服汤药，同时按医嘱配以心理暗示。每天下午一场的篮球也不打了，这项运动太过剧烈，每一个动作都容易上火，他改为散步和慢跑，像营长教导员一样在院子里慢慢磨蹭，使自己一直保持着比较放松的状态——只在接那个陌生来电时稍稍紧张了一下。果然，每天，他都感觉肚子有明显好转。

一切都朝着他所希望的方向发展，包括王小峰。第三天下午，二班长给他带来了王小峰的最新情报：这几天表现有些反常，再不给人补衣服，还天天主动要求站岗。

他听了有些兴奋，说，这叫什么反常，这才叫正常！这是他意料之中的，尽管从医院出来他没跟王小峰交代过一个字，连个暗示的表情也没有。他觉得不差这三五天，没必要这么焦虑，但显然王小峰自己焦虑上了。这说明检查是有效果的，也说明他还不至于不可救药。

可已经从岗台上摔下来几次了。

摔伤了吗？他微微一怔，咽了咽唾沫，没等二班长回答又说，知道什么叫因噎废食吗？

就是平时不流汗，战时要流血。

他笑笑，他竟然把那句"平时多流汗，战时少流血"的著名口号反过来用了。二班长就是二班长。

连营长的衣服也不给补，现在还扔在那里。还有，手臂上突然冒出来一道血口子。他正要走，二班长又在身后补充了一句。

那就有些……反常了。他觉得事态有些严重。王小峰的变化在他预料之中，但变化的速度却似乎超出了自己的掌控。

他们在营门岗找到了王小峰。二班副正扶着他在岗台边靠墙休息。他脸色发白，大汗淋漓，衬衣的袖子卷得老高，不像是刚从岗台上下来，而是刚从战场上下来。

二班长说的那道口子赫然在目，是一块一元钱硬币大小的血痂。

能站二十三分钟了。二班副汇报说。

他点点头，不准备表扬也不准备批评。这时候需要他沉住气，放松，保持淡定和从容，否则前功尽弃。

他沉住气，装着不经意看到他小臂上的伤疤，然后抓过来仔细看了看，血痂周围还有瘀青，不像是利器划开的，倒像是搏斗的产物。

跟谁打架了？

没有，是自己长出来的。

可能吗？他没想到他会矢口否认，而且编得这么没有技术含量。

你不会想……想不开吧？他把"自杀"二字临时替换了。

没有，自己长出来的。

今天的训练到此为止，回去把营长的衣服处理了。

我不想补。

你想反天不成？二班长喝道。

这是命令。他说，《士兵职责》最后一条，完成上级赋予的其他任务。

《士兵职责》里没有这条，那是《班长职责》和《排长职责》的最后一条。

他和二班长及二班副都一愣。他知道他已经有情绪了，以后还会更强烈。这在一定程度上来说是件好事，尤其是对他实施下一步的治疗方案十分有利。一切都朝着他希望的方向发展。

营院里的大喇叭终于响起了号声，收操号。他等的就是它。收操号响起意味着到了下午六点，下午六点意味着机关和医院正式下班，下了班，就意味着这一天过去了。当着他的面，他掏出那只默默无闻的手机手看了一眼说，六点了，他还没给我打电话。

王小峰抿着嘴不说话。

要是不信我现在就给他打过去。他说着，手指已经悬在了拨号键上方，尽管他十二分地不想现招惹他。

不用，我信，我什么病也没有。他说。

11

三天就这么过去了，一切都朝着他希望的方向发展。第四天的早操比以往任何时候都要早。天还没亮他就把全排从被窝里轰了出来，领着他们从南麓向鱼儿山顶进发。因为天黑，班长们甚至都使用了照明工具，但这丝毫不影响新兵蛋子们的积极性。他们像猴一样噌噌噌噌就爬到了山顶。他只有跟在他们屁股后面喘气的份儿。本来他还是有信心跟他们一争高低的，但关键时刻他想到了中医的话，怕一冲动把积攒了三天的疗效全冲没了，于是全身绷紧的肌肉又放松下来，心甘情愿地跟在后面看他们疯，才二十多岁的他突然就觉得自己老了。

他爬上山顶的时候，小小的山头上已经挤满了人，黑压压的一片。新兵们正新奇地打量着空荡荡的红砖房子，像在欣赏什么名胜古迹。老兵们则蹲在一旁的石头上抽烟。房子和石头，一切似乎还是六年前的老样子——这种地方，可能只有每天的太阳是新的。

走近了，还是有新发现。迎面的墙上多了一个白色的标记：一个巨大的圆圈，里面赫然写着一个汉字——"拆"！他觉得来得正是时候。说不定什么时候，这房子就不复存在了。而且极有可能的是，会像麻子说的那样出现一座亭子，跟全国各地新增的"人文古迹"一样，水泥浇铸，用油漆刷出古朴，取名"赏日亭"之类，甚至围上栅栏卖门票——到那时候就没什么意思喽。

知道这房子是干什么的吗？他问。

他们很配合地回答，不知道。

那是战争年代的一个观察哨。他信口开河，并临时发挥了一下想象力，像那些景区的导游一样顺口编了一个非常惨烈的战斗故事：战斗从晚上一直打到凌晨，最后只剩下一个小战士，当然是我方的，他其实也不知道战斗结束了，后来在战壕里很久没有听到枪声，就爬上了房顶，正好太阳升起来，他看到满山遍野的尸体，被太阳照得通红。

他最后总结说，所以你们站的地方洒满了烈士的鲜血。他们就争着站到房顶上去，轮流模仿着市中心广场伟人雕像的动作，却一个个都像在拦出租车。

这让他觉得自己的讲解比麻子当年要成功得多。当年麻子也是在这个地方，捏着一样明灭交替的烟屁股在他们面前画出许多带尾巴的红色轨迹，伴随着那些轨迹出来的是麻子的奇谈怪论。

文无第一武无第二，当兵的吃屎也要吃个屎尖知道吧？麻子说。

知道。

为什么古人要看日出？

不知道。

同样的道理，看日出就是为了看个日头尖，就是书上说的第一缕阳光。

再问一个问题，为什么古代看日出的没有女人？这次麻子根本不等他们回答就公布答案：因为女人看不懂日出，那是男人看的东西。

他们看着麻子手里变幻莫测的烟头，统一点头，其实心里都在骂他这些混蛋逻辑和扯淡典故是哪来的。

人群喧闹，他四下里找，还借了二班长的手电筒。王小峰果然畏缩在角落里。他用眼神和手电筒把他挖出来，然后冲他挥了一下手，就像战争年代的指挥员示意部下冲上去一样示意他——爬上去！

他迟疑了一秒钟，最终还是向他摇了摇头。这是他最不想见到的动作。他问你站在这里看到什么了。他说我什么都没看见，我晕。他说，你没病，什么检查都过了，要相信科学，不要疑神疑鬼。他说，排长，我也觉得我没病，可就是不能站台子上。

上去！他吼道。他不想再跟菜市场砍价一样磨蹭下去了，所以声音大得竟把自己吓了一跳。当年麻子就是这样朝他吼的。当时王健伟和高明亮都已经站在了房顶上，新出的太阳把他们的脸照得像京剧演员，他们在上面手舞足蹈，更像京剧演员。舞蹈完了他们朝他招手，说上来上来，太阳已经出来了。他蹲在地上无动于衷，除了摇头，什么动作也不敢做。于是麻子就朝他吼开了。麻子说，你上去，那是最高点，上去了就什么都踩在脚下了。于是他闭上了眼……

王小峰闭上眼睛，全身颤抖地双手搭在砖墙上。上面两个新兵马上一把抓住了他的手，下面两个老兵马上托住了他的屁股。上面拽，下面抬，王小峰像一只蜗牛爬上了房顶，然后像一摊烂泥一样蹲在房顶上，头埋在两腿之间。

站起来。他又下了一道口令。王小峰还没有行动，二班长已经行动起来，领着众人——先是二班，接着是所有新兵，最后是全排新兵老兵——喊了起来：

站起来——站起来——

这是他意料之中的。二班长就是二班长。他意料之外的是，紧接着就有人敲起了锣鼓，咚隆咣啷的。这着实令他意外，出来的时候太黑，他没有注意到他们手里还拿着家伙。他们先试了试欢迎新兵入营时敲的

《迎宾曲》：砰嚓砰，砰嚓砰，砰嚓砰嚓嚓砰嚓砰……接着又试了一下送老兵时敲的《送行曲》：砰砰砰砰咚，哐哐……但最终定下来的却是为各种比武比赛加油助威的《助威曲》，这个曲调很简单，从头到尾都是"咚咚锵"，中间还可以掺入呐喊声。

王小峰，站起来——咚咚锵，王小峰，站起来——咚咚锵……

二班长像啦啦队长一样在前面指挥着，两只眼睛却始终没远离过在场的最高领导。他听出来这不只是敲给王小峰听的，更是敲给他听的。他心里感到从未有过的畅快。二班长就是二班长。

王小峰在喊声中慢慢站了起来，艰难得像在重启一台早已锈死的机器。太阳升上来半拉子，像放电影一样正好照在他的脸上。他的脸变得红白分明起来，汗水像磨豆浆一样从脸上各汗毛孔渗出来，被阳光染成血色，如毕加索的立体画一样生动。

睁眼——

王小峰，睁——眼，咚咚锵。王小峰，睁——眼，咚咚锵……

这次异常齐整，达到了异口同声的标准，喊声、锣鼓声山呼海啸。

他终于睁开了眼。身体向后倒去，仿佛射进他眼里不是阳光，而是一支夺命的利箭。

众人及时扶住。他瘫软在许多只手组成的担架上。他看见阳光把他的身体照耀得像一根刚出锅的油条，金黄而绵软。他想，他应该是根幸福的油条。他还看见泪水从他的眼角汩汩流出。他想，这应该是喜悦的泪水。

他扔下部队独自往山下走，局面一打开基本就大功告成了。这里从此没他的事了。他急着回去，刷牙洗脸吃饭，然后请个假去旅部，找张副主任。

二班长追上来请示：下一步怎么办？

凉拌。方式方法我全都教给你们了，还用我多说吗？

是是是。我们准备让他歇一会儿再来一动。

不要耽误早饭。他头也不回地往山下走。天已大亮，路线清晰，山路太过陡峭，步子一迈开就止不住地往下冲，势如破竹，想不快都不行。

一路上，他继续考虑找张副主任的事。找应该好找，找到之后呢？是跟他推心置腹地聊几句，请他喝几杯，还是拍着桌子骂他一顿，或是直接揍他一顿，打得他满地找牙……各种稀奇古怪的想法就想他现在的脚步一样在脑子里横冲直撞，但没有一个能站住脚。

到了山脚下，他总算收住了脚。剧烈的运动让他心跳加快，浑身冒汗，他马上意识到这样的节奏对他目前正在进行的治疗非常不利，很有必要停下来调整一下，做几次深呼吸，使全身重新放松，回归到几分钟前的状态。第一个深呼吸只做了一半他就停住了。他看到了那块巨大的"照相石"。这其实是一块普通的石头，只是个头比周围的所有石头都大，造型有点奇特，从某个角度看像只海龟。坐在上面照相，如果背对着鱼儿山能把整个鱼儿山照进去，如果把身子转过来背对着营区，能把整个北营区照进去。因此成为老兵们复员前照相留念的最佳去处，那些为老兵送行的干部们、新兵们、老兵们也选择在这里跟老兵合影。这里就成了送老兵的圣地。他没想到这么多年了它还在这里，还没有被那些搞园林景观的人挖走卖钱。

他看着光溜的"龟壳"发呆。它的光溜是被无数军人的屁股磨蹭出来的，不仅磨出了光泽，还包上了浆，那些屁股其中就包括他和麻子的。当初他就是在这里送走的麻子，但他们没有照相，连想都没往这方面想。

麻子的处分决定和他们重新分配的命令是同时宣布的。他回了门岗班当副班长，麻子推荐的，排长为此还专门领着他在灯光球场的台阶上测试了几个回合才点头；高明亮继续留在北营区执勤，等下一年的新兵到来他就自动升级为新一任班长；王健伟则主动下炮连当了炮手，那里几乎天天摆弄真枪实弹。

麻子走时没跟任何人打招呼，但他还是在这块石头上找到了他。

班长，信，是我写的。两块屁股落到石头上后，他说。

我知道。带兵那么多年一帆风顺，该栽次跟头了。麻子点着烟卷，深吸了一口，脸上平静得比天上的云还要淡。

我对不住你。

少扯淡。以后带了兵，也得狠着点，不能把人家活生生毁在了自个儿手里。理解了要狠，不理解的，以后迟早会理解。这是谁说的来着？

林彪。

我怎么净跟反面人物扯在一起，怪不得要栽跟头。

你没栽跟头，是我陷害的。

你还有这么大本事？他继续前面的话题：实在一辈子都不理解，就不勉强，反正咱又不图什么，咱带兵图的是问心无愧。

我理解。

你理解个蛋。往后这兵是他娘的越来越难带。大学生士兵，以前哪有啊，干部都没几个，现在往兵里一抓都一大把。没有两把刷子还真他娘的拿不住他们。我们那个年代的兵哪有这么娇气，白天挨班长熊了，晚上一盆洗脚水就算过去了。

那洗脚水和姜糖水都是你让他们整的。

你比我们那个年代多一碗姜糖水，也算本班长的一个进步吧。

他眼眶里的液体终于突破眼皮的阻力自由落体而下，滴在石头上，摔得粉碎。但麻子好像没看见，起身拍了拍屁股，把背包往肩上一甩，就往山下走。走出去很远了又回过头，朝他喊道，以后带了兵，再怎么着也不能娇生惯养，要狠，别怕。

他想回答：放心吧，我他娘记住了。但麻子已经拐过弯，不见了。

发现又有几滴液体摔在石头上，是他的手机响了几声之后。他以为是定的起床闹钟，打开了是个陌生号码，不太像保险公司之类的，于是就接了。

本来昨天下午就该给你打电话，因为中午结果就出来了，可下午一直在开会，一直在开会，一直开到吃饭。吃饭就吃饭吧还会餐，一会又会到七八点钟，喝多了，喝到七八点钟能不喝多吗，是不是？喝多了我就没回家，喝多了回去就要吵架，吵架就要闹离婚。后来几个同事把我搀进单身宿舍，扔在床上。但我还是记得给你打电话的事，勉强着支撑起来，躺在床上拨电话，拨了十几个电话，结果都没有拨对，全他妈打错了，还有一个打到以前的女朋友那里去了。这要是让我老婆知道了又要闹离婚。所以一生气呢，我就把手机从窗户上扔了出去。扔完我才想起，我操，我们宿舍在五楼。

他打断他，你现在醒了没有，要没醒的话等醒了再打吧。

醒了醒了，现在刚醒，用单位的座机给你打的。一个长达五秒的哈欠后，他的语言马上简练直来：化验结果已经出来了，初步诊断是白血病。希望你们马上带他去总院或者协和复诊，如果时间来得及，可以骨髓移植，不过要先找人配型，只要配上型就可以做手术了……

你说什么什么，你再重复一遍。可还没等对方重复，他已经挂掉手机，掉转身疯了似的向山上跑去。就在他迈腿的瞬间，他突然听到肚子咕噜一声，腹腔开始翻滚。他一只手捂住肚子，另一只手迅速摸了一遍所有的衣兜，没有纸。他顺势一屁股坐在了"龟壳"上。早晨的石头像冰块一样的拔凉。他感一股凉气正顺着脊梁骨向后背漫延。

不偏不倚，山顶的锣鼓又响了起来。他勉强着欠起身，但很快又坐下了，仿佛石头和屁股之间有一股极强的磁力。那根肠子彻底疯了，像一条受伤的蛇，在肚子里痉挛、打滚，滚得五脏六腑都化成了稀汤，稀里哗啦地向着闸门冲去。他憋住气，使劲地往上提肛门，眼睛却死死地瞄着山顶，像一只刚关进笼子里的鸟仰望着外面的天空。

　　山顶已经被红日普照，看起来光芒万丈。呐喊声也在锣鼓声响过之后响了起来，这次他们喊的是：王小峰——你没病——

　　这次远比上一轮喊得有气势，像打了一场大胜仗。

红炉一点雪

1

　　军校学员朱向锋站在学员队宿舍楼的楼道中央。他确认这是楼道的中央，因为此时正午的阳光正通过楼顶正中的天窗垂直地泻下来，像舞台上的追光灯一般，整束，囫囵的，不偏不倚地打在他的身上，使他浑身金光闪闪，像一根刚刚出炉的金条。更确切地说，像站在学校大礼堂舞台中央的刘胜利，因为他没见过刚出炉的金条，但他见过站在学校大礼堂舞台中央的刘胜利，无数次地见过，尽管其中大多在梦里。但此时他对自己身上散发的迷人光芒一无所知，或者根本无心留意。他的眼睛死死地盯在那扇挂着"队部"木牌的房门上。在他眼里，此时此刻异常关键，是前进还是退缩，将影响他今后整个人生。

　　他自认为他此时站在人生的分水岭上。

　　那是他那届军校毕业生的分配命令正式宣布之前的那个中午，军校学员朱向锋像一只热锅上的蚂蚁一样在宿舍楼狭长的楼道里来回地踱着步。全队都在安静地午睡，呼噜声此起彼伏，悠扬婉转。除了他，没有人知道下午就要宣布毕业命令，否则都会像他一样睡不着。幸运的是，全队只有他知道这个绝密的信息——三天前他就知道了，刘胜利在炮场那门一百毫米口径高射炮的炮盘上亲口告诉他的。刘胜利的爹是中原军校的校长，情报从她嘴里出来当然是可靠的。刘胜利告诉他这个绝密情报的时候，他们刚刚在那个巨大的炮盘上探讨完新军事变革。那个炮盘是他们的"老地方"。朱向锋第一次发现这个整个校园最适合探讨新军事变革的地方是在刚上大一时的一个寒假，他留守护校，分配在炮场站岗，负责看护那几门全军块头最大的现役高射炮。有一天他突发奇想，解开裹在炮身上的帆布炮衣探头进去看了一眼。这一眼让他目瞪口呆，一个足足有一张乒乓球桌大的炮盘呈现在他眼前，火炮的主体坐落在炮盘上，钢铁龙骨张牙舞爪，高高地支撑起那层厚实的帆布，使得里面容积宽敞，别有洞天，如一个小型的单兵帐篷。那一刻他浮想联翩，想到很多可以在里面施展的运动。理所当然地，当刘胜利和他的信件往来变成短信往来，短信往来变成通话并达到一定频率，由量变转为质变之后，那个炮盘就自然而然地成了他们探讨新军事变革的福地。他们起初探讨新军事变革，后来逐步扩展到其他领域，最后只探讨其他领域。当然，他们在那间小帐篷里的探讨总是有所节制的，每当进行到一定程度，眼看着就要在某些领域取得重大突破之时，刘胜利就会像被对手打出一波小高潮的篮球队教练一样，果断地要求暂停。如果他单方面继续深入，就会被她视为无理取闹，而遭受非常理智的提醒：别忘了，你毕业的去向还没定呢。她由柔情似水变成六亲不认的速度快得惊人，就像一门全自动的火炮从行军状态转换成战斗状态一样快捷，不需任何中间环节。这正是她吸引朱向锋的地方之一。刘胜利身上类似的反差还有，在舞台上她是时尚泼辣的文艺兵，舞台下她却时常展示出村姑一样的质朴，演艺圈热衷于港台腔，但刘胜利台上是标准普通话，台下是地道的河南话。个中缘由，是因为文艺兵的演技高超，还是因为校长家的政治教育更扎实有效，或者是官宦子弟与生俱来的城府，朱向锋一直琢磨不透。反正这些谜一样的东西像磁铁一样吸引着他。朱向锋出身于中等城市的中产家庭，个人有些"小资"。他不喜欢村姑，觉得太土气；也不喜欢文艺兵，则是因为太洋气甚或哆气；更不喜欢官宦子弟，觉得傲气且娇气，高攀不起。但这三样都集中到一个人身上时，他就觉得无法抗拒。

只要俺爹那一关没过，咱俩的事就白扯。每次，刘胜利在整理衣服之前都会不经意地嘟囔这么一句。这种唯爹命是从的迂腐同样让朱向锋不可思议。

我要分配到哪你爸才满意？他收回还在她身上流连的触角，身体的火山随之逐渐冷却。

当然是北京，他就算升不上去了也肯定要调回北京退休，到时候俺一家都要搬到北京。她一只手抹着被他啃得满脸都是的口水一只手整理着被他扒拉得乱七八糟的衣服，幽幽地说道，八字还没一撇呢，如果分到新西兰，那就想都不要想。

他的火山就彻底冷成了冰岛。她说的"新西兰"在他们那所军校绝不是指那个国人移民的太平洋岛国，而是"新疆、西藏、兰州"的简称，代指边疆海岛艰苦地区。这些地名在每年临近毕业时都会频繁地被各级提及。那时，学校会大张旗鼓地组织各种活动，发动学员献身于那些地方。就在前几天，朱向锋所在的学员中队还搞了一个这样的活动：在水泥球场拉一条写满"坚决要求去边疆海岛"之类口号的长达几十米的横幅，让每个学员轮流拿着水笔在上面签名；在学员宿舍楼的正墙上挂一张巨幅的中国地图，让学员把自己的名字写在志愿献身的地方，结果导致国界线不够用，密密麻麻的名字甚至挤到了国外，还有一些被挤过了台湾到了太平洋。朱向锋也签字了，无论是横幅还是地图，他的名字都十分的耀眼，引来许多赞赏的目光。因为他签名和别人签名的意义完全不一样。他是全中队唯一一个正儿八经来自"新西兰"的学员。他在塞外一个鸟不拉屎的山沟里守了两年的坑道后才考上这所军校。按照该校"基本回原单位"的分配原则，只要全中队有一个去"新西兰"的名额，那都是天经地义地非他莫属。本来他完全还有别的选择。他学习成绩拔尖，一年前就被列为保送读研究生或者留校的对象——这是他认识刘胜利初期的奋斗目标，他认为只要他留在中原军校，他和校长女儿之间的可能性就会大大增加。但交往深入到一定程度后他才知道，刘胜利的爹以及他们全家最终要回到北京。他只好调整计划，毫不犹豫地放弃保送读研究生和留校，所有人都不解：保送研究生的名额一个中队只有两个，留校则只有一个。他当然不敢说是为了去北京，支吾了许久只好解释说是为了回"新西兰"戍边。这个过于高尚的动机甚至一度让队长教导员震惊，继而都对他由衷钦佩。他也理所当然地成为"立志边关"的典型，并火线加入预备党员。

那你跟你爹说一下让他把我分配到北京不就得了，一个学员的毕业命令不是他一句话的事？

要俺去跟他说一个男学员的毕业分配，除非你想脱军装。

他就不说话了。他完全有理由相信刘胜利她爹会做出这样的决定。一个能给自己女儿取名"胜利"的男人，心肠是何等的坚硬？这样的人什么事情干不出来？作为这所军校近十年来的主要管理者之一，刘胜利的令尊大人发明了许多惨无人道的管理措施，尤其是在惩治男女私情方面更是毫不手软。这一点已经有无数的怀疑者用自己的前途命运为代价验证过了。他们的结局无一不是比原先想象的还要悲惨。

几乎每次，他们的对话都是这样开始和结束。无数次强化灌输后，北京在他心目中早已不再是首都或者什么政治、经济、文化中心，纯粹地成了他必须攻克的一座堡垒，无法迂回的一座独木桥。

可偏偏今年全队分配到北京的名额只有一个。三天前他从刘胜利那里得到这个消息时，从头到脚都被霜打了一遍。那次他本来是决心要在某些领域取得实质性进展的——不仅是为释放压抑了三年的欲望，也不为总结所有在炮盘上度过的时光，而是为检验他和刘胜利之间爱情的成色。军校期间所有的考试均已结束，他全部合格而且优秀，唯独在刘胜利这门功课上心里没底。尚未攻占的阵地，在他看来并不是身体的抵触，而是心的距离。刘胜利对他而言就像实弹射击时发射出去的一发炮弹，看似掌控之中，实则心里没底。所以那天不管刘胜利怎么抵抗，他的触角始终在顽强地向新的阵地发起进攻。直到刘胜利被迫泄露那个机密。他当时的反应甚至让刘胜利都后悔不已，第一次手足无策地宽慰他：放心，就算实在去不了北京，俺也给你留着，直到俺说服俺爹为止。这种只有在怀旧的影视剧中才能听到的古老台词，从一个思想前卫、心高气傲的文艺兵，一位从小就被市侩和官宦包围的校长千金嘴里说出来，让朱向锋心头猛颤。这种心灵的颤动远胜肉体的快感。心灵之间的城池和距离在那一刻灰飞烟灭。他知道她永远不可能说服她的父亲，所以他也越发不能放弃。放弃北京对他来说就意味着放弃刘胜利，放弃整个人生。他连熬两夜，猫在厕所最偏僻的角落里从针线筒里抽出缝衣针，用点燃的二锅头消毒后，扎破手指写了一封血书，虚构了诸多惨不容睹的家庭困难，塞进了一位专管毕业分配的校领导的信箱。

现在，是验证他的虚构能力的时候了。成与不成，生存还是毁灭，To be or not to be，此时是个分水岭。

队部的门终于开了。队部通信员从里面出来，朝他招了一下手就离开了。他把自己的军容从上到下理了三遍后，毅然告别照在身上的阳光，大踏步朝队部走去。

队长和教导员端坐在办公桌两端，面无表情，像寺庙里供着的菩萨，只不过没有供品，宽大的办公桌上只有一个拆开的信封和几张折叠着的信纸。

你很有门路啊。队长开口了，像审问一个刚刚抓获的诈骗犯，眼神无比鄙夷地往信封信纸上瞄了一眼。那只信封虽然背面朝天趴在桌上，那张信纸虽然折叠着随意地摊在桌上，但他依然一眼就认出了这是自己的杰作——信纸的背面还透着暗红的字迹。那是纯正的人血，不折不扣，如假包换，几天前还在他的身体里发挥着维持生命正常运转的重要作用，是那天中午他咬着牙用缝衣针扎破手指一滴一滴挤出来的——不是怕收信的领导会拿着血书去卫生队检验，而是那一刻他想到了自己和刘胜利纯洁伟大的爱情。尽管血书也虚构了大量的情节，但他认为至少自己写作时的态度是真诚的，情感是真挚的。不像传闻中那些写血书进疆进藏的学员，从炊事班或者附近的农贸市场弄一牙缸鸡血鸭血或者猪血，躲进纯光棍队宿舍楼那些使用率极低的女厕所，拿一根鹅毛蘸着写。

与队长相比，教导员显得更有耐心，不紧不慢地端详着手里的行政介绍信说，你再仔细想想，是不是写错地方了？

他摇摇头。

家里真是这个情况吗？

他点点头，目光最后盯在那封血书上，往外透着的除了大片暗红的血色还有一小块纯黑的笔迹。如果没有猜错，那应该是上级首长的亲笔批示。他庆幸自己把信塞对了地方，若是给了刘胜利他爹这样铁石心肠的领导，估计早就碎尸万段了。

咯咯咯，队长笑了，浑身发颤地说，在军校干这么多年见过写血书去西藏去新疆去西沙群岛的，头一次见写血书要去北京的，咯咯咯。

教导员说，要不回去再考虑考虑，是不是把这个指标让给别人？

难道还有比我更需要分配到北京的吗？他突然感到事态的严重性，此时如果再沉默就意味着妥协，意味着前功尽弃。

当然有。

谁？

周文斌。

他的心里咯噔了一下，这是他此时最不愿意听到的名字。

他是北京人，独生子女。教导员继续说。

他终于还是先下手了。这既是在他的作战预案之内，又在他的情感预料之外。一阵冷意顿时袭遍他全身。凭什么？难道他是北京人就应该回北京，难道北京人天生就高人一等？

当然不是！他父母都是……

都是军队高干，关系比我大多了。他不阴不阳地截住话，更不忘及时地将队长鄙夷的目光反射到教导员身上。

放屁！一直保持斯文的教导员骂道，别他妈什么事都想当然！

他感觉自己的身体摇晃了一下，但很快就重新站稳了。周文斌下手会这么狠，这是他没有想到的。毕竟周文斌是他在军校期间最好的哥们，一间宿舍上下铺睡了四年。按中原军校关于上下铺倒换的相关规定，他们分别在彼此的上铺睡过四个学期。周文斌爱吃大豆，吃完全天候放屁；朱向锋爱洗脚，洗完就把臭袜子晾在屋里。周文斌睡上铺的时候，经常隔着铺板对他进行野蛮轰炸；轮到朱向锋睡上铺的时候，就经常把臭袜子搭在床架上对周文斌进行恶臭熏陶。他闻了周文斌四个学期的臭屁，周文斌闻了他四个学期的臭袜子。周文斌除了爱放屁，还爱作诗。不过朱向锋觉得他的诗比他的屁还臭，都是一些"稍息立正向右看齐向前看，我们的队列训练就这样开始了"的废话，有时还念两句"生存还是毁灭，To be or not to be"之类的洋文。朱向锋爱看小说散文唯独不喜欢诗，尤其是周文斌的诗——周文斌的诗不仅仅是他，全班弟兄甚至连文艺兵刘胜利都不喜欢——但朱向锋依旧坚持每次都把他的诗歌朗诵欣赏完。这一点全班只有他朱向锋能做到。这既有利于班里的安定团结，又能赢得周文斌延绵不断的感激。这种感激不是抽象的，而是具体的，具体体现在他攻克刘胜利之战的全过程。

刘胜利最初是和周文斌是"一对"的，而且是正大光明的一对。那年中原军校为了迎接一次级别很高的统考，从各中队抽出尖子生与全校的"及格困难户"——成员主要是演出队和球队那些特长生——结成互助对子。周文斌是首批入选的尖子生之一。他的屁臭、诗臭，但成绩不臭。他以名列全校前茅的资质当仁不让地成为校长千金刘胜利的互助对象。那时的朱向锋还不是尖子生，但那时的朱向锋已经开始梦见台上光彩夺目的刘胜利。所以当周文斌把"互助"的消息一泄露给他，他就毫不客气地抓住了这个千载难逢的战机。朱向锋想了解什么情况了，比如生日、饮食习惯、个人好恶等等，就告诉周文斌，周文斌拿笔一一记在小本子上，然后向刘胜利一一打听，回来再拿着本子向朱向锋一一反馈。有了准确情报，朱向锋的决策就有了方向。她喜欢学习成绩好的，他就向尖子生努力；她不喜欢诗，他就坚决不提诗，言必提我军的新军事变革，显得雄才大略……由于知己知彼，朱向锋的进攻犀利无比，所向披靡。互助到最后，周文斌没互助出什么故事，倒把他俩互助成了一对。这种结局有时连刘胜利都觉得不可思议，而朱向锋则坚信这是他长期忍痛欣赏周文斌诗作的结果。他由此总结出一条心得，跟诗人打交道唯一的好处就是，好糊弄。

但就是这样一个在他眼里单纯得像个傻逼的人，依旧在最关键的时刻使出了撒手锏。他跟队长教导员说了什么？使得他们如此不谋而合地把天平无可救药地倒向他……时间在一分一秒地过去，他看见阳光从窗户里照射进来，把队部的小房间分割成了明暗两个世界，光明处，是周文斌在朗读诗歌；阴影里，是周文斌在队长教导员面前泪流满面；阴阳交界的临界线上，是北京在向他招手。他在两个世界徘徊的时候阳光在迅速移动，他甚至能听见它们移动时与地面发生摩擦的声响。

可他，毕竟他是犯过严重错误的人，刚刚受了处分，这可是你们亲自宣布的。在阳光马上从窗户撤离的瞬间，他终于艰难地说出了这几个字。这句话的分量他马上就感觉到了，队长瞬时就收敛了不阴不阳的笑脸，愣怔地倒抽了一口冷气，接着是眼巴巴地看着教导员。

那好吧。教导员轻声地叹了口气，猛然举起了图章。

"砰"的一声，图章砸在那纸行政介绍信上的同时，朱向锋感觉到心里许多的东西也跟随着图章一起纵然落下，然后在地上摔得粉碎。拿着这张行政介绍信走出队部，朱向锋依旧不敢相信，随着那一声闷响，全队唯一一个分配到北京的指标就这样落入了自己的囊中。迅速离开队部，他一头钻进一墙之隔的洗漱间，在阴暗潮湿的地面上一动不动地站着，以便让身上所有尚未冷却的细胞冷却。

隔壁紧接着传来了队长和教导员的争吵。

你为什么不把情况说清楚？

我能说什么？

周文斌的父母以后怎么办？两个伤残军人，儿子在外地，谁来照顾？咱们又怎么向全队学员交代？

这可是校领导的亲笔批示。

……

后面的话他没有听进去了。他像后脑勺上被什么击了一下，差点倒过去。他们都是伤残军人！他一直以为他们是高干，有利用不完的资源，即便儿子分配到天涯海角也能不费吹灰之力调回北京，更何况，周文斌还有别的路迂回——队里最初定的两个保送读研的人选，另一个就是周文斌。他自动放弃了，但周文斌没有。即便这次他回不去，读完研也还有再分配的机会……

但朱向锋万万没想到周文斌的父母会是伤残军人——尽管伤残军人也有当高干的可能。他出了洗漱间，想推开房门重新走进队部，但他发现此时从楼顶天窗泻下的光柱又发生了巨大的位移，倾斜的光线里，刘胜利亭亭玉立，笑靥如花，在向他不停地招手。

2

为了避免诸多不必要的麻烦，朱向锋决定赶在正式宣布命令之前悄悄地离开中原军校。他没有和任何人尤其是周文斌道别，就草草收拾了行李。经过那条狭长的楼道时，他甚至不敢把那只硕大的带滚轮的行李箱放在地上拖着走，而是把它扛在肩上，像偷了生产队粮食的贼一样溜出了中队的宿舍楼。他不敢让任何人知道。如果这个消息泄露出去，不知道有多少节外生枝的麻烦会找上门来。那是有教训的。上届毕业的一个学员通过关系调换了分配单位，消息泄露后遭到七八个同学在军校至火车站的路上围追堵截，虽然毕业命令不可能更改，但据说被搞得非常的狼狈，腰带和鞋带都让人抽了，提着裤子跶着皮鞋上的火车。更何况，他早已不只是调换分配的问题，他蒙骗了全队一百六十多号人整整一年——这一年里，他们原有的各种不太高尚的想法被他的高尚压得透不过气。这绝对属于人人得而诛之的滔天大罪。

他选择的偏僻小径路过炮场，但他没有心思在这里浪费时间去流连那些曾给他带来无限激情和痛楚的火炮。直到他拖着行李箱从最后一门火炮前经过时他才停下来。他感觉有一双眼睛在某个地方盯着他。他回过头，炮场空无一人，所有火炮的炮口都在盯着他，像一双双愤怒的眼睛，看得他毛骨悚然。他迅速扭头，就在那一瞬间几个鲜红的阿拉伯数字像炉子里溅出的火星子一样从炮群里跳出来灼了他的目光一下，0218，炮场最后一门炮的前车体横梁上赫然用红漆喷印着这四个数字。0218，这是他毕业考核时用过的炮，正是它打出的炮弹让周文斌受到了那个处分。

那次毕业考核在中原腹地山区打靶，他任炮班长，周文斌任副班长，使用的是战功卓著的0218号高射炮，负责打头阵、开头炮。这种安排当然是学校的宣传、教务等部门联合指导中队精心策划的，为的是制造更多的噱头，把领导的眼球和记者的镜头都吸引过去。但万众期待中，他们打出的第一发炮弹便像着了魔似的飞出了射界，结果在空中自炸后弹片落入了居民区，把山里一户农民养在露天猪圈里的老母猪给砸死了。当然，现场的领导、记者和炮手除了目睹首发不中，其他一概不知。因为天上没有界线，而一枚防空炮弹一旦没有命中目标，它的命运和下场就再无人关注。但失猪农民伤心欲绝，领着一家老小和七朋八友找到射击阵地，要讨说法。这事本来赔点钱就能搞定的，但关键是没有哪个中队认账。那天发射过炮弹的有三个中队的近二十门火炮，在没有确凿证据的情况下，谁也不会傻到自告奋勇的程度。不巧的是，双方正争执间，校长也就是刘胜利她爹正好前来视察阵地，一大帮子机关干部前呼后拥，声势浩大，农民一家子一见就知道是大官来了，围上去就对着众星拱月的刘胜利她爹又拉又扯，撕破了刘胜利她爹的军装不说，还把她爹的腰扭伤了。事态最后只用五百块钱就平息了，但刘胜利她爹的腰却痛了一周。刘胜利她爹换了一身新军装板着像木偶一样僵硬的腰给全校开会，要求严肃处理责任人——不是因为这事扭伤了他的腰，而是炮弹偏得太离奇，本来扬言要射"天狼"的"长空利箭"，却打死了一头"地猪"，这种笑话传出去是要倒学校招牌的！校长一重视，复杂的事情就不再复杂了。由于现场镜头齐聚，影像资料丰富，肇事炮和事故原因很快查清：他们的"头炮班"在标示禁射界时弄错了一个数据，导致火炮超射界开火。这就由普通的射击偏差问题上升为责任事故。责任人当然是他班长朱向锋，只有他才有权标示禁射界。处分即将宣布的前一天晚上，他揣了一瓶二两装的"二锅头"和一纸包价值三块多钱的油炸大豆，把周文斌拉到了阵地边的石滚河畔。他喝酒周文斌嚼豆子。他一口气把瓶子喝干后告诉周文斌，他的预备党员考察期再过几天行将结束。周文斌嘴里嘎嘣一下，说你丫买的豆子忒硬……最后全班统一的口径是：标示射界禁时班长朱向锋上厕所了，副班长周文斌擅自做主，越权指挥。第二天，中队宣布给予副班长周文斌行政严重警告处分一次，而不是原先研究的给予班长朱向锋行政警告处分一次。

他鬼使神差地朝0218走了过去，靠近炮盘的那一刻他后悔极了。周文斌木然伫立在炮后，两眼像炮口一样空洞。他像一门已经发现敌情却来不及装填炮弹的火炮，除了惊愕和紧张，还有茫然。

你这是要去哪，我送送你。不知什么时候周文斌已经到了他的跟前。

我……家里有点事，得先走了。他十分得意自己慌乱之中依旧没有忘记更换便装。

哦，有没有毕业分配的消息？

没有。怎么，有想法？

嗯。我想回北京，但听说没有指标。

是吗，就没去找找人？朱向锋保持着若无其事的天真。

家里是有这个意思，可我觉着不合适。

有啥不合适？他装着震惊，心里却在学着周文斌的京腔说，操，你丫给我装啥装？

周文斌突然没了声音，下牙咬着上唇，呈现出他最为人所熟悉的状态。以往他作诗或者考虑重大问题都是这种状态。

没事，你还可以先去读研，读完再回北京也不迟。他尽量装出轻松，甚至略带轻蔑。他急着脱身，没心思再耗下去。

已经取消我的保送资格了，今天刚通知的。

是因为受处分的原因？他急切地问。这是他最不想听到的消息，更不想听到的就是周文斌的接来的肯定回答——他的党员保住了，周文斌的研究生却丢了。但他分明还是看到周文斌点了点头：嗯……算了，我给你念一首诗吧。

看得出来，周文斌比他更不愿意在对方面前提及那个处分。

好吧。他强迫自己耐住性子，反正是最后一次了，就是一坨屎也要微笑着听他念完。

高尚是高尚者的墓志铭，卑鄙是卑鄙者的通行证。

就这？

就这。

很好很好。

你怎么不问我是原创还是抄袭？

当然原创，当然原创。

我哪有这么牛逼，这是一个叫北岛的诗人说的。

好，北岛，北岛，好……他像老熟人一样念叨着这个完全陌生的名字，自己都记不清楚是怎么从周文斌身边走过去，然后走出学校大门的。这期间他肯定不止一次地想跟周文斌说"不管以后分配到哪我都不会忘记"之类的话，但最终肯定话没有出口，甚至连他一直惦记着的一定要向周文斌问清北京住址，以便以后有空便过去照料的事也被忘得一干二净。他只记得到火车站匆匆买了一张站台票就挤上了一辆马上就要启动的火车。直到两只脚都已经稳稳地踩在了火车的铁皮地板上，他的两条腿还在不停地颤抖。直到那辆连开水都没有的号称京广线上最慢的绿皮火车徐徐驶离站台，那种"春风得意马蹄疾，一日看尽长安花"的豪情，才开始像车厢里的热浪一样在他的心头逐渐涌动。火车在薄暮中跨过黄河上空的钢铁大桥时，军校学员朱向锋知道自己已经彻底地告别了这座古都。它那老得掉渣的城市轮廓从车窗上逐渐压缩成一张朦胧的底片，取而代之展现在他眼前的是一幅精彩纷呈的都市生活画卷：尽管分配的第一任职是到基层连队当排长，但用不了多久就会凭借着丰富的基层经验、过硬的军事素质和出色的文字功底从一大堆排长中脱颖而出，调到机关当参谋或者干事，先是小机关，然后一级一级往上；而刘胜利如期毕业，她妈安全退休，举家进京，老丈人看到他写的材料颔首赞许，婚事水到渠成并分得位于核心城区的房子，孩子生下来便是北京户口，一上幼儿园就能在央视春晚表演节目……

钢铁大桥的最后一根栏杆从他眼前消失后，他拖着行李箱走进了厕所，然后插门，快速脱衣、穿衣。在到部队之前，一定要把便装脱下，把军装换上，这是他在部队当战士时就总结出的经验。新毕业的学员排长穿着便装去部队报到，那就是不伦不类，尤其是见了领导敬不敬礼？敬礼，穿便装敬是违反条令，不敬是不懂礼节礼貌，傻逼呵呵地让领导觉得没素质。第一印象，往往会影响一个干部的整个军旅生涯。所以报到不仅不能穿便装，连穿军装都有讲究：不能穿太新的，要旧一点，但一定要整洁，领子和袖口洗得略微发白，最关键的是皮鞋一定要亮，最好能照出人影，这样显得干练利落，更重要的是有兵味，领导一看就知道是从基层摸爬滚打出来的，部队情况熟悉，带兵经验丰富，堪当大任，不像那些大学生排长和军校的地方生排长，军装倒是挺新，但永远没干净利爽过，皮鞋能穿成草鞋，衣服口袋鼓鼓囊囊，手机香烟打火机卫生纸钥匙链，里面什么都有，连队的兵一看就知道来了个学生官，进门先安排住上铺……

换装完毕，他对着墙上的镜子仔细端详了五分钟，又尝试着用连、营、团三级领导的眼光分别审视自己一遍，基本满意后才从厕所里出来。门口已经等了一堆人，和他们摩肩接踵的时候他才发现手机还在裤兜里，他赶紧把它掏出来，别进腰里的手机套，尽管他知道这是本年度的四大俗（呼机带链，手机带套，男的穿背心，女的戴胸罩）之一，但总比平展悬垂的裤子无端地鼓出一个包来要好得多。

至此，他已经为迎接新的生活做好了一切准备。

3

北京西站是在第二天的中午才到达。这座号称"亚洲第一"的客运站和这座有着"祖国心脏首都"等豪华身份的城市给朱向锋的第一感觉基本上一样，并不是繁华而是拥堵，并不是满地的高楼大厦和像蚂蚁一样爬行的汽车或者清一色标准地卷着舌头发音的普通话，而是他在江南和中原都从未经历过的闷热天气（后来他才知道这叫桑拿天）。他的汗从火车门打开的那一刹那就开始豪放地涌出，到走出站台时军装就已经湿透了，像紧身衣一样裹着他的肉体，使得他看起来像芭蕾舞演员一样显得沟壑分明。但这依然不影响他成功登陆北京的成就感，以至走出站门时他甚至觉得广场上所有各行其是、行色匆匆的人都是在以不同的形式代表首都人民欢迎自己。站在人流如织的西客站北广场中央，他，军校学员朱向锋像一门压满炮弹的值班高射炮一样，以四十五度的仰角分别望了那两座像保镖一样矗立在广场东西两侧的巨大圆柱形钟楼一眼——它们显示的时间竟然分毫不差。这是他第一次看到两个完全一致的计时工具，这意味着它们必定共同见证，他的生活将从这一刻起翻开崭新的一页。

这种令人陶醉的成就，差点使他晕厥——若不是周文斌和他抄袭来的那两句狗屁诗时不时地从已经遥远的中原跳出来晃荡一下的话。那两句诗咒语一般吞噬着朱向锋的成就感。高尚是高尚者的墓志铭，卑鄙是卑鄙者的通行证。他曾经高尚过，如果不是为了北京的通行证，他的高尚有可能成为真正的高尚，但这份高尚的最终结果也就是成为他葬身"新西兰"的墓志铭。为了通行证他最后卑鄙了，但这已经成为过去。他要用实际行动将卑鄙的污渍洗刷干净，要像自己即将开始的生活一样，从这一刻起重新做一个高尚的人、一个有道德的人、一个脱离低级趣味的人、一个有益于人民的人。具体的步骤，先是在条件允许的情况下想办法要来周文斌家的住址，然后替周文斌照看老人，偿还欠他的一切……高尚的思想就像五十四度的二锅头一样燎得他热血沸腾、坐立不安，从头到脚每根毛细血管几乎都在渴望实际行动。他甚至不讲政治地突发奇想，如果首都或者就西客站也行，治安稍微再差一点，从人群中窜出一个矮小瘦弱的小偷让他当场抓住，那他的此次"赴任之旅"就堪称完美了。遗憾的是西客站的秩序出人意料的好，女播音员严厉警告票贩子和其他犯罪分子的柔美声音通过广播充斥于每个角落。他只好退而求其次，把目标由见义勇为降为助人为乐。皇天不负有心人，几分钟拉网式搜索后，他终于在广场边沿处找到机会——一个头发掉光的男人依杨树而坐，面前摆一个粗瓷大碗，身后树一块古旧木牌，上写"本人无儿无女年老体弱"几个遒劲大字。他欣然前往，可就在他离粗瓷大碗还有五步远的时候秃头男子却突然起身，拍着屁股上的尘土钻到一旁的残局棋摊围观赌棋去了。

朱向锋兴致索然，拂袖而去，决定不再把宝贵的任职时间浪费在这个闷热的广场上。起步的一刹那，两名女子已经由远而近径直朝他走了过来，从她们自信的眼神和坚定的步伐可以看出，她们已经酝酿许久。朱向锋下意识地握紧了大箱子的拉杆，像等待发令枪响的短跑运动员一样准备随时起跑。但眨眼她们就到了跟前。不出意料的是她们果然是来求助的，而且故事老套：当妈的带刚考上大学女儿来北京旅游，刚下火车钱包就被偷了。出人意料的是，她们不是来向他要钱的，只是希望用他的手机给他们在家的老头打个求助电话——他穿着军装，腰上还别着手机，而且别在腰间最显眼的位置。

她们衣着得体，表情自信，态度诚恳，不卑不亢。军校学员朱向锋没有理由拒绝，毫不犹豫地从腰间摘下手机拨了他们的号码，然后转告接电话的男人赶紧送钱过来。那对母女又是道谢又是鞠躬，女儿甚至掏出纸和笔要记他所在部队地址，说回去就写感谢信。这种有些过度热情的感激更进一步地激发了他助人为乐的积极性和主动性，他开始举一反三地关心起她们在他到之前和他走之后的境况，果然，她们坦诚地告诉他已经四个小时粒米未进，而且这样的情况至少还将持续十个小时左右。

他立即拖着行李箱快速走进旁边的公共厕所，找了个没人的角落解下腰带，褪下裤子，拉开内裤兜里的拉链，掏出藏在里面的几张钞票，翻找半天拣出一张面额适当的握在手里，其余塞进外面的裤兜。然后昂首挺胸地出来，把手里的钱塞给那对母女。这下女孩子更加热情了，拉着朱向锋的手说你一定要告诉我联系方式，就是不写感谢信，这钱我们也一定要还你。朱向锋的脑海里适时掠过一组画面：刚到部队报到没几天，政治部就收到地方群众寄来的感谢信，领导批示，收集整理他的先进事迹，总结他的成长轨迹，继而给予表彰并号召官兵向他学习……当然，即使这些不会发生，他也应当留下联系方式。于是朱向锋接过纸笔，正要豪迈书写，却发现自己根本不知道要去报到的部队确切地址和代号。他的介绍信上只有部队的内部番号，而这，属于机密。他打听到的地址只是一个大概的方位。于是，他只在上面留下自己的名字、籍贯和手机号后，潇洒地把纸笔还给了母女。

那对母女消失良久，军校学员朱向锋才从回肠荡气的英雄气概中苏醒过来。因为他猛然发现那个头发掉光的男人已经回到树下，靠在牌子上冲着他边做鬼脸边喊：傻逼，你丫被骗了！他来不及去考虑如何回击"京骂"，立即下意识地摸了一下腰间，空荡荡的，只剩下一个手机套被他像抓干草一样地握成了一团。再往下，摸了一下裤兜，里面空空如也，刚塞进去的钱不翼而飞！他像远程预警雷达一样朝那对母女消失的方向极力搜寻过去，目光最后撞在了一堵高大的玻璃墙上。墙根下，一个满头黄发、衣服故意打满补丁的女子蹲在地上，双手托着一根玉米棒子，像吹口琴一样忘我地啃着，腮帮子猛烈地一鼓一瘪。他的胃发出一声哀鸣——从中队出来到现在，他也已经四个小时没吃东西了。

从火车站赶到团部时，军校学员朱向锋已经成了一个身无分文、饥肠辘辘的"难民"。本来在行李箱的夹层里还藏有一张战备的"老人头"，但他远远高估了北京的交通状况。为了赶上部队的午饭，他鼓足勇气打了个出租车，但司机一听说他要去的大概方位，就把着方向盘不动了，说那可是信访办的地盘，您要去上访？他说不是啊，那地方还有信访办？司机说您就别骗我了，一看您就是外地进京上访的。他指着自己身上的军装解释自己去的是信访办隔壁的部队大院。没想到司机回头看了一眼他身上的军装，哀求着说，大哥，您饶了我吧，我们公司管得严，求求您别砸我饭碗，现在上访的都化装，还有穿警服的呢。他只好下来，拖着行李箱走了一段才重新打到一辆黑车。黑车司机倒是胆大，说只要给钱中南海我都敢拉你进去。他放心了，但依旧吸取教训不再说具体地址，只告诉部队番号。满以为传说中连政治局开会都了如指掌的北京黑车司机一听部队番号就能穿街走巷地抄近道把他送到目的地，谁知那家伙在西直门的立交桥上转了几圈后才一拍大腿找到正确方向。下车结账时，他把战备资金全部给他还差两块，司机显示出了首都司机的宽容大度，说，第一次到咱首都来吧，看你们当兵的保卫咱首都也不容易，为迎接北京奥运会，那两块钱，优惠了。

部队的午饭时间早就过了，机关也已经下班，各单位正在组织午睡。饿着肚子在楼道里等了半个小时后，他终于敲开了干部股宿舍的房门。一个穿着大裤衩光着膀子的胖子拥堵在门口。胖子揉着眼睛仰着头朝着奖状方向打了一个持续七八秒的呵欠后，才把手从眼眶上撤下来，睁着像电压不足时的电灯泡一样红肿的双眼朝朱向锋的肩膀上瞟了一眼——他那两片红色的学员肩章被汗湿透后，像两张用过的湿纸巾一样耷拉在他的肩上。

不知道现在是午休时间？哪个单位的？

当朱向锋愧疚地告诉对方他是来报到的军校学员时，胖子却一下变得热情起来，变戏法似的掏出一张表格，然后问他怎么现在才来。当朱向锋解释说是因为出租车司机走错了路时，胖子奇怪地问，什么，你不是坐张副主任的车来的吗？

哪个张副主任？

当然是师政治部张副主任，你不认识？

不认识。

你不是张军伟？

不是。

你叫什么？

朱向锋，朱德的朱，徐向前的向，雷锋的锋。

你这些人真是，还让不让人活了，加了三天三夜的班刚躺下。胖子"啪"地一下把那张表格不轻不重地拍在桌子上，拿笔往上面一戳，说，哪个学校的？什么专业？想去哪？

当然是好一点的单位，先进单位。

那我就让你去最好的单位，一连一排，全旅最先进最光荣的单位，正好缺一个排长。胖子说着转过身去往表格上填字，呈现给他一个因拔罐而盖满"图章"的宽阔后背——若单从这个后背看，胖子如一只肥胖的七星瓢虫。朱向锋凝望着七星瓢虫上的"星"，猜测：像他这么胖的人去澡堂子搓澡肯定要付双份的钱。朱向锋这么想的时候丝毫没感到自己幽默。鲁迅说灾区的饥民不会养兰花，贾府的焦大不会爱上林妹妹。午饭都还没有解决的朱向锋也根本不应该有心情去调侃一个机关干部。

朱向锋最终是坐服务中心送菜的"双排座"到达连队的。他已无乘车的资金，又无处可借，便斗胆从胖子那里打听到了这趟下基层给连队"八一"会餐送慰问品的车。作为新学员干部，他没坐驾驶室的"双排座"，自觉地和后车厢的慰问品挤在了一起。慰问品是每连一头猪。

朱向锋和四头猪挤了两个多小时后才到达连队。从充满猪屎味的车厢里跳下来，他才知道自己已经到了延庆——离北京市中心最远的一个郊区县。他在连部见到了连队的指导员。他非常热情地请他喝凉白开，并在他还没喝完第一杯时，就用电话给他联系好了一辆地方的私家车，把他请上了新的征程。指导员解释，他的岗位还不在这里，按照团政治处干部股的意见，他所在的排还在另一个执勤点上。于是，接连四声像火车鸣叫一样悠长惨烈的猪嚎声响过之后，他闻着满院子的血腥味和逐渐浓郁的饭菜香，拖着连队分给排里的半蛇皮袋猪肉和一蛇皮袋信件报纸，钻进了那辆天津夏利车。夏利车一上路就展现出超乎朱向锋想象力的越野性能，迅速把延庆县城和水泥路面抛在脑后，坚定不移地碾着碎石路贴着山壁向越来越拥挤的山群扎去，一直走到路面窄得通不了汽车的地方才停下来。司机把他和两个蛇皮袋一起交给了恭候在那里的一辆骡车。牵骡车的兵肩膀上只挂着二级士官的军衔，脸上却苍老得像个二星的中将，而表情远比中将严肃，见了朱向锋连句客套话也没有，光拿一双首长审视新兵的眼睛在他身上扫来扫去。直到朱向锋跳上车，他的金口才突然打开，而且是走腔失调地嚷嚷：下来下来，谁让你上车的，这是拉行李的，不是坐人的。

朱向锋用尽最后一丝气力把自己棉被一样的身体支起来，然后做了一个往车下跳的动作，脚还没着地，他就发现眼前的山摇晃起来，众山峰晃得整齐划一，接着"轰隆"一声，全倒了……

4

与外界发生第一次通讯联络，是一个月之后。发出的是两封信，他趴在上铺奋笔疾书两个小时的成果。这个地方没有网络，没有民用电话，也没有手机信号，只有一部能打到团里的军线电话。这个地方的正式地名叫骆驼岭——并非有野生骆驼，而是有几座长得像骆驼的山头。正是那些山头，将稍微现代一点的东西挡在了山外。整座院子，除了初来乍到的朱向锋，只有满山的树叶和花草是新的。

这些，是朱向锋报到三天后才知道的。进山的第二天他才正式醒过来。醒来之后知道的第一件事就是他睡的是上铺——他第一眼看到的不是铺板而是天花板，且离他很近，几乎要贴到脸上。他最终是被"中将"用骡车拉回来，背进宿舍，然后又被几个高个子兵用手托举着，像仪仗兵为大人物抬水晶棺材一般把他举上了铺……

睡在上铺的朱向锋脑子里完全没有了形象、威信、职权之类的东西，他的当务之急是先解决下铺问题。睡上铺不仅仅是爬上爬下行动不便的问题，而是关系到一系列的问题。他在基层连队当战士时，隔壁十三连是有名的"军官训练中心"，新排长刚到连队都要被老兵安排睡上铺。睡与不睡，是全连战士衡量一个排长能力高低的第一标准，能把铺搬下来的排长威望普遍较高，服从安排睡上铺的被视为窝囊废。当然，比睡上铺更惨的是站岗，最惨的是睡上铺还站岗……

此后相当长一段时间里，朱向锋都在为争取下铺奔波。他首先找的是所住班的班长。所住班的班长便是那个赶骡车的"中将"，一个名叫图力根的蒙古族士官，当兵前是旗里的专业摔跤手。朱向锋找到他时，他正穿着裤衩背心在沙坑里组织防暴训练，胳膊腿都跟一个满身肥膘的兵纠缠在一起。没戴帽子、没穿军装的图力根头顶寸草不生，周边植被稀疏，地貌特征越发接近二星的中将；头部以下，弹力背心被汗液浸透，肱二头肌和肱三头肌如根雕般遒劲，胸大肌和三角肌如山峰般峻嵘，大有撑破背心之势。

我敢保证，你是骆驼岭第一个坐骡车进山的军人。没等朱向锋开口，图力根就用不太标准的汉语先入为主。他的话让朱向锋不知道怎么接应。

我，我……他站在那里"我"半天才说出，我就是想知道为什么让我睡上铺。

因为没有下铺了。

倒换一个不行？

不行，我们班的兵每天晚上都有岗哨，他们睡下铺方便，而且你要睡下铺，我怕他们半夜里上上下下的影响你睡觉，如果你真想睡下铺，除非……

除非什么？

除非你也参加站岗，我在全班面前有说得出口的理由。

扯……他把"淡"字压了下去，问，哪有干部站岗的？

谁规定干部就不能站岗？图力根猛一使劲，胖兵肥硕的躯体就砸进了沙坑里，沙子们发出低沉的呻吟。与之一起呻吟的还有朱向锋的肠子和胃，它们在他的腹腔里哀号，提醒他身体依然虚弱。

如果排长对摔跤也有兴趣，咱们可以切磋切磋。图力根甩着手上的汗，裸露部位的血管和经络随之活蹦乱跳。

朱向锋选择了迅速离开。回到宿舍门口迎着山风连打了三个响亮的喷嚏后，他便开始后悔跟图力根说上铺的事，那是大学生干部才犯的幼稚病。睡下铺要靠个人能力，个人能力要靠工作体现，要解决这个问题只有找领导。

这里的最高领导是副连长老苗，这是来之前他就知道的。老苗基本上不参加部队的一切集体活动，包括开饭，这是来之后他才知道的。老苗的办公室兼宿舍的门时常全天候紧锁着。院子里的那些兵倒是很客气，十米开外见他来了就立正敬礼，但一问到老苗，都说不知道。一连三天，他连老苗的影子也没找着，却"找"出另一个重大情况：这里除了老苗，还有一个已经任职两年的中尉排长。

这里的正式番号是特种弹药仓库，直属于某大机关，而他们炮一连炮一排，是从基层连队抽调过来负责保障的警卫分队，因为是独立执勤，一直按惯例编配两个干部。两个位置上三个人，这种局面无疑比睡上铺要尴尬得多。

那位中尉排长倒一点也不尴尬，听说来了新排长，还主动为朱向锋接风，尽管张罗半天拿出来的无非是从炊事班弄来的花生、毛豆、小西红柿之类的凉菜。中尉排长叫严松，戴着宽边眼镜，边宽得有些夸张，像佐罗的面罩，几乎把鼻尖以上的大半张脸都笼罩了进去，说话一副娘娘腔。操着娘娘腔，他先向朱向锋打听干部股有关困难补助的消息，接着又问他是不是毕业考试没考好。见朱向锋一头雾水才解释说，毕业考试成绩最差的学员到这里当排长，新兵连表现最差的新兵来这里守仓库，这是团里不成文的规定。说完再三强调自己是因为考试时生病了才分到这里来。

继续说下去，朱向锋才听出点原委。这里说是特种器材仓库，但其实上上下下都知道不过是个特种废品站而已。库房里堆着的那些东西在上世纪六七十年代稀罕过，当时为了弹药安全甚至把进山的大车路削成骡马道。但现在这些东西早就不用了，即使打仗用的可能性也不太，又不能撤销编制，所以只能养着，发挥业余劳教所的功能。

朱向锋只好不提优等生的事，朱向峰选择从西客站开始，把分到骆驼岭的经过说了一遍。严松听完，意味深长地说，火车站的事你到外面说说可以，跟我们就没必要了。朱向峰想辩解，严松已经摘下了眼镜，指着满是疤瘌的眼眶说，就像这上面的疤，讲来讲去竟成了笑话。朱向峰猜测可能又是一个待组织鉴定的英雄壮举，想问什么笑话，但严松已经把话题跳开了，说，我说呢，原来是雷干事承办的。

朱向锋问雷干事是谁？严松说就是干部股那个胖子，老苗的死对头。说完便像是说漏了嘴，立即转移话题，只说老苗，只字不愿再提雷干事。说老苗作为特种弹药仓库的最高行政长官，在骆驼岭是太上皇一样的人物，他有时一连几天不出宿舍门，连吃饭都由通信员送，但他对仓库上下的情况随时都了如指掌。说谁要是在山顶上不小心放了个屁，过不了五分钟山脚下的老苗就能闻到臭味。说就连住在山脚下的村民彭老三也是老苗的眼线，他家的床头上就有直通老苗卧室的摇把子电话。说所以这里的兵都吊儿郎当的，除了老苗谁的也不听。说得朱向锋直起鸡皮疙瘩，甚至连老苗也不想找了。

但他还是见到了老苗。严松为他"接风"半个月之后，老苗就突然出现在了他的面前。见了面，老苗像见了熟人一样连招呼都没打便问猪下水的事，说以前还给副猪大肠什么的，这次分猪肉连猪大肠里的猪屎也没有。朱向锋努力地回忆离开连部前指导员交代的一大堆话，然后向老苗解释，说是连长家属来了，连队要表示一下。

没想到老苗意见更大了，说上次指导员家属来队，连长表示了整个猪头，这回指导员更大方，把整副猪下水都表示出去了。

唠叨完了，老苗总结性感慨，吃公家的猪头肉睡自己的老婆。老婆和猪头肉都随便整。哼，家属来得真好。

说完了猪下水又接着说猪肉。猪肉也不够，那么大一头猪按人头分至少缺了十来斤。朱向锋马上想起指导员不经意说过的另一句话，原来是早有准备，便回老苗的话：指导员说了，这里养着羊，连队也没要过。

指导员还说什么了？有没有说让我什么时候滚蛋？老苗问完不等朱向锋回答就开始大骂起来，骂连长指导员搞特殊，不顾弟兄们死活，什么东西到了连队都要截留不说，还惦记着仓库的羊。骂完连里又骂营长教导员搞亲疏远近，把骆驼岭的兵当后娘养的。骂完营里又骂团机关的参谋干事助理员，只会指手画脚从不解决实际困难。

朱向锋插不上话，只好站在一边听他骂人，越听越觉得在老苗眼里，新分配一个干部远不如给他多分发十斤猪肉或者一副猪大肠，越听越觉得老苗不管骂哪一级其实都是在骂自己。

老苗骂得差不多的时候嘴里才停下来。朱向锋抓住时机，像突然想起什么似的说，呃，来的时候指导员交代过，让我检查一下战士的教育笔记本。有过图力根的教训，他没直接提睡上铺的事，想用检查笔记本的事暗示老苗，自己应该参与工作了。谁知老苗很不高兴地看了他一眼说，这事你别掺和，让指导员直接跟我说。

旁敲侧击碰了一鼻子灰，朱向锋只好开门见山：那我什么时候正式参与工作？

老苗头都没抬，说，本来想让你多休息几天的，既然严大排长都给你接风了，咱也不能怠慢。

晚上的接风宴是按骆驼岭迎接新干部的规格举办的。体现规格的标准就是杀一只羊。为这老苗跟图力根做了半天的工作。图力根不大愿意杀羊是因为除了种羊其他的都正在长膘，如果不杀到了年底能卖个好价钱，至少能换几张凳子让战士们坐着吃饭。但最终还是在老苗的坚持下挑了最瘦的一只杀，然后剥皮开膛剖肚，交给炊事班蒸煮煎炸。老苗又通过摇把子电话吩咐彭老三往拉水的水桶里放了几瓶二锅头，让骡车驮了上来。一切妥当之后，老苗在饭堂里搞了仪式，除了岗哨所有人员都参加。仪式的主要内容并不是请朱向锋吃羊肉，而是让他在众目睽睽之下吃下象征与骆驼岭同心同德的羊心，喝下战士们敬的接风酒——三十多个兵挨个每人小半刷牙缸子二锅头。羊心半生不熟，二锅头酒性干烈，两样东西一起下肚，朱向锋的五脏六腑立即翻了天。应付了不到一个班，他就捂着嘴，想夺路而逃，却被剩下的二十几个兵围了个水泄不通，所幸烤全羊及时出炉，满饭堂的兵哗地一下扔下他，拥向了羊肉。

那一场酒把朱向锋灌得又在上铺躺了一天才缓过劲来。虽然中间起了几次床，却不是吃东西，而是吐东西，扶着宿舍门前的那棵香椿树呕吐，直到把肚子里能吐出的东西都吐了出来才罢休。至此，那只以迎接他为名义宰杀烹制的整羊，唯一进入他胃里的一部分，也彻底地归还给骆驼岭，连象征性的意义都不复存在。宿舍门口的香椿被他活活地吐成了臭椿，百米开外就能闻到一股恶臭，出入宿舍的战士都像搞防毒气的战术演练一样，捏着鼻子快速通过，而且表情夸张眼神厌恶。这种无声的抗议朱向锋当然明白：他把香椿搞臭了，更把自己搞得更臭。

这期间老苗亲自来过一次，挨着他的被窝说了一些表示慰问的话，并一再解释自己根本不知道他不能喝酒，否则肯定不让他喝，但紧接着就开始责备起朱向锋来，说不能喝就别喝嘛，这可不是别的地方，这是骆驼岭，在骆驼岭逞什么英雄？直说得满屋子的兵一个个龇牙咧嘴挤眉弄眼地直乐。

朱向锋顾不上计较眼前，从上铺俯下半截身子看着站在床前的老苗，要求尽快正式参与工作。这让意犹未尽的老苗有些措手不及，顿了顿才说，本来想让你再休息几天的，既然这么积极，晚上就开个大会研究一下。

会议一开始就陷入了僵局。

老苗所说的大会，在老苗那间办公室兼宿舍的副连部举行，前来参与"研究"的只有三个干部。老苗解释，干部的事，人越少越好，程序越简单越好，显得团结。严松立即说，团结不团结要看分工合理不合理。老苗说当然要合理。严松问怎么保证合理。老苗就被问住了，绕来绕去绕了半天绕到了学历上，说现在用干部都讲学历，尤其是在机关，中专生不如大专生，大专生不如本科生，本科生不如研究生，越往大机关越是这样。朱向锋听了心头一热，缓慢且有力地点头称是——这样既表明鲜明立场，又显示自己稳重。朱向锋是本科生，并早已探听到严松是大专生，老苗是直接提干的，提干前最高学历是高中，提干后经多次深造才达到中专。朱向锋还在点头，又听见老苗说，但基层跟机关正好相反，研究生不如本科生，本科生不如大专生，大专生不如中专生，中专生呢又不如直接提干的，越往基层越是这样。老苗马上举例说前几年炮三连下来一个研究生，是艺术学院文学系的什么艺术硕士，在连里啥也干不了，最后主动要求去喂猪了。

老苗的这番话不仅让本科生朱向锋的优越感一下子摔得粉碎，也让大专生严松与老苗的对抗由只言片语升格成针锋相对，局面就紧张了。原定的干部会只好随之不断升格，先改为临时支委会，又由临时支委会改为临时支委扩大会。

警卫排因为不是独立的建制连队，又在远离连队党支部的地方相对独立地执行任务，且有七个正式党员，便按党章组建了临时党支部，老苗、严松和图力根三人是临时支委。朱向锋虽然是干部但却不是支委，只能参加扩大会。但扩大会依旧没有扩大出成果，图力根掺和进来只提高了严松的警惕。凡是老苗和图力根提议的，严松都反对，而严松提出的，老苗和图力根也都不同意。会开到半夜，老苗先坐不住了，拧着烟屁股说，怎么着也得有个共识，总不能抓阄决定吧。竟然再没人有意见。"越简单越好"的会议最后唯一达成的共识，是通过抓阄来明确干部分工。

因为是三人分工，老苗梳理出的工作也有三大项：弹药管理、警卫执勤和后勤保障。由于严松不同意图力根主持抓阄，只好又找来通信员詹梦诗，才勉强把阄抓完。抓阄的结果，严松负责弹药管理，朱向锋是后勤保障，老苗分管警卫执勤。

这样的结果，除了朱向锋谁都不大满意。朱向锋满意并不是他觉得自己占了便宜，而是像孤魂野鬼一样在骆驼岭游荡了近一个月后总算有了着落。有了着落，他才能腾出手来打理别的事情，包括被他暂时撂下的刘胜利和周文斌。

那两封信，朱向锋颇费了一番心思。给周文斌的信，基本上是写实，说自己分配到了塞外一个鸟不拉屎的山沟里，每天拉水做饭喂狗放羊遛骡子，不受待见，倍受排挤，早知如此应该留校读研才对，但现在为时已晚，非常怀念军校四年激情燃烧的岁月云云，只字未提"北京"二字。给刘胜利的信，基本上是虚构，源于生活而高于生活，说自己已经如愿分配到了北京，而且全面负责连队的后勤保障，岗位非常重要，已经为他们的爱情迈出了最关键的一步。在说到驻地的具体地名时，他采纳通信员詹梦诗的建议，像那些战士一样，用的是"一棵松"的对外名称，回信地址是团部转连里再转排里。写完那两封，他本来还想再给团里的政治处主任再写封自荐信，但想来想去，终究没写。

5

管着五个兵、六条狗、八只羊和一匹骡子，每天拉水做饭喂狗放羊遛骡子，其中，赶骡子拉水是每天上下午各一趟，和放羊以及部队操课大致；喂狗一天三顿，和炊事班做饭以及部队就餐一样。这就是朱向锋抓阄抓到的"后勤保障"工作。除此之外，他还兼管着图书室和训练器材室。说是兼管，是因为那两间屋子的钥匙由詹梦诗掌管，而詹梦诗名义上归他管。这两个地方除了干净没别的特点。图书室的书连《毛主席语录》和线装本算上也不到一百本。训练器材室更简洁明了，四十三根曲直粗细各异的防暴棍，全部由个人用树枝削制，靠墙根摆放，连个架子都没有。

相比之前最大的变化是，他总算有了自己分管的"一亩三分地"，而且队伍庞大。相比之前仍然未变的是，他依然睡上铺。他依然睡上铺的原因是因为图力根依然在他的班里，而且依然当班长。但他已经不太在乎这些。除了骆驼岭，无论分配到全军哪个单位，"炮一连炮一排中尉副连职排长"的任职命令，都应该是一个有着二十来个人、三四门火炮的军事小头目。而现在，他手下的动物比人还多，每天的工作与他在军校学的专业毫不沾边，甚至与军事毫不沾边，甚至与军人毫不沾边。他当然不可能这样长此以往。让他心甘情愿地在这兔子不拉屎的山沟里拉水做饭喂狗放羊遛骡子，一直遛到脱军装走人，除非山无陵江水为竭冬雷震震夏雨雪，或者刘胜利同意。而目前来讲，在这个地方立足并体面地维持到调走远比睡下铺重要得多。他在骆驼岭的时间撑死不会也不能超过一年。超过一年，他将前功尽弃。因为低他一届的刘胜利将在一年后毕业并随父母进京。所以，他接受这种安排的心情基本上还是比较愉快的。他必须愉快，否则有人会让他很不愉快。

为了把这种愉快展示出来，上任第一天他就换下了那身裤线锋利的短袖夏装，换上了八七式迷彩作训服，扎上袖口裤口，又趴在地上做了几个俯卧撑，然后以一副扎实深入的姿态在院子里转圈。

羊圈他不想深入。那是老苗的核心部门，即使他想管，老苗也不可能撒手。圈里那八只羊是仓库唯一完全自主支配的东西，跟骡子和狗还不一样，想卖想杀都可以，是老苗的经济命脉。由于不是建制连队，所有供建制连队支配的政治工作经费、公杂费、维修费等等，骆驼岭一分也没有。除了保养弹药的专用器材，但凡需从上级拨下来的东西，从吃饭的伙食费到训练的防暴棍，再到转士官和立功受奖的名额都要经过连队。连队当然没有那么慷慨把这些如数按比例分拨给骆驼岭——毕竟是轮流担任执勤，说不定哪一天就交到别人手里了。雁过拔毛也就成了连队对骆驼领的主要领导方式，据说以前连分给骆驼岭过冬的白菜土豆连队都要截留几百斤。老苗能做主的只有那八只羊。图书室的书和器材室的防暴棍以及饭堂的凳子，最终都要靠羊来解决。圈里有羊，老苗不慌。老苗每年力举图力根提干，就是因为图力根养羊有功，为骆驼岭做出了突出贡献。

狗窝他不敢去，从小他就怕狗，那些狗对新领导也不待见，他从门口走过都不放过，老远见了就张牙舞爪地朝他狂吠。伙房他也不想去，操作间烟熏火燎，到处是油腻和烟尘，三个炊事员，胖瘦两个上等兵和一个小个子列兵，分别负责主食、副食和烧火，分工明确，各司其职，对做饭一窍不通的他，除了每天在逐日消耗上签字没有能插上手的地方。

在营院里绕了几圈，他没有地方可深入，只好赶骡子下山拉了几趟水。这过程倒是很顺利，没有出任何差错。因为那匹在骆驼岭被尊称为"老罗"的动物根本不用人驱赶，只要图力根把水箱往它身上一架，然后给它屁股上一巴掌，它就会像一辆遥控车一样一路摇晃着下山，直达彭老三家水井旁后，由彭老三把水加满，把从团部捎回的信件报纸以及从山下农贸市场代购的油盐酱醋、针头线脑搭上，再一巴掌把它拍回来。朱向锋拉的那两趟水，与其说是他赶老罗干活，不如说是老罗领着他去熟悉情况——连骡子屁股都不用他拍。唯一的收获就是证实了彭老三的情报员身份。传说中的那部带摇把子的军用电话单机就驻守在他的床头。据说有了它，老苗的耳目从岭上拓展到岭下，曾经及时发现并抓回来三个逃跑的兵。

朱向锋曲里拐弯地向彭老三求证上述传闻，彭老三不正面回答，只说老苗这人跟疯狗似的，为了管住手里头这些人和牲口，什么损招都想得出来，就连拉水的牲口他也不放过。朱向锋这才知道，老罗能取得老苗的信任也付出了惨重代价。老罗的前任是一匹公马，到了发情的季节耐不住寂寞，半夜里挣断缰绳跑下山去找母马，结果一跤跌下悬崖，摔得粉身碎骨。后来老苗一研究，马和驴子都能生育，靠不住，就换了头不能生育的骡子，买回来才知道骡子虽不能生育但也有性欲，不骗，也要出作风问题，又托彭老三到山下找了个兽医把它骗了。骗了之后，老罗心无旁骛，下山上山，既不看人也不看路，更不理会路上的花花草草和莺飞燕舞，世上的所有诱惑对它都产生不了诱惑。因为没有性欲，老罗在骆驼岭获得了广泛的尊重和信任。

朱向锋心里直骂彭老三和老苗灭绝人性，硬是把一条生命摧残成了一台工具。但更多的还是为自己果断打消了给政治处主任写信的念头而暗自庆幸，否则这封信又将重蹈那三个兵的覆辙。

拉了两趟水之后，朱向锋就不再下山，再下他就成了老罗的跟班，也不去伙房，班里有没有他，都运转正常。唯一让他感到自己不可或缺的只有列兵詹梦诗。这个新兵蛋子每天都要准时地向朱向锋汇报图书室和器材室的出入库情况，并要朱向锋前去检查并在统计表上签字，仿佛那一百多本破书和几十根木棍子就是骆驼岭的头等大事。朱向锋一次也没签过，倒是拿签字作为交换条件，诱惑着詹梦诗为他带了一趟路，把骆驼岭的大山小岭转了个遍。

詹梦诗是饲养员兼老苗的通信员，既负责喂狗又给老苗打水打饭，是骆驼岭唯一一个上衣口袋里别着两支钢笔，屁股上坠着一大串钥匙的兵。所以虽然是新兵，但在朱向锋面前总是口无遮拦。口无遮拦未必不是一个宝贵资源，朱向锋让他带路，并非想找进山的路，而是想找"出山"的路。他预想，只要这个新兵离开了图力根和营区，防线就会瓦解。但詹梦诗对他的戒备度并没有像他意料的那样，随着海拔的升高而降低，而是始终保持着刺猬般的警惕，一路上只当导游，不谈政事。朱向锋只能从他滔滔不绝的废话里提炼有效信息。

他说，谁说在这里当兵没好处？在这里当兵最大的好处就是"环保节能"，空气好花钱少；谁说我们是全团的后进单位？有关手机使用的各条禁令在这里就能得到坚决的贯彻落实嘛，我们是全团唯一的"手机使用管理先进单位"。

因为这个地方最大的特点不是附近方圆十里基本没有常住人口，而是基本没有手机信号。

为什么是基本？因为山脚下还住着一个彭老三；山头上的制高点上还有手机信号。

朱向锋心头微微一颤。这个制高点朱向锋早就有所耳闻。它在军事地形学上的精确表述是"渤海所骆驼岭一四六七高地"，但骆驼岭仓库内部都不叫它"一四六七高地"，而是叫"一棵松"。因为高地山尖上的那棵独立松树，在一九五几年的地图上就有了明确标识。战士们给外界写信打电话，所报服役地址均为"北京一棵松"，而回信地址则是团部转连里再转排里。这是老苗统一的，既保密又保虚荣，而且不算撒谎。但他从来没听说过那里有手机信号。

朱向锋跟着他爬上一棵松。站在树下，听他继续废话：

整个骆驼岭只有以"一棵松"为中心、五米为半径的范围内才有手机信号，而且它的南面是北京移动的信号，如果不小心把手机拿到了北面，手机就会收到"河北移动欢迎您"的短信，用北京的手机卡，就是漫游。这就是我开发的跨省三秒游，是我们骆驼岭最经典的景点。

如果你想买个手机体验一下，先下山到彭老三家，然后坐他的车去渤海所的农贸市场，来回三个小时，一百块钱的车费，买回来后当电子表用，像严松排长一样。

朱向锋突然想起严松的话，打断他问，你是不是在新兵连犯过什么错误？没想到詹梦诗挺着胸反问，排长是不是毕业考试倒数第一？

当然不是！朱向峰压制着火气说，老子是优等生，全学员队一百六十多号人只有一个优等生。

那我也不是。我是唯一主动进山的新兵。

朱向锋要下山，被他叫住：

一棵松的海拔高度是一千四百六七米，从山头到山脚的垂直高度至少也有上千米，按一米三尺计算，就是三千尺，要是站在这里往下撒泡尿，那是名副其实的"飞流直下三千尺"。排长不体验一下？

朱向峰解开裤裆，在列兵詹梦诗的指导下往下撒尿，然后迅速撤离。

接下来的几天，严松下来探望过他两次，每次都是宿舍里只剩他一个人的时候突然从门缝里挤进来，神秘得像手握重要情报的地下交通员，却从头到尾从未提供任何有价值的信息。第一次是来诉苦，说今年的困难补助没戏了，而且一口咬定是情报泄露让老苗他们一伙下了绊子，证据是方法手段跟救火那次一模一样。"救火那次"朱向锋略知一二：一年前的一个深夜，严松起来查铺查哨，走到半山腰时发现山林火情，看着火不大，又是夜深人静，就独自一人折了树枝去扑救，进了火场才发现火势比想象的大得多，但再回去喊人已经来不及了，只好孤身奋战，直到山上的哨兵发现情况拉响警报，所有人穿着裤衩背心冲上去把火扑灭才把他救出来。正是那次，他的眼眶被烧伤，留下一大片疤。连里营里按先进事迹向上汇报，请示团里予以奖励并宣传，可机关查来查去却最终不了了之。其中的原因众说纷纭，多数人认为根源是政治处的领导对老苗和骆驼岭不待见。朱向锋没想到严松一直认为是老苗从中下绊子，于是问严松老苗怎么下的绊子。严松说，我掌握的情况，就是他在汇报中说我没有按应急程序拉警报，才被机关调查组认为是责任事故。他一句话就把这事全给搅黄了，要不是人家可怜我破了相，还要追究我的责任。朱向锋问，他这不是如实上报吗？严松一听激动起来，说，有这样上报的吗，尽拣不能说的说。朱向锋这才知道严松为何处处与老苗针锋相对、水火不容，想说点别的把话题转移，严松却出了门，边走边仰天长叹：两千多块钱啊……天塌了一般。

第二次是来听朱向锋诉苦。听完对他上任后的遭遇深表同情但并不感到意外，并望着他睡的那个上铺说，正常正常，我早就提醒过你，别看他们又是接风又是开会欢迎的，看起来热情得不得了，但其实像防贼一样防着你。

朱向锋听出来严松说的是老苗不让他插手羊圈的事，便问为何老苗要防着自己。严松才嗫了半天的牙花子说，你不该遇到雷干事。并说雷干事原来就是这里出去的。那时老苗还是排长，雷干事是副连长，虽然官大但是外来户，地方大学毕业不到两年；老苗是原住民，从当新兵起就在骆驼岭，结果没几天就让老苗伙同几个班长把他给架空了，雷干事也就是那时的雷副连长一气之下，千方百计找人调到了政治处，因为机关超员，一直没有正式纳编，没有纳编就晋不了职，副连快四年了还是干部股帮忙干事，吃、住、办公都挤在荣誉室里，要是留在连队早干上指导员了。所以，不管雷干事是出于什么考虑把朱向锋分配到骆驼岭，老苗心里都会有想法。

但严松还是把更多的口水费在了图力根身上，认为他才是真正的罪魁祸首：只要图力根留在班里，这个班就永远不可能听他的。三个炊事员不会听他的。列兵詹梦诗也不会听他的。他所辖的骡子、羊和狗也不会听他的，狗下的狗崽子和羊下的羊羔也不会听他的。骡子没有后代，如果有，也不会听他的。朱向锋听后觉得时机成熟，便尝试着把话题引向调动，不料话刚出口就被严松堵了回去，一改怨天尤人的常态，像大领导一样严肃地批评他说，一个新来的排长刚来没几天就琢磨调走，传出去他更没法在这混，倒让那些等着看你笑话的人看笑话。

朱向锋没想到严松这样的娘娘腔也有自信数落自己，听后一连几天都睡不踏实，只好把詹梦诗找过来讲真话。詹梦诗神叨，神叨的人都爱讲真话。詹梦诗来了，手上转着一大串钥匙，胳肢窝下夹着两个硬皮本，非要朱向峰先去检查图书室和器材室并在《出入库统计》上签完字才肯说。朱向锋窝了一肚子的火，拿起笔在上面一阵龙飞凤舞就把本子扔回了詹梦诗怀里：说说，你们战士最看不起什么样的干部？他本来预备了几个答案，娘娘腔的，没文化的，不注意个人形象的，倚老卖老的……多选或者单选。

就你这样的干部。詹梦诗看着本子上的签名说。

朱向锋上下审视自己，没发现什么问题，愤怒反问，我怎么了？

生得窝囊，死得憋屈。詹梦诗说完便转着手里的钥匙串走了，稀里哗啦的声响在朱向峰的耳边响个不停。

朱向锋像被抽了一防暴棍。那八个字他早就从网上看到过，在军校当优等生那几个学期，他经常用这几个字调侃那些功课补考的同窗，自然做梦也没想到有一天会被人严肃地用在自己身上，而且是新兵蛋子版的。这种杀伤力相比他当初的调侃就像实弹较之空炮弹，不知要强大多少倍。以至詹梦诗走了很久，朱向锋还在原地站着。

6

阳光出奇的好。虽然还没正式立秋，但骆驼岭的秋意已经初露端倪。这里的秋天和冬天都是提前到来，整个岭上能掉的叶子掉光之后，北京城里的叶子才开始下落。所以夏天的痕迹还未褪尽，透亮皎然的秋阳已悄然而至。

秋阳洒满山谷，朱向锋便守在了进山的路上。太阳正式爬上并越过一四六七高地普照骆驼岭，一般是在上午九点以后。这个时候，骆驼岭一天的工作才正式开始。羊群开始上山吃草，骡子开始下山拉水，狗开始叫唤，没有岗哨勤务的兵开始操练防暴功。

而老苗，开始满山转悠。老苗不参加集体活动，一贯独来独往，行踪不定，进了山就没法找，不知道就转到哪个哨兵身后去了，然后学个狼嚎鬼叫什么的。哨兵们都怕他这一手，一上岗台就像兔子一样警觉，半秒钟也不敢放松。

朱向锋拦下老苗，用很庄重的语气向老苗提出，希望把图力根调离保障班。老苗正在扣上衣扣子，听了朱向锋的话，看了他很久才把最后一粒扣子扣上，说，只要你能保证仓库正常用水，就没问题。

朱向锋没想到老苗会拿水来拒绝他。他不提那些被人视为他命根子的羊和骡子对仓库的重要性，也不提蒙古族人图力根对这些牲口的重要性，而是直接提生物界共同的命根子。没有那些牲口谁都能活，没有水人和牲口都没法活。而仓库的水都是老罗拉上来的，能使唤老罗的现在只有图力根。言外之意，要换图力根，还让不让我们活了？

老苗说完不等朱向锋反应过来，扭头就走，像一架扔完精确制导炸弹的轰炸机，从朱向锋面前旁若无人地扬长而去。

第二天一大早，趁天还没亮，趁图力根还没起床，朱向锋就把詹梦诗从被窝里拖出来，然后一起扛了水箱去给老罗上架。到了骡棚，两个人都不约而同地停下来。朱向锋抽烟，詹梦诗解裤裆撒尿。叼着明灭交错的烟头，听着詹梦诗稀里哗啦的尿声，朱向锋用最恶毒的目光审视着老罗。老罗看了他一眼就把头偏向一边，好像懒得跟他对峙。他有些恼火，就因为它少一种欲望便有资格高人一等？

再细看，突然发现这种眼神竟跟老苗和图力根惊人相似——对一切陌生的、外界的、新来的事物都漠然排斥。而这一切归结起来都因为一个字：老。老苗是骆驼岭最老的干部，图力根是最老的兵，老罗是最老的牲口。老是他们最大的资本。于是得出结论：在骆驼岭待久了，人和牲口一样，或者牲口和人一样，都论资排辈、倚老卖老。由此想到：如果不调走，自己有一天也会熬成这样。再延伸开来：在骆驼岭连一头牲口都征服不了，这才活得窝囊，死得憋屈。想到这里，他才发现找詹梦诗一起行动是多么的正确。他原本只是让他来见证历史时刻的，没想到却无意中为自己找到了一位天然盟友：他是这里最新的干部，詹梦诗是这里最新的兵，他是这里学历最高的军官，詹梦诗是这里学历最高的士兵，要挑战旧势力，推翻老苗、老罗、图力根三座大山，他们无疑是拴在一条绳上的蚂蚱。

烟烧到嘴唇，把朱向锋从蚂蚱身上烫回骡棚。他呸一口吐掉烟屁股，他的天然盟友詹梦诗没有响应这个信号，说我劝你还是拉倒。

为什么？

我觉得老罗是这里最好的同志。

扯淡。

我们都可能有后代，它不可能有。

废话。

101

我们只是在这里待两年，它可能是一辈子。

活该。

我们以后都能找对象结婚，只有它不可能。

你要愿意给它找一个也可以。

我们只是献个青春，而它，是献了青春献终身，献了终身献子孙。

我看你是特种兵看多了，信不信我把你也骗了，留下来陪它一起献子孙？朱向锋用鞋跟把烟头碾得稀烂。

詹梦诗不再说话。朱向锋的一只大手像钳子一样掐着他的大腿肌肉。今天，他无论如何也逃不脱。

走进骡棚，解开缰绳，抬起水箱，慢慢地往老罗靠拢。两个人一阵欣喜。水箱就要落到骡背上了，老罗突然尥了下一蹶子。两只后蹄扬起来，他们连人带水箱同时飞了出去，最后膝盖着地，磕在石阶上。等他们爬起来，老罗已经一甩屁股跑出去百十米，停下，回过头来看着他们悠然嚼草料。两个人从地上爬起来，疯了般朝老罗追去。他们马上要追到跟前时，老罗又往前蹿出去几十米。这样的追逐相持了近一个小时，朱向锋和詹梦诗拖着摔伤膝盖的腿绕着院子追了一圈，连老罗的毛也没碰着。两个人弯下腰喘气，发现周围站着都是人。图力根吹了一声口哨，老罗屁颠屁颠地回了骡棚。所有人跑上前，围着老罗嘘寒问暖，尽管它听不懂人话。

向朱向锋和詹梦诗跑过来的只有一个人，那就是刚从副连部钻出来的老苗。

朱排长，你想干什么？老苗扣着衣扣从台阶上跳下来，怒视着朱向锋。

我想帮你管点事。朱向锋把脖子扭向一边，朝老苗仰了仰下巴。

你想管事好说，只你要乐意，全骆驼岭的事都让你管。

我管就我管。朱向锋甩下一句话，头也没回地往宿舍走。膝盖痛得要命，但他尽量保持标准的齐步行进。

一连几天朱向锋没有出门。不出门他也能听见，门外的每个角落都在流传两个高学历傻逼合伙欺负一头骡子的笑话。他把自己关在屋里，一只手揉着摔肿的膝盖，一只手拿了根树枝在废纸篓里翻。他想把写给主任的"诗歌"找出来。和老罗的较量让他彻底醒悟：这里的一草一木他都奈何不了，能早点滚就早点滚，能滚多远就滚多远。

正翻着废纸篓，炊事班做主食的王胖子推门而入，拿着前一天的逐日消耗找他签字，签完字没走，报告说蒸主食的蒸笼快不能用了，请示他怎么办。头一次听到下属请示汇报，朱向锋竟有些受宠若惊，但很快克制住。蒸笼的问题他来的第一天就知道了。自从接管保障班，每次"深入"伙房，蒸笼上的大窟窿呼呼漏出的白气都触目惊心，每天半生不熟的馒头米饭吃得那些兵摔盘子摔碗，但却从未有人向他正式汇报。现在找上门来了，朱向锋却没有心思搭理。他的心思一半在膝盖上，另一半在废纸篓里，头都没抬就说，这事应该逐级汇报嘛，先向班长请示。王胖子说，汇报过了，图班长说你是最高领导，由你拿主意。朱向锋冷笑着说，最高领导是苗副连长，你应该请示他。王胖子说，请示过了，苗副连长的意思是，你是保障班的直接领导，全面负责。

话说到这份上，朱向锋知道是怎么回事了。这是那天他和老苗赌气的结果。如果不接招，自己当着那么多人的面跟老苗硬的颈，将成为继"欺骡"故事之后的又一个新笑话，何况向上级申请换个蒸笼事情不大。但毕竟刚来，具体的办事程序还不大清楚，衡量再三，还是瘸着一条腿去了严松的宿舍。严松听罢来意，连骂了三声老狐狸大狐狸小狐狸，骂完才说自己其实早就料到这事会落到朱向锋头上，当初抓阄分工故意让朱向锋管后勤保障就是冲这件事来的。朱向锋觉得严松说得有些夸张，说，不就是一套蒸笼？严松说，你可别看只是个蒸笼，这在骆驼岭可是最棘手的问题。骆驼岭的情况你清楚，所有经费和物资都按标准下拨到连队，再由连队分配给仓库，上面配发的蒸笼也是按建制连队发的，一个连队一套，骆驼岭不在配发之列，为这事老苗打过电话，连长指导员也打过电话，都没办成。朱向锋这才知道自己一不小心又被逼上了绝路。这就是在骆驼岭跟老苗和图力根对抗的直接后果。扔到他手里的不是一套普通蒸笼，而是一套被蒸得烫手的蒸笼，解决了，属分内之事；解决不了，就是失职，更是笑话。

朱向锋忙问严松怎么办。严松先是责怪朱向锋当初抓阄分工时没站在他这一边，才导致今天自食其果。接着又开始挠头，挠得头皮屑雪花似的飞舞，才一拍大腿说，有了，我有个老乡在后勤处当股长，要不我给他打个电话，反映反映？朱向锋如遇救世主，忙说，有劳有劳。

以为这就办妥了，过了两天却还没有动静，王胖子又来汇报说再不换蒸笼就只能吃生米生面了，还说昨天晚上上厕所时，让几个老兵按在地上打了一顿，说着撩起衣襟给朱向锋看。朱向锋看过去，果然肋下和手臂都有瘀青和红肿，从这些伤情看，又不像是老苗下的套，只好又去找严松。没想到严松说那个电话他还没打，因为他考虑来考虑去觉得求人办事光打电话不行，既不尊重对方也说明自己没诚意。朱向锋问怎样才合适。严松说当然是亲自跑一趟合适，并强调来回车费自己可以垫付，请假外出的事需要朱向锋跟老苗协调。否则，人家还以为我出去办私事呢。

朱向锋当即表态，请假的事由他去说，来回车费也由他承担。

一切谈妥，第二天一早太阳还没露脸，严松就跟着拉水的老罗下了山，身上背着一塑料袋官兵们要发的信件包裹，包括朱向锋写给周文斌和刘胜利的那两封。信件直接从团部邮寄，至少能节省一周的时间到达。直到最后一缕阳光撤离骆驼岭，严松才摇摇晃晃地回来。还没进大门就开始像传捷报一样一路嚷嚷，说蒸笼的事有着落了，保证一周之内解决。朱向锋忙迎上去一闻，浑身的酒味，宽边眼镜也不见了，眼眶上的疤在酒精作用下更显鲜艳，便问，怎么搞的，你不是不喝酒的吗？严松说，还不是为了蒸笼的事。王胖子领着一伙兵围上来，问是不是真的解决了。严松跳到一块石头上，像电影里的领袖人物一样扯着嗓门宣布：蒸笼搞定了，骆驼岭官兵吃夹生饭的历史从此一去不复返了！

娘娘腔的尖音一喊，整条山沟都在回荡。

由于有人鼓掌，严松还想再说点什么，酝酿几次，一张嘴却"哇"的一声吐出来一注食物，瀑布一般飞流直下。几个兵一拥而上，把他从石头上搀下，往后背上一阵拍打，待吐干净了再架起往回抬。朱向锋虽然没有喝酒，但也被架起，跟在严松的后面。声势浩大得绝不像是从团部要蒸笼的排长回到仓库，而是遨游太空的航天英雄回到地球。

人群中没有看到老苗和图力根的影子，但途经副连部的时候朱向锋看到副连部的灯亮着，窗户上趴着两个抻长脖子的人影。

尽管喝多了，话说得语无伦次，但一路上严松还是没忘反复强调办事的艰难。说自己为了这事费了老大的劲，因为机关配发蒸笼的方案里压根就没有骆驼岭的份儿，现在再配就是超计划超预算了。最后没办法只好掏钱请老乡和主管这事的助理员下馆子吃了一顿，又买了一条烟，老乡看在昔日老乡一场的份上才勉强答应，回来时还误了最后一趟公交，是花了三百多块钱打黑车回来的。

朱向锋回来按严松所说算了算，一趟下来总共花费近一千块钱，于是从刚发的工资袋里数出一千钱，刚要出门又把钱交给了詹梦诗，让他给严松送过去。詹梦诗站着不动，说，从山下农贸市场买一套也不会超过五百块钱。

朱向锋一听觉得钱花得冤枉，但转念一想总算办成一件事，而且这事为他赢得了极高的威望，尤其是让他在老苗和图力根面前狠狠地出了一口恶气，而这些都是花钱买不来的，又觉得物有所值，便对詹梦诗说，性质不一样，这是近几年来机关第一次给骆驼岭直接配发东西。

詹梦诗说，他说多少就多少了？连根蒸笼的毛都还没见着呢。要送你自己送。

朱向锋撸起裤腿，露出膝盖上的青包：我腿疼。

詹梦诗也撸起裤腿，露出膝盖上的青包：我也腿疼。

朱向锋放弃说服。不仅是詹梦诗，换成别人他也说服不了。在骆驼岭，只要涉及钱的问题，几乎没有人会相信严松的话。据詹梦诗告诉他，严松刚毕业分配到骆驼岭的时候不是一个很抠的人，自从眼眶烧伤和母亲得病后就变了个人。至于具体的原因詹梦诗也不清楚，因为他到骆驼岭的时候严松已经变了个人。

朱向锋最终采纳了詹梦诗的建议：为了防止上当受骗，不见兔子不撒鹰，等蒸笼到位了再付钱。

没想到过了不到三天蒸笼就到了。不苟言笑的彭老三学着赵本山的腔调用单机打来电话，蒸笼已OK，请下山西。全排上下竟都过年似的高兴，图力根套上骠车，没有岗哨勤务的兵都围了上去，像迎亲一样兴高采烈地跟在老罗后面，仿佛送到山下的不是蒸笼而是神舟飞船。

蒸笼解决了，朱向锋的膝盖也不疼了，不等詹梦诗下山验货回来，就亲自把钱送到了严松手上。不出朱向锋意料的是，严松没怎么客气就收下了钱。出乎朱向锋意料的是，严松收了钱后竟告诉他由于那天喝多了，当着战士们的面说的话有些吹牛的成分，其实那天他压根没想花钱请客。

我一个领困难补助的基层干部哪舍得花钱下馆子？下一次馆子相当于我妈一个月的药费！严松边说边把钱揣进兜里。

朱向锋站了起来。

严松示意他坐下，接着开始讲团部之行的另一个版本：那天的事要怪只能怪骆驼岭太偏，早上出发紧赶慢赶赶到团部已经是中午了，正好机关开午饭，他本来打算跟着股长老乡在机关饭堂凑合一下。但股长老乡却不想凑合，说多年不见，怎么也得安排一下，要不传出去还怎么在老乡圈子里混？非要请他到外面下馆子。他原以为老乡之间，就两个人，也就是找个路边店吃碗炸酱面、喝瓶啤酒，就答应了。到了地方看到门口站着的穿旗袍的迎宾小姐，才知道饭店的档次不低，但撤出已经来不及，老乡已经打电话叫过来七八个陪酒的，都是机关的股长，以前只在文件里才能看到的名字。作为桌上唯一来自基层的、职务最小的干部，为了不给骆驼岭丢脸，只好硬着头皮往肚里灌酒，还趁着上洗手间的机会主动把账结了。花销的钱虽然比买蒸笼还贵，但也不算白花，这顿饭培养出来的感情和关系都是超值的，是日后享之不尽用之不竭的资源和财富。

更出乎朱向锋意料的是，讲完团部之行严松竟然又捧出来一大堆发票，让朱向锋审核。朱向锋看着发票没接，说，算了算了，都是自家兄弟。严松说，越是亲兄弟越要明算账。不由分说把朱向锋按回了椅子上，然后一张张把发票递到他手里，摊开，指着发票上的日期让他看。

看看，连黑车司机开的白条，都是那天的落款……买眼镜的钱没算进去，我自费。

朱向锋连连点头称是，一抬头却看见窗户上有个人影在来回晃动，便大喊了一声，谁呀？影子推门而入，却是老苗。老苗进了屋，分别看了两人一眼，又看了他们手上的发票一眼，说，这个钱，我觉得干部一起平摊合适。朱向锋和严松一怔。但严松很快反应过来，猛摇着脑袋说，不行不行，这是我俩干的事，怎么能把你牵扯进来呢？朱向锋马上听出严松不让老苗摘果子的弦外之音，也附和着说，这事是我们干的，责任自然由我们分担。

正把老苗挤兑得无路可走，炊事班的王胖子突然满头大汗地闯了进来，上气不接下气地报告，蒸笼比锅还大，根本用不了。朱向锋问，难道配发的不是标准蒸笼？王胖子说，蒸笼标准，锅不标准。

严松一惊，问，到底怎么回事？

王胖子终于喘匀了气，话开始说得有条理：团里这批蒸笼是按建制连队大锅的尺寸订制的，而咱骆驼岭是副连级单位，现用的锅不是上级配发的，是当年在渤海所农贸市场买的，比连队的小，又比班排的野战锅大，所以配发的蒸笼根本放不进去。

朱向锋和严松不约而同地站起来，发票从他们身上掉下，像雪花一般飘下，散落一地。

7

蒸笼的事最后还是开会解决的。开的是临时支部扩大会，扩大到全体党员。这样扩大，不是临时支委的朱向锋在出席之列。这让朱向锋心里七上八下。他和严松像两只受了惊吓的刺猬一样，在角落里各自蜷缩成一团。开会前，老苗当着与会所有人的面，按了免提键用军线给连里打了个电话。不出众人所料，电话不仅没解决任何问题，反倒挨了一顿批。代表连队党支部接电话的指导员说，蒸笼是你们私下协调机关配发的，一没向连队请示汇报，二没经过连队把关，出了问题才请示，把连首长当成什么了？把连队党支部当成什么了？老苗放下电话，没照例先骂连营团三级，而是指着电话机说，这就是当前的形势，下面开会。气氛骤然紧张到极致。朱向锋提肛运气，像皮球一样把自己胀得鼓鼓的，准备接受来自各个方向的刀枪棍棒。没想到老苗提议研究的事项只局限于目前最紧迫的问题：是重新买蒸笼还是重新买锅，其他一概不讨论。朱向锋的毛孔这才慢慢舒张开来。由于既往不咎，作为呼应，严松也选择了沉默，一声不吭地跟着举手赞成。两个死对头之间这种心有灵犀的默契，就像早就商量好了似的，让朱向锋始料未及。由于少了许多扯淡环节，会议进程出奇的顺利，很快形成决议：重新买蒸笼。理由也很简单，要是重新买锅，就得重新砌灶，重新砌灶就得停火，一停火全排连夹生饭也吃不上。

大的方向定下来后，买蒸笼的花费就成了下一个讨论的焦点。解决的办法有三个，一是从伙食费中周转，二是卖羊，三是先由个人垫付，等有了钱再归还。挪用伙食费老苗不同意，因为经过连队下拨时被截留一部分，已经再挤不出油星子。卖羊图力根坚决不同意，因为唯一的母羊怀了羔子，其他的正长膘，现在卖哪一只都是不小的损失。这样一来就剩下了个人垫付。关于掏腰包的人选，老苗提出三个遴选原则，一是二级士官以下的不考虑，二是家庭困难的不考虑，三是为这事掏过钱的不考虑。自然没人反对，但逐一排除后才发现符合条件的只剩下了老苗和图力根。这多少有些出乎所有人的意外，尤其是自始至终一言不发的严松，听到结果后突然站起来表示，虽然自己家庭困难，但也可以作为人选，适当承担一部分。坐下后又喃喃自语，就是不知道这样改违不违反组织原则。老苗说，刚才确定人选条款时没人反对，现在更改当然违反原则。

严松又提议，再向连队打电话请示一下，死马当活马医，就算连队不掏钱也得让他们知道是谁掏的钱。老苗觉得没必要，要不来钱反倒找刺激。老苗说我比连长指导员都老，不想受这个气，要打你们打。严松把电话抱过来，犹豫半天却不拨号。正在这时，连队又把电话打了过来。

指导员的语气婉转了许多，也没再批评，而是传达连队的指导性的建议：把旧的蒸笼修补一下凑合着用。说就算连队出面再去协调，机关也只有配发这么大的。说买新的呢更不合算，说不定什么时候就交给下一个值勤的连队了。老苗打断他的话：报告连首长，我们已经开会决定买新蒸笼了，现在要请示的是，所需的资金怎么解决？电话那头顿时就没了声响，仿佛断了线。过了一会儿，突然传来指导员很机械的笑声，说老苗你还是那么幽默，连队的经费你们也知道，能支配的钱除了伙食费就是每个月二百块钱的公杂费，各班的扫把墩布都等着换新的，要从这点钱里挤出来给你们买蒸笼，除非全连两个半月连个黑板报也不出。

老苗刚要挂电话，却又听见指导员说，我倒是有个好消息，今年的"小散远直"单位评比马上开始了，如果这次评上了，奖金两千块，买套蒸笼嘛还是绰绰有余。

老苗冷笑道：上次手机管理先进单位的奖金还没给我们呢？

指导员说，上回的给复员老兵买纪念品了，这回嘛一分不少全部下发。

老苗又说，每年都评比，哪回有我们的事？

指导员说，这次不一样，主任调走了，是个机会。

老苗便不再说话，挂上电话，不再看众人，把搭在椅背上的头竭力仰向天花板，仰得脖子像一张倒弓，喉结一鼓一鼓的，似乎要发射出去……

有关老苗和政治处主任的故事，早已在骆驼岭乃至全团甚至全师广为流传。

那是七年前，老苗刚由战士直接提干当上排长，师里来了一个联合检查组，负责检查库区安全的是师政治部的一个保卫干事，而负责库区警卫执勤的正是血气方刚、踌躇满志，像只猫头鹰一样高度警觉负责的新排长老苗。保卫干事是个烟鬼，进库区时也舍不得把嘴里叼着烟的烟屁股掐掉，在门口被老苗当场拦下。老苗要干事把烟掐了，干事看了一眼老苗的少尉肩章，又看了一眼陪同检查的团、营、连干部，哼了一声就昂着头迈进了库区的大门。老苗不顾陪同检查的团营连干部一个劲地使眼色，一个健步冲上去，一只手拽住干事，另一只手像拔牙一样当着众人的面把烟屁股从他嘴里拔了出来，扔在地上踩了两脚。干事和所有人的脸都红到了耳朵根子。进了库区，干事开始像扫地雷一样来了个地毯式搜索，不查别的，专找烟头，结果还真的从杂草丛里翻出了两个烟头，然后又在老苗身上一顿乱摸，果真摸出一盒烟。尽管没摸出最致命的打火机，但也算人赃俱获，干事毫不客气地把情况记在了小本子上，但这事还没完。被掏走烟盒的老苗并没有失态，继续领着干事往库区深入，一直走到铁丝网前。见网上挂着"高压危险"的警告牌，干事又掏出本子问，都通电了吗？老苗毫不犹豫地回答，没有。干事爬上墙伸手摸过去，只见一道蓝光闪过，干事像蚂蚱一样从墙上往上一蹦，再一抽，直挺挺地摔倒在地。

干事当然没被电死。铁丝网是瞬时高压，自动断电，只能击倒不会致命。干事在医院躺了一天，除了摔伤的地方还有些疼痛，其他部位跟没电过一样，第二天继续精神抖擞地下部队检查指导。但骆驼岭和老苗却从此声名远扬，迅速成为部队茶余饭后的谈资和笑料。

此后不到四年时间里，保卫干事调了两职，从副营升为副团，并于三年前被安排到老苗所在的团当政治处主任，现在副团刚满三年又调到另一个团当政委去了。而老苗七年里只挪了一职（还是主任上任前调的），由全团最年轻的排长熬成最老的副连长。几乎所有人都坚信：只要主任在，老苗就永世没有翻身的机会，升不了职，转不了业，更别想调出骆驼岭。为此老苗闹过，不出门，不开饭，但不管怎么闹影响只局限于骆驼岭，外界根本不知道他还有脾气。

这七年里，团以上机关几乎没来过骆驼岭检查指导，实在绕不过去了，师里就让团里自查，团里让营里自查，营里让连里自查，连里也懒得来，让老苗自己查，然后以老苗的自查报告为底稿，一级一级往上报材料。个中缘由除了主要的交通问题和仓库的战略地位不断下降，老苗的鼎鼎大名也是一个重要因素。

没人来看，就没人反映，没人反映就没领导知道，更没人关注。除了手机使用管理那次评比因为其他单位都查出了手机才捡了个先进，七

111

年里骆驼岭再没评过先进，也没落过后，奖励没有份儿，帮建也没有份儿。即便近年来各级比较重视的小散远直单位重点帮扶，也没有骆驼岭的事。外界几乎把骆驼岭忘了，同时被遗忘的还有干部战士的成长进步、立功受奖。这其中包括图力根的两次提干和严松的困难家庭补助以及有关他只身扑灭山火事迹的鉴定和宣传报道。

8

整个骆驼岭处于前所未有的亢奋之中。

亢奋的原因有三个：一是政治处换了主任。二是新蒸笼买回来，吃上了熟饭。三是检查评比的奖金额超出了大家的预期。两千块钱虽然算不上巨款，但在骆驼岭能解决不少问题，不仅能偿还个人垫付的蒸笼钱，还可以解决饭堂的部分凳子。这意味着在不久的将来，坐着吃饭的人将从干部扩大到副班级以上人员。高兴的不仅是副班级以上，副班级以下也跟着高兴。副班级以上迟早要转业复员滚蛋，副班级以下迟早要成为副班级以上。

激发亢奋的因素从现实延伸到理想，亢奋就由短暂变得持久。

亢奋主要体现在吃饭和体能训练上。多吃饭，多做俯卧撑和仰卧起坐，多跑五公里和一百米。其他的依旧按部就班，岗哨是固定的，没法多站，羊群是有数的，不可能多放，狗是有食量限制的，不能多喂。这就是骆驼岭，再亢奋，太阳也要九点以后才能正式爬进山沟。这些，朱向锋不奇怪。他奇怪的是，似乎看不到半点迎接检查的迹象。这和他以往经历和见识过的"迎检"完全不一样。无论在哪个单位，迎检都是临时性的重大突击任务，年计划、月计划、周计划都绝对没有这一项，但只要一声"迎检"令下，一切计划之中的日常工作都将暂时不再按计划进行，停下来，刷墙，抹菜地埂子，挂横幅，贴标语，摆鲜花，铺地毯，准备汇报材料，如临大敌一般。有的单位甚至恨不得挖地三尺，连营房都推倒重建。检查的级别越高，迎检的规格就越隆重，几乎接近于招待的规矩。但这一切在七年来第一次重大检查即将降临的骆驼岭却没有出现，甚至连最需要修补的地方也没有任何改观。人和动物都不以为然，无动于衷。

他们镇定得让朱向锋恓惶。他想找詹梦诗获取点情报，却一连几天连詹梦诗的影子都见不着，便径直去门岗查问。选择问门岗，是因为他只想知道詹梦诗是否还在骆驼岭。只要没出营区，无论在哪个具体位置、干什么，对他而言都一样的不重要。因为只要詹梦诗瞒着他干的事基本跟老苗有关，这种事以前因为考虑到老苗身上神秘的病他不便过问，蒸笼事件后他彻底不想再过问。他觉得在这个连蒸笼都和全军不一样的地方，牵扯的事情越少越好，牵扯得越浅就越容易脱身，对自己顺利离开这个地方就越有利。

哨兵告诉他，詹梦诗根本没出门，而是被抽到副连部加班去了。他翻开近期的营门出入登记，果然没看到詹梦诗的名字，这段时间外出的人员只有严松，而且从日期和时间上看，基本上是隔三岔五地出去，每次基本一整天。

这让朱向锋感到意外。自从蒸笼的事办砸后，他再没怎么见过严松，双方都心照不宣地尽力避免接触，即使吃饭，晚来的也默契地端到别的桌，宁愿站着吃。

朱向锋问哨兵，严排长有没有说下山去干什么？

没有，他的事跟谁都不说……都说他去团部找关系跑调动去了。哨兵表情丰富地朝他笑笑，随便得像在跟一个同年兵闲聊。自蒸笼事件后，这样的随便越来越随处可见。

屌兵！他在心里骂了一句，然后转身上山。他必须尽快回到自己的轨道——积极探索告别骆驼岭的方法路子。这个探索一个月来没有任何进展，这不是他的作风，更与他的能力素质不般配。他完全被周文斌改变了。在他需要果断决策时，那两句诗就会从黑暗中跳出来干扰他。导致他一步一步偏离轨道，净干些扯淡的事。

诅咒着周文斌，朱向锋没头没脑地往山上走，却不知不觉进了严松的宿舍。那次审发票之后，朱向锋就再也没有踏进这间屋子。严松正趴在一堆乱书丛中，眉头皱成一个疙瘩，仿佛在攻克世界级的学术难题，见他进来慌忙起身把书往跟前拢了拢，一副怕人窥见的架势。

短暂的尴尬后，严松先打破沉默，说强龙还是压不过地头蛇啊，开始他们要垫钱我还感动了一下，回头一算不是那么回事，咱俩花一千块钱树立起来的威信，被他俩五百块钱给摧毁了。五百块钱还他妈算预借的。

朱向锋对严松开口就提钱的事不感到意外，对严松把"你"说成"咱俩"也不感到意外，但对严松见面就说蒸笼的事十分不舒服，还没等严松说完就想走，却又听严松说，你还有别的事吧？

朱向锋说没有，我走错地方了。严松说，无事不登三宝殿，你是不是想问调动的事？朱向锋惊讶于他开门见山，便也不再拐弯抹角，说，听说你在积极争取。

严松说，争取个屁。本来以为你来了，我的苦日子就熬到头了。因为骆驼岭只有两个干部的编制，而仨人中你刚来，老苗呢铁定走不了，最有希望走的当然是我。

朱向锋点点头，觉得他总算说了句真话，问，那为什么没走呢？

严松把嘴凑到朱向锋耳朵根上说，后来一直没动静，一打听才知道，因为上次裁军时外单位交流过来一部分干部尚未消化，全团都超编，往哪儿调？师政治部张副主任的亲侄子张军伟这次想进团机关都要等到明年开春，咱们还有什么指望？其实现在想想，新毕业的排长分配到这里的概率极低，但没干满三年调出去的概率更低。

严松越说越激动，说到最后竟然哗地拉开窗帘，叮当打开窗户，看着窗外说，真是个铁桶，进来容易出去难。

朱向锋顺着窗户看过去，没发现山下的路有什么异样，倒是被山风迎面一吹，觉得浑身发凉，忍不住连打了几个喷嚏。见朱向锋一脸的失望，严松又重新把窗户关上，说，不要紧，调走不成，还有另一条路。自古骆驼岭两条路，一是调机关，二是考研，除此之外就是混吃等死。

你是说……

是又怎么的。明人不做暗事，我这个人一贯光明磊落，既然刚才你都看见了，也没必要保密，实话实说，我准备考研。这次下山，全仓库都在传闻我是去团部找关系跑调动，其实我是去买书了。

朱向锋这才注意到，满桌子摆着的基本上都是跟考研有关的书，细看却都是些旧书，甚至还有五年前的旧版本。

严松从桌上筛矿似的扒拉出两本书，双手捧至胸前：哥们再说句实话，当初劝你在这站稳脚，是衷心希望你留下，但不排除为我自己调动考虑，现在，我衷心希望你早点走。你是刚毕业的本科生，基础比我好。

尽管严松的话像一盆冷水，把朱向锋争取调走的雄心壮志浇得七零八落，尽管山风比来时大了许多，但从严松手里接过书的一刹那，朱向锋依然感到身体热得想冒汗，而那两本早已过时的旧资料，捧在怀里也显得格外厚重。

9

带着山顶的余温回到保障班的宿舍，摊开资料翻了两页，朱向锋就愣在了那里。图力根进屋喝水，提醒他说书拿倒了。他才发现竟然一个字也没看进去，就把书扔在了一边。他做梦都没有想到，考研会成为他现在唯一的出路。两三年前这曾经是他奋斗的目标，而且兵不血刃地实现了。但为了刘胜利为了进北京，他毫不犹豫就放弃了。没想到现在为了离开曾经放弃读研才分配进来的地方，他又一次必须站回考研的起跑线上。这就像在环形跑道上跑步，费尽气力兜了一大圈，结果又回到了起点。而这个起点所面对的，不再是其他的道路，而是又一座独木桥，就像一个月前分配到北京那座独木桥一样，甚至较之那次更加残酷。那次他站在独木桥头，可过也可以不过，大不了放弃刘胜利。而现在，他已经走到了桥中间，前面，刘胜利以及他们的爱情在向他招手；后面，被他扔进河里的周文斌以及全队同窗在逼视着他。如果说一个月前他还尚有迂回路的话，那么这次，他是不折不扣地只剩下一座独木桥可走了。

书看不进去，朱向锋就翻出纸笔写信。信刚开了一个头就不知道怎么往下写了。先前的两封信寄出去一个月还没有收到任何回信。这在他的预料之中。周文斌毕业分配后去向不明，刘胜利放暑假了，又不能往她家里寄，所以写的都是所在中队的地址，没有回信属正常。

他愣在那里，很久之后才发现旁边有人，扭头一看，消失了一周的詹梦诗站在他的身后。他眼窝子深陷，眼圈青黑，手里抱着一摞高过头顶的笔记本。他把笔记本蹾朱向锋面前，接连不断地打着哈欠说，苗副连长说了，让排长把关。

朱向锋把本子推到一边说，滚滚滚，滚得越远越好。

这话有胆跟苗副连长说去。詹梦诗晃了两下肩膀说，里头也有你的本子，不用感谢我，都是应该的。

朱向锋心里一惊，手却下意识地在本子上扒拉。第一本老苗的，第二本严松的，第三本朱向锋的，封面的标签上赫然写着自己的大名，字体笔迹和其他本子一模一样。抽过来一翻，从元旦到本周的教育笔记和心得体会一课不落。可他是七月份才到骆驼岭报到的，而且从来没有记过什么笔记!

朱向锋猛一抬头，才注意到詹梦诗一直在用一种试探的目光注视着自己，像战斗前夕的火力侦察，便说，我感谢你个屁，我被你提前了六个月报到，造假都造得不像。

没事没事，可以拿下来。詹梦诗一脸的云淡风轻，说你想几月报到就几月报到。朱向锋这才发现所有的笔记本都是活页本。这是朱向锋第一次见政治教育笔记用这样的本子。这种本子最大的特点就是可以任意调整甚至增删页码，不留痕迹。中间落下的教育，什么时候突击补记，都可以天衣无缝地塞到合适的位置。

不等朱向锋进一步盘问，詹梦诗就主动承认了所有人这半年的听课笔记以及心得体会都是自己在一周内补抄，还告诉他说，老苗给予他的优厚条件是每天一袋方便面、两根火腿肠，由炊事班提供，如果评上奖了，年底还给一个优秀士兵。这样的待遇在骆驼岭是史无前例的。这么做，是因为这些笔记本要上交团机关参加评比，而且主要比字数、页数和字迹工整度。这是以往检查的惯例。朱向锋这才明白过来，不是骆驼岭不迎检，而是所有的迎检都放在了眼前这一摞笔记本上。它才是这次检查的重中之重。据指导员从机关探听到的消息，由于交通的不便，机关检查组这次上骆驼岭的概率还是不大，所以骆驼岭能真正接受检查并最终决定评比结果的，只有这一摞笔记本。

说话间，詹梦诗已经把朱向锋前六个月的笔记撤了下来，捏在手里炫耀着说，咱中国人就是聪明，古代发明了活字印刷，现在发明了活页本笔记。要不，得累死多少人。

朱向锋问他，就不怕查出问题？没想到詹梦诗回答说，要说问题这种检查本身就是问题。他们要想动真格的就不会让下面送几个破本子过去。我算了一下，真要逐字逐句、逐行逐页地检查，所有的机关干部查一年也查不完。

如果不是亲耳所闻，朱向锋绝不敢相信这是一个入伍才半年的新兵说的话。他觉得这个新兵蛋子越来越不是一盏省油的灯。

做的时候就不觉得自己很卑鄙？朱向峰问。

卑鄙？卑鄙是卑鄙者的通行证，高尚是高尚者的墓志铭。能为仓库挣两千块钱，能让大家吃上熟米饭熟馒头，还能让副班长以上坐上凳子，我光荣还来不及呢。

朱向峰惊讶：你还知道北岛的诗？

詹梦诗震惊：排长还知道北岛？

滚！朱向锋怒气冲冲地找到老苗，自然是先问老苗为什么要违反规定突击补笔记。

老苗听完长喘一口气说，我还以为啥事呢。站着说话不腰痛，你知道现在正同时开展的活动有多少项吗？

多少？

八项。主题教育、百日安全、房屋清查、保密检查、科技练兵、后勤评比、装备保养、半年总结，每项都要不折不扣地落实，每项落实的情况都要上报，然后准备迎接上级的"回头看"，哪还有时间组织战士们记笔记、写心得体会？

朱向锋说，瞒着我干为什么又让我把关？老苗说，本来这事不想让你掺和的，可指导员说连里一大堆事，来不了，说你是高才生，政治理论水平高，点名让你帮着把把关。

不信你可以亲自问。老苗指了指旁边的军线电话。

朱向锋一秒钟也没多留。

你们领奖让老子把关！

你们造假让老子背黑锅！

一路上，朱向锋没停止过内心的怒吼。这样欺人太甚的事他还是第一次遇到。更重要的是，他现在正积极想办法离开这里，一切带毛带刺的事他都不想沾上。

风一样回到自己宿舍，见摊在桌上的信纸和笔，拿起来，把写给刘胜利和周文斌的开头撕掉，顶格写上"敬爱的团党委"，发现门还开着，放下笔赶紧冲过去关门……

10

一切果然如老苗所料，团里的检查组没踏进骆驼岭半步，只是打电话通知把政治教育笔记本送上去评比。为了确保万无一失，老苗把四十多个笔记本装进两个大纸箱，然后派图力根亲自护送到团部，像当年杨志押送蔡太师的生辰纲一样隆重。而评比结果也很快就下来了，骆驼岭的笔记本因为内容最齐、心得体会最多、字迹最工整顺利过关斩将，拿了小散远直单位的第一名。消息从指导员的电话里传过来，整个骆驼岭一片沸腾。指导员透露，如果团机关办事效率高的话，奖金将在一周内到手。为此指导员还专门强调，拿了奖，全排同志依旧要戒骄戒躁、再接再厉，喝水不忘打井人，拿奖不忘连队党支部，等等，要不是被老苗一句"吃猪肉不忘连队的猪下水"气得挂了电话，不知道还要讲多久。

消息越来越可靠，拿奖的感觉越来越奇妙。老苗把指导员的电话一散布，战士们吃饭、做俯卧撑和仰卧起坐以及跑五公里的热情更加高涨。有几个副班级以上的老兵还专门请假下了一趟山，到山下的农贸市场去考察吃饭的凳子。

这样沸腾的日子大约持续了一周，直到指导员再次来电话。指导员的电话却不是让人去取奖金，而是让老苗写一个深刻检查，赶快交到团机关去。原因是有人写信揭发骆驼岭在检查过程中造假，突击补笔记，团领导接到信后一查，果然发现骆驼岭的笔记本有明显的造假痕迹，于是通报全团，名次取消，奖金没收。指导员还补充说，机关能不知道是

119

怎么回事吗？这次检查说实话本来就是走走过场，主要是为了找个机会给小散远直单位解决些实际困难，而且他们也知道这些年一直没有骆驼岭的好事，趁着老主任调走有意向你们倾斜。我和连长磨破嘴皮子，才争取到只检查笔记本，只要笔记本不出问题，就是板上钉钉的事。结果就这点事你们还出问题，造假，造假还造不像，让人告了，天上掉馅儿饼你们还捡不着，水平实在太低！指导员让老苗把检查写得深刻一点，争取下一步宽大处理。

据说，接电话时老苗从头到尾一声都没吭。连长指导员都没他老，他当班长时他们俩还是新兵。但在电话里指导员就像训新兵一样训斥老苗。

老苗是全程拍着桌子传达这个消息的，把朱向锋拍得一身冷汗。拍完，老苗又说，这肯定是阶级敌人搞破坏，绝不是咱们内部人干的。严松不阴不阳地说，我看未必。

未必个蛋！从骆驼岭寄出的信我能心里没数？老苗说完发觉自己说漏了嘴，又补充说这样有利于掌握战士的思想动态，并举例说前几次逃跑的战士能及时发现并抓回，都是从信封的收信地址上最早发现线索的。

朱向锋松口气，暗自庆幸自己写的那封信犹豫再三最终没有寄出去。更让朱向锋暗自庆幸的是，作为笔记本的把关人，上面的通报里只字未提有关他的责任追究。

骆驼岭的气氛由亢奋一下陷入沉闷。名次取消，奖金没收，仓库里一片哀鸿，饭量和体能训练的量都不断下降。饭堂里摔摔打打和指桑骂槐的声音变得密集。副班级以上的凳子没戏了，愤怒的不仅是副班级以上，副班级以下也跟着愤怒。副班级以上坐不上凳子，副班级以下就更别指望。尽管由于老苗把事件定性为阶级敌人搞破坏、竞争对手搞陷害，有效避免了公然中伤和明目张胆的排查，但各种议论猜测埋怨依旧满天飞舞。他们怀疑的对象，从远在几十公里甚至上百公里外的不知姓名的竞争对手，到仓库内部朝夕相处、寝食同步的兄弟同袍，全面而广泛。整个骆驼岭只有朱向锋无事一身轻，信不是他写的，检查也不用他做，责任也不追究。听着各种流言蜚语，看着那些大头兵无头苍蝇般暗箭乱射，朱向锋第一次感到隔岸观火、坐山观虎斗、袖手旁观的惬意，唯一的遗憾就是找不到一个与他分享惬意的人，包括严松。这让他感到一丝隐忧。果然，没惬意几天他就发现，他们的怀疑范围在不断缩小，从上百公里、几十公里之外缩小到连队最终缩小到骆驼岭，原先那些无的而放的暗箭慢慢集中，最后竟然全聚到了他的身上——只要他的身影在营院里一出现，就会像靶子一样集聚着各种各样的目光；如果回宿舍，只要是他一个人在屋里，窗户上总是有人影晃动；若是看书或者写信，就不断会有人进屋，喝水或者拿东西，眼睛却不时地在他面前的书和信纸上来回跳跃。

连詹梦诗也在有意躲避他。他每次想找他的时候，他不是在老苗的副连部就是猫在狗窝——在狗窝的时候，那两条藏獒必定拴在狗窝门口的水泥柱子上，狗链子放得老长，他自己却在里面埋头打扫卫生。朱向锋站在百米开外叫他，嘴还没张藏獒就抢先咆哮起来，声音是他的十几倍，他装着什么也听不见。只有王胖子每天送逐日消耗表过来让他签字还比较准时。一次他趁四下没人抓住王胖子问，是不是有人发现什么了？王胖子吭哧了半天才说，仓库有个战士的老乡在机关当通信员，他打听到那封信是从骆驼岭寄出的。

他们都怀疑是我干的？

王胖子点点头又赶紧摇头说，我可没有怀疑过。他们说这事是你把的关，除了詹梦诗和副连长就你最清楚。

朱向锋一拳捶在自己大腿上，早知道这样还不如把信寄出去！

王胖子走后，朱向锋也出了门。宿舍是没法待了，不要说看书，连一封信都写不下去。只要这件事没有澄清，他就是这四十多人心目中的罪魁祸首。

　　一出门就看到羊圈那边人头攒动。走近了才看清是图力根、老苗和严松。老苗和严松一边一个，分别蹲在羊圈两侧的石阶上抽烟，像衙门前的石狮子。图力根站在他们中间，面对着羊群在指指点点，像导游一样在跟他们俩解说什么。朱向锋知道有关羊的事是骆驼岭的大事，历来有条不成文的规定：要所有干部商量决定。于是问图力根为什么不通知他参加。图力根说，现在的规定改了，是临时支委参加，用不着你亲自到场。说完从面前绕过去向老苗继续汇报羊的事，说，从目前的状况我就能断定母羊肚子里有几只羔子。老苗忙问，几只？图力根缓缓伸出三根手指头。老苗和严松都有些震惊，眼睛顿时瞪大了一圈，仿佛图力根伸出的不是三根指头，而是三根金条。老苗说，要全力以赴伺候好，能不能打个翻身仗就靠这一锤子买卖了。

　　老苗的最高指示一下达，马上就有了动静。朱向锋刚回到宿舍爬上铺就来了两个战士，要搬图力根的铺盖。一打听才知道是往羊圈搬。说这是按以往惯例落实老苗的指示，母羊临产前两三个月，派专人住羊圈蹲点伺候。

　　那里能住人吗？

　　怎么不能？骆驼岭的干部除了你和严排长都住过。其中一个说。

　　排长，这下你终于可以搬下来睡下铺了。其中另一个朝他挤了挤眼说。

　　他从上铺跳下来，说，你们把他的铺放回去。

　　两个兵愣在那里。

　　搬我的！

11

　　羊圈并没有他想象的脏乱差，而且并不是真正意义上的跟羊们挤在杂草堆里。说是羊圈其实是与羊圈一墙之隔的一间单独的平房，里面有床有桌椅，桌子上堆着几本养殖技术书，墙上张挂着母羊生产图表和值班登记。登记上记录着各个时期蹲点人的尊姓大名——骆驼岭的干部除了他和严松确实都在这住过，包括干部股的雷干事。那两个兵没有撒谎。但遗漏了一个重要信息：这里冬天没住过人，因为母羊没在冬天下过羔子。

确切地说，他住的其实是羊圈值班室，味道比其他的值班室大一点而已。他用这句话安慰并勉励自己。然后扯了一把卫生纸揉成团，堵住了一个鼻孔，开始安营扎寨。

铺盖刚摊开，老苗和图力根就一前一后站在了他的面前。这是他预料之中的，甚至可以说是他此举的一个目的。预料之外的是，他们并不是来表扬和鼓励他的，而是来打击积极性的。他们都坚决反对朱向锋住羊圈。开始朱向锋还以为是图力根客套性的关心——作为班长，怎能让自己的排长睡羊圈呢？没想到图力根接着说，你逞啥能呀，你又不懂专业！把他噎得半天说不出话来。他是骆驼岭方圆十几里学历最高的人，但产羊羔这样的专业，他确实不懂。老苗不同意的理由陈述得委婉一些，说什么这都是我们这些没文化的大老粗干的，怎么能让你一个高才生住羊圈呢，传出去还不笑死人？朱向锋说，你不说还有研究生住猪圈的吗？老苗说那是几年前的事了，现在社会进步了。再说，你马上要考研上学，弄一身的羊屎味何必呢？朱向锋这才明白，老苗不同意是因为他知道朱向锋迟早要走，没把他当骆驼岭的人，而把最重要的财产交给一个外人，老苗不可能答应。

终于触碰到老苗的核心利益了，朱向锋暗自得意。

见朱向锋无动于衷，老苗继续劝说，不是我不信任你，从来的第一天起，我就知道你迟早要走，这里留不下你，一个军校本科生耗在这里不是个人损失，是国家的浪费。不仅是你，这里谁不想走？说实话，我也希望你们都走，我要有本事走也早就走了。连里每年给的东西我都想多要，就是转士官的名额我不想要。我说，你们要给他们转可以，调出去转，换几个义务兵进来，在这守两年赶紧滚蛋，再待，人都要变傻。

话说到这个份上，朱向锋清楚他们来的目的了。但他再不想回到班里，这和没来之前不一样，从羊圈里再搬回去，他就彻底没脸在骆驼岭混了。就像必须分配到北京和必须调出骆驼岭一样，这又是一座独木桥。沉寂了一阵子，朱向锋说，我确实没有那么高尚，来这里的目的，一是为了躲避战士们的围攻，二是为了考研复习，三是为了睡下铺，如果还有第四，那就是离开之前给骆驼岭干点实事，做一次贡献。图力根说，可你毕竟不懂专业。他立即打开挎包一阵乱翻，翻出纸和笔，摆在桌上说，我可以写保证书，死一只羊都由我负全责。然后拧开笔帽，像磕头一样趴在信纸上写道：敬爱的临时党支部……

老苗和图力根对视了一眼，默然转身，出了羊圈。

老苗和图力根走后，他从严松的弹药班里借了工具和一些废旧材料，叮叮当当把窗户封死，又锯了一截树干做了一个粗壮的门闩，插上，整个屋子就像棺材一样沉闷坚固，外界的一切声音、气味都无法侵入，几乎彻底与世隔绝。

他第一次在骆驼岭安稳地进入梦乡，但也是第一次被人半夜里惊醒。惊醒他的敲门的声音是熄灯两个小时后才响起的，那时朱向锋正睡得迷糊，敲门声忽强忽弱，时断时续，使朱向锋以为是在做梦。持续了很长一段时间后，朱向锋才感到不是做梦，于是起来开门一看，竟是詹梦诗。詹梦诗穿着秋衣秋裤，外面披着大衣，脚上趿着拖鞋，俨然一副起夜上厕所的行头。詹梦诗见他开口便说，排长，我又想起那天说的北岛的诗。

三更半夜把我弄起来就为这个？

这里的人都不懂诗。

我也只会那两句。朱向锋让他进屋，知道又遇到一个需要耐心糊弄的人。

两句就够了。詹梦诗说，你说那个写信告状的人是卑鄙还是高尚？

当然是……朱向锋一时语塞，突然觉得最简单的问题竟然最难回答，如果是高尚，但他把自己坑进了羊圈；如果是卑鄙，但他说了真话，而且自己也写过一封。想来想去最终还是说，应该是高尚，因为他说了真话。

那为什么全仓库的人都恨他？

我没有。朱向锋说了句假话。他曾经恨那小子恨得牙根痒痒，恨不得抓住当场亲手掐死。

那我告诉你一件事。

说。

那封信是你写的。

朱向锋一惊，说，可我没寄。

我寄的。

为什么?!

我不想浪费你的辛勤劳动，而且你一直想拉我入伙。

你他妈卑鄙无耻！朱向锋失态了，他终于明白为什么机关的通报里没追究他的责任。他真想掐死他。

你刚才还说高尚的。

他松开手，看到这个新兵蛋子的眼窝子里异常湿润。

排长，我很羡慕你。

为什么，因为我现在住羊圈？

因为现在大家都怀疑你。这说明在所有人眼里你有思想，你敢说真话。以前我们都以为你是个窝囊废。可这件事分明是我干的，却没一个人怀疑我。这说明在他们眼里，我只是个新兵蛋子，是副连部的通信员、狗腿子，天生就应该是最听话的。有时候我真希望他们怀疑我。

你犯贱。

明天我就去承认。

那些老兵会整死你！朱向锋一把拉住他，你说了也没人信，就是把那封信拿回来摆在他们面前也没人相信，因为那是我写的，连署名都是我的！

詹梦诗这才慢慢安静下来，从朱向锋床头扯了一大把卫生纸擦眼眶。朱向锋这才发现眼前这个新兵只流泪不哭——说话正常，没有半点哭腔和哽咽。这种泪流得着实可怕！

詹梦诗的讲述全程保持了这种状态。信是詹梦诗从废纸篓里抢救出来的。朱向锋的信写了撕，撕了写，抓耳挠腮、搜肠刮肚地忙活了整整一下午，詹梦诗想不发现情况都很难。后来，他看见朱向锋把最后写好的那封信随手扔进了废纸篓，便于第一时间溜进宿舍翻了出来，这次的竟然没撕，除了有些皱痕基本完好无损，就揣进兜里躲进厕所，从头到尾读了三遍，觉得写得好。詹梦诗觉得写得好的标准是像报纸上的文章，甚至比报纸上的文章还好。报纸上的文章道理是对的，但事都是假的，而信上不仅道理是对的，事也是真的。越看越觉得扔了可惜，就装进信封，没随仓库的其他信件一起从彭老三家送往连部，而是趁下山给老苗买药的机会，到渤海所的邮局寄了挂号。

讲完詹梦诗又问朱向锋，义务兵的复员费有多少？朱向锋告诉他大概有两千多块钱。詹梦诗松口气，仿佛一块石头落地，说，正好，我能还清了。

还什么？

我欠骆驼岭的债，这次的奖金。方便面和火腿肠我一样也没吃，都还给炊事班了，年底的优秀士兵也不要了。他苦笑，奖没拿到，就是想要也不会给了。

妈的，朱向锋骂道，为了一周的方便面火腿肠搭进去够吃半年的钱，你折腾啥？

詹梦诗不再说话，走的时候从大衣里掏出一封信给朱向锋。朱向锋以为是机关给他的回信，拆开一看，却是刘胜利寄来的，竟莫名其妙地有些失望。刘胜利之所以时隔这么久才回信，原因正如朱向锋预料的，信到中队时刘胜利已经放暑假了，等九月份开学回到中队才看到朱向锋的来信。信中，刘胜利为朱向锋如愿以偿地分到北京感到振奋，但对一棵松这个地名很费解。她说，俺去过几次北京，从来没听说过有这个地方，从百度上搜了一下，也没有搜到，是不是把五棵松写错了。

朱向锋立即回信澄清：忘了告诉你，这个地方是军事禁区，密级很高，连将军来了都不让用手机，不仅民用地图上没有，谷哥和百度上也查不到，大概的位置在三环以里国贸附近，比五棵松还要少四棵松，还要中心。说到近况，朱向锋告诉她，由于上任后的两个月自己工作出色，三把火烧得很旺，深受连首长和战友们的信任，现在已经搬出集体宿舍住上单间了，可以说头三步已经踢好了两步半。他还向没有当过义务兵的刘胜利解释，住单间在基层部队相当于享受副营长的待遇。信的末尾，他告诉刘胜利说，部队最近赋予他一项重大任务，为了彻底把头三步踢好踢出成绩，大概有两三个月时间不能联系，让她好好学习天天向上，"等到残雪消融溪淙淙独木桥自横，待到春风传佳讯，我们再相逢"。

12

全国的研究生招生考试一般在每年的元月中旬，春节之前。这和图力根预测的母羊预产期不谋而合。从朱向锋给刘胜利的第二封信发出到考试或者到母羊的预产期，正好还有三个月时间。按以往的惯例，这三个月时间里，朱向锋除了侍弄羊，可以不参加任何工作，甚至不参加开饭，每天由詹梦诗从饭堂打好送到羊圈。由此，朱向锋每天的生活内容变得非常简单，一是侍弄羊，二是学习侍弄羊的技术，三是复习考研。他的活动范围也非常小，除了侍弄羊，其余时间他都把自己关在那间羊膻味浓厚、门窗封死、棺材一样的屋里。他接触的人也很少。老苗没来过。严松只托詹梦诗捎给他一本旧得掉渣的英汉词典，说与他共勉。其他的人，除了送饭的詹梦诗和偶尔过来指导的图力根，再没人来打扰他。由于以上原因，生活中原先许多必要的环节变得没必要，比如说照镜子整理着装梳头等等。他不再那么讲究，身上总是穿着一身最旧的作训服和一双最破的胶鞋，要不是詹梦诗提醒，头发和胡子也懒得修理。他也不再咒骂周文斌，他对他唯一的惦念就是想知道这个王八蛋到底分配到哪了。但一点音讯也没有。

那份保证书虽然老苗没要，但他还是不折不扣地写了，写好后开始放在抽屉里，后来干脆拿出来跟那些图表和统计表一起贴在了墙上，自己每天一抬头能看到，送饭的詹梦诗和送技术的图力根一进门也能看到。

很快就入冬了，骆驼岭变得奇冷，日平均气温要比北京市内至少低五度。由于冬天也从没住过人，朱向锋的单间里没有任何取暖设施，既不通暖气，也没有炉子。朱向锋这时才真正感受到骆驼岭条件的艰苦。艰苦到温饱线以下，温和饱只能解决一个。詹梦诗说骆驼岭像个炉子，听着心里就暖和，可现在屋里冷得连个炉子都没有。老苗向连队打了报告，要求配发炉子，但连队说会逐级往上反映，最迟也要一个月后才能解决。老苗只好把岗哨专用的羊皮大衣匀给他一件。朱向锋于是就裹着羊皮大衣在羊圈活动，一天到晚地裹着，除了睡觉，从不脱下。

在此期间，部队完成了几件大事，年终总结，评功评奖，士官选取，老兵复员，新兵入伍，一件比一件热闹。没一件让朱向锋离开过羊圈。

母羊是在离研究生招生考试还有两天的一个深夜生产的。那天晚上的动静很大，第一次见识这种场面的朱向锋不敢离开半步，又没有任何通信工具向老苗和图力根求助，只好一个人打着手电筒披了大衣蹲在羊圈里。下羔子的时候似乎有些难产，下一只等个半个小时再下一只，每次朱向锋以为要结束的时候，总会出现新的动静，然后是新的惊喜。最后一只顺利离开母体后，朱向锋一数，不是三只，而是六只！这个数量只在蒙古族兵图力根的传说中出现过。六只羔子下了半个晚上，从半夜一直到第二天起床号响起。朱向锋一分钟没合眼，蹲在羊圈里守到天亮，冻得鼻涕横流，流到吸溜不回去的时候就拿大衣袖子往鼻子上一抹。鼻涕在袖子上很快冻住，像一截冰甲一样油光透亮。羊只有两个奶头，六只羔子母羊喂不过来，朱向锋拣出四只装进纸箱抱回自己的小屋，然后插上门，用准备好的奶嘴喂。喂完最后一只的时候，他听到开早饭的哨音响了。这意味着十分钟后詹梦诗就会送饭过来。他想站起来，去开门迎接詹梦诗，然后让他火速报告老苗、图力根，不是三只而是六只！之后，所有的羊将移交出去，他彻底离开这里，到山下渤海所的澡堂里洗个热水澡，换上新发的第一身马裤呢冬常服，坐彭老三的专车奔赴考场……但此刻他却怎么也起不了身，似乎血管和肌肉都冻住了，骨头和关节生锈了。他猛地使了一下劲，身子终于蹲起来，但还没来得及伸直就向地上载了下去，像一根木头般。他极力地控制着身体往右偏，因为左边是装着四只羊的纸箱。

朱向锋醒来后的第一感觉是光线昏暗。他努力睁开眼，才发现床前站着一排人，把窗户射进的光线挡住了。彻底看清的时候，才辨别出床前站的分别是老苗、图力根、詹梦诗和一个不认识的老头。老头穿着跟笼屉布一样沧桑的白大褂，用木雕一样生硬的表情看了他一眼，又看了墙上挂着的吊瓶一眼，对老苗说，我说了用不了两天就好。说着背起药箱子就走。

朱向锋突然想起什么，忙问，今天是几号？几个人相互对视了一眼，都不说话。朱向锋又问，那四只羊羔子呢？图力根从床下拖出纸箱说，都活着。

朱向锋重新闭上眼，把一切屏蔽在眼皮之外。最终打破沉默的是詹梦诗的声音。这个骆驼岭军衔最低的士兵又一次表示要承担主要责任。那天送早饭时叫不开门，他以为朱向锋要睡懒觉，直到送午饭时发觉不对劲才敢踹窗户进来，等到报告老苗，再下山把医生请上来，大半天的工夫已经过去了。朱向锋没睁眼，因为他听出詹梦诗在哭。这个新兵流泪的时候不哭，哭的时候又是什么样子，朱向锋不敢看。

詹梦诗说完，老苗说，不要紧，我们想办法走关系也要帮你调出去。图力根说，连自己想转业都办不了，你还帮别人走关系？老苗板着脸说，那是我没找！七个常委哪个我不认识？新来的主任我也认识，不想找罢了。不就是送礼么，别人会送咱也会，把剩下的七只大羊都宰了，正好七个常委一人一只，老子就不信七只羊调不走一个排长？图力根的眼睛突然睁得奇大，望着老苗说不出话来。老苗看了他一眼说，别心痛，有新下的六个羔子，你的队伍依旧壮大。朱向锋说，我不同意。老苗说，这里我说了算。朱向锋说，你也无权决定，这些羊又不是你个人的东西。图力根也默然点头。老苗就在屋里踱起了步，踱了几步停下说，那好，就民主决策，正好除了岗哨人都到齐了，举手表决，来个骆驼岭历史上最广泛的民主。朱向锋坐起来，看到他用来封窗户的那些木条子都被拦腰撞断了，便顺手打开窗户，发现窗外黑压压一片全是人，因为是按班纵队站的，人员的到位率一目了然。他扫了一眼，确如老苗所说基本上都来了，除了一个人。

严排呢？

他已经不是骆驼岭的人了，不用参加表决。老苗说。

图力根说，人家高升了，正忙着收拾东西走人呢。

去哪，他不是考研吗？

考个屁，他压根就没报考！研究生？哼，我看是在研究走后门。

这时值班班长已经整好队，屋里人也都出屋入列，老苗做了一个异常简洁明了的动员，说，我提议，把这七只羊杀了给朱排长办事，同意的举手，不同意的出列说明原因。说完自己带头举起了手。

老苗在战士面前把"送礼"二字改成"办事"，让朱向锋心里的忐忑减了大半。

黑压压的人群里呼啦啦地举起一片冻得像胡萝卜似的手掌。站在队伍前排的图力根最后一个举，却举得最高。值班班长清点完手掌后向老苗报告，除了岗哨，全票通过。老苗宣布，表决有效。

朱向锋正要说话，詹梦诗突然想起什么似的从兜里掏出一封信，塞给朱向锋，说昨天就到了，差点忘了。朱向锋急忙拆开一看，果然是刘胜利的，她说之所以还没到约定好的"春风传佳讯"的时间就写信，是因为自己实在忍不住了，不管朱向锋能否准时收到这封信，她都要提前写。朱向锋大吃一惊，以为发生了什么大事，接着往下看，却是还有一个学期就要毕业，心情十分复杂，分别半年经历了许多事，深感世态炎凉，方知失去才是最好，更加怀念以前在一起的时光，一个人时常感孤独无助，等等。说得语无伦次，又好像无病呻吟，把朱向锋看得晕头转向，一时摸不着头脑，思来想去最后推测是刘胜利在对他旁敲侧击——她很有可能已经通过什么途径知道了他的真实情况。事已至此，朱向锋觉得坐以待毙等她揭穿，还不如自己主动坦白交代，兴许还有宽大处理的可能，便对老苗说，既是全排的决定，我无权更改，但我请求宽限几天。我先写信问问她，如果不调走也能接受，这羊就不用杀；如果即便调走也不能原谅，也不用杀；如果调走能接受，就动手杀。

没人有意见。

所有人都散去之后，屋子里重新冷清下来。朱向锋像木头一样坐在床上，看着墙上的吊瓶出神。突然从门外又闪进一个人影，待看清楚，却是严松。朱向锋又惊又恼，问他从哪里冒出来的？严松说，我一直就藏在你隔壁的羊圈里，我不想和他们掺和在一起。

那刚才的话你都听到了。

听到了。现在什么说法都有。说我关在屋里研究调走是真，但我没有送礼，你想想像我这样的条件哪有钱去送礼？

我听说你根本就没报考？

那不是我的问题！大学专科毕业两年以上，且达到与高等院校本科毕业生的同等学力才能报考研究生，这是全军的规定。我……根本不符合条件。又说，孙子才不想考！

那你天天关在屋里复习什么？

我一直在写信，给各级领导写，反映家里和个人的实际困难。后来有一个领导看上我的写作水平了，正好组织股需要一个写材料的。严松说着往外走，走到门口又折回来，从挎包里倒出几本书，说，这是整套的，明年你再考。不管你信不信，我希望你考上离开这里，这点是真心的。

朱向锋接过书，想顺着窗户给他扔出去，但终究没扔，一是手上还插着输液的针头，行动不便；二是他看到那些书竟然都是新的，还没开封，足顶严松一个月的开销，说，放心，明年我肯定能考上。

13

所有人走后，朱向锋拔下针头给刘胜利写了封信，告诉她自己的真实处境，并说短期内不太可能调出去，但自己不能再欺骗下去了，哪怕分手。信的最后，一再叮嘱速回信，否则战士们就要动手杀羊。信是詹梦诗跑到渤海所寄的特快专递，寄出去没过几天就来了回信，是彭老三亲自一路小跑送上来的，说邮政所的人交代，这东西比较急。朱向锋接过一看，果然是刘胜利发来的，却不是普通信件，也是特快专递，拆开，偌大一个信封里面只有薄薄的半张纸。朱向锋突然就有了一种不祥的预感，颤抖着手说，算了，都简明到这个程度了，除了"拉倒"两个字还能有什么话跟我说？我还是不看了，该来的迟早要来，该分的迟早要分。把纸片扔在了地上。詹梦诗捡起展开一看，说特快专递上不是两个字是两句话，念道：不介意你处境，寒假即来相逢。

骆驼岭又一次沸腾起来，沸腾的程度远远超过配发蒸笼那次。蒸笼骆驼岭不止配发过一个，至少有两个；但进入骆驼岭营区的女性却只有一个，那就是即将到来的刘胜利。更重要的是，刘胜利的特快专递解除了七只羊的死刑。这让图力根认为功德无量。老苗决定把山下一间通暖气的小屋腾出来，给刘胜利布置一个单间。于是全排动手，把这些年修缮仓库积攒下的宝贝材料都拿出来，除了屋顶，里里外外都刷了个新。完工老苗领着朱向锋进去一看，屋子竟是按洞房的风格布置的，还用两张高低床拆了上铺并在一起拼成双人床，就差在正中间的墙上贴一个"囍"字了。看着床，老苗面露愧色地说，骆驼岭没有双人床，你们凑合一下。朱向锋反问：我们？一个人睡要双人床干什么？老苗说，你们想干什么干什么，我还管得了那么多？朱向锋当即叫来詹梦诗，命令马上拆走一张。老苗很不高兴地走了。老苗一走，朱向锋又让詹梦诗把刚拆下的床重新拼上。

刘胜利抵达骆驼岭前一天，炊事班用蒸饭的大锅给朱向锋烧了一锅洗澡水。洗完朱向锋让詹梦诗闻，詹梦诗说，一股羊屎味。朱向锋耸着鼻子把自己闻了个遍，也没闻出有什么味，又分别让老苗和图力根闻，老苗纠正说不是羊屎味而是羊奶味，羊奶味不影响个人形象。图力根什么也没闻出来，说完全是正常人的味道。朱向锋只好又洗了两遍，直接导致老罗破例多拉了两趟水。

刘胜利终于在四十多个男人的期待中如期莅临骆驼岭。由于老苗特意安排的欢迎仪式过于隆重，直到部队晚点名朱向锋才有机会单独和刘胜利坐到一起。较之半年前，刘胜利多少有些变化，最大的变化是身上喷了香水，虽然不重，但朱向锋隔着老远就闻出来了。自从觉察出自己身上有异味，朱向锋的嗅觉就特别的敏感。刘胜利身上的味道在朱向锋看来并不是显得年轻了，而是意味着苍老了。以往她身上从没有化妆品的痕迹，就是演出时化的淡妆也会及时清理得一干二净。刘胜利身上的香水味和自己身上的羊屎味，让朱向锋推迟进入当年在炮盘上的战斗状态。他找了个与刘胜利距离适当的地方先坐下来，以便各自相互适应彼此身上的变化。熄灯哨响起了，窗外那些像围观者眼睛一样的灯光逐个熄灭。刘胜利说，你怎么不坐近一点。朱向锋说，我身上有羊……味。刘胜利说，俺……马上就要毕业了。朱向锋说你再给我一点时间，你先在市里等着，等我把身上的味道去去，马上就调过去。刘胜利说，你调你的，不用考虑俺。朱向锋说你瞎说什么呢。刘胜利说，俺不进京了。朱向锋就笑了。刘胜利又说，俺是说真的，俺想好了，毕业就主动申请去"新西兰"。朱向锋笑得浑身发颤，文艺兵的演技越来越无可挑剔了。

朱向锋很快停止了笑，他发现刘胜利的眼角渗出了泪星子，这远远超出她的演技了。

到底咋啦？

俺家出大事了。

什么事？

俺爹被双规了。虽说最后没啥大事又出来了，但在外人眼里是一样的。平时鞍前马后的一个也不见了，亲戚朋友也躲得远远的，连司机和公务员都找人调走了。

怎么会这样！他感觉自己是在听一个遥远而俗套的传奇故事。他没想到刘胜利他爹这样一个天天骑破自行车上班的土八路，一个经常亲自到学员宿舍检查鞋架上有多少双鞋的大校，也会出这样的问题。他更没想到刘胜利这样的女孩会变得如此绝情。

难道就没有别的法子了？

有俺也不去找了。俺总算想明白了，俺主动去"新西兰"，比低三下四求人进京活得硬气、舒坦，跟俺师傅周文斌一样。

他……怎么了？朱向锋心头微微一麻，小心翼翼地问道，像在把手探向一截裸露的电线。这个夜晚刘胜利给他的每个意外就像是一次电击。他已经被电得神经过敏。

你知道你进京的那个指标吗？本来是周文斌的。

你怎么知道？

俺爹是校长。

他父母打招呼了。

没有，他父母早就病退了，是他父母那些还在部队的战友帮的忙。

还是有后台。

但他没用。他去了"新西兰"。开始俺还不相信，直到俺亲眼看到了那封血书。

那都是为了你！朱向锋低吼，你还答应过我，把那什么为我留着！

放心，俺是党员，是军人，说话算数。刘胜利轻蔑地看了他一眼，便开始解扣子，像在舞台上表演一样自然。

俺就是找你兑现来了。刘胜利说着脱下了外衣，显露出里面凹凸有致的身形。

你把衣服穿上！

你不是就想要这个吗？早知这样不如当初就……省得俺大老远跑一趟。

你太小看老子了！

来吧。刘胜利又解除掉剩余的衣物。那些他曾无限接近但从未最后攻克的堡垒、阵地、城池此时全部向他俯首称臣。那些以往只有在梦境

135

中出现的场景逐一展现在他面前。这一切今晚都属于他，但今后就可能永远再与他无关。

她的眼里盈满了泪水。

滚！朱向锋吼完自己却先夺门而出，冲出那间全体骆驼岭官兵精心布置的、飘荡着香水味和羊屎味的"洞房"，身后随即传来撕心裂肺的哭声。他一路咆哮着往外冲。他希望室外像影视剧里一样倾盆大雨、雷电交加，可天上月朗星稀，没有一丝晦涩和阴暗，骆驼岭仓库的营区被照得蛋清一样透明。朱向锋几乎不用看路就跑回了羊圈。他冲进自己的那个单间，四只羊羔睡在床下的纸箱里，神态安宁。他慢慢蹲下去，把羊一只只抱起，摇醒，然后喂奶。

14

刘胜利走后，朱向锋在羊圈的屋里睡了一整天，直到詹梦诗敲门。詹梦诗敲门除了送饭还送了个电话通知，团政治处袁干事让朱向锋去一趟保卫股。消息引来大家一阵乱猜测。老苗悄悄把他拉到一边问，不是男女作风问题吧，要真审起来你有没有把握？朱向锋说，当然有！老苗这才放下心来，让朱向锋到机关顺便问问他转业的事。图力根则怀疑是杀羊送礼的事让上面知道了，并一口咬定是严松告的密。詹梦诗也说，下通知的人说话有点像严松。

由于心里没底，朱向锋连衣服都没换，脱了羊皮大衣，穿着放羊的八七式作训服就搭了彭老三的车往团部赶。在团部大门口，警卫排的哨兵把他拦了下来，请他出示证件。朱向锋摸了半天兜也没摸出半张纸片。自从到骆驼岭他身上再也没带过证件，证件平时都扔在抽屉里。他向哨兵解释说忘了带证件。哨兵问他是哪个工地的。他一阵晕头转向才看见大院深处耸立着几座忙碌的塔吊，后面，几栋大楼正拔地而起。他生气地说，我不是哪个工地的，是保卫股的袁干事叫来的，不信可以打电话问问。哨兵冷笑着打量他十几秒钟，说，不用打了，保卫股根本就没有姓袁的干事。我看你还是老实交代身上的作训服和军衔帽徽是从哪儿弄来的吧？朱向锋火了，说，你不打电话问问怎么知道没有？哨兵这才拨了个电话，却不是问袁干事的事，而是对着话筒说：班长班长，这有个农民工假冒军官，这有个农民工假冒军官，要闯门岗，要闯门岗！

我操你大爷的！朱向锋冲上岗台，想给哨兵一个耳刮子，却被哨兵一枪托捅倒在地。从院内赶来的应急分队蜂拥而上，用熟练的防暴战术七手八脚地把他扭住。他挣扎了几下，丝毫不能动弹，突然听见有人高喊，怎么回事？怎么回事？娘娘腔的高音振聋发聩。他和那些兵同时扭过头去，果然是严松火急燎地跑了过来。应急分队的班长兴奋地向严松汇报，报告严干事，我们刚刚抓住一个假冒军官，是否把他押到禁闭室去审一审？

严松说，胡闹！放开放开，这是骆驼岭的朱排长。身上的七手八脚顿时松开。他跟着严松往院里走，听见身后那些兵在议论，骆驼岭是什么鸟单位？

一路上，严松批评他作风稀拉，这么重要的事情也迟到。又怪他不注重个人形象，来团部这么重要的地方也不收拾一下。尽管离开骆驼岭不到半月，但严松批评教育他的时候，一口一个"你们仓库""你们骆驼岭""你们……"，好像在说一个跟自己没有任何关系的地方。朱向锋这才知道那个保卫股的袁干事其实就是严松，生气地说，你怎么还是神神道道的，害得我挨了一枪托。严松承认打电话通知的也是他，但为了避免不必要的麻烦，谎称袁干事。朱向锋问他不是在组织股吗？严松告诉他，到机关后才知道，自己去的并不是组织股，而是保卫股，也不是负责写材料，而是负责处理基层官兵的举报信和军人涉外纠纷。

往院子里走，一切都很熟悉又很陌生。半年前他来的时候是夏天，而现在已经是隆冬。那时候树上还有叶子，草还是油绿，树梢上还有不三不四的鸟在跳跃，草丛里还播放着螽斯的鸣叫，而现在树已经谢顶，草已枯黄，鸟已南飞，虫已蛰伏，只有树下的马路牙子依旧洁净，巡逻的哨兵依旧走着无精打采的齐步。内卫哨兵依旧热情有加，用手势把他们引进办公楼。走进机关楼，朱向锋发现还是有变化，楼道里比半年前多了一块整容镜。他在镜子前端详了十分钟之久，怎么也想不起来自己半年前是什么模样，觉得除了眼眶上被哨兵的枪托捅了一片瘀青，像只熊猫眼，其他的变化不大。

上楼梯的时候，朱向锋才想起自己的事，问严松，叫我来什么事？严松这才一拍大腿，说，大事。把他领到一个会议室门口，说你只顾进去，不能说话，一句也不能说。他咬着嘴唇进去，里面坐着一个年轻女子，乍一看似曾相识，细想却记不起在哪见过了。果然那女子看了朱向锋一眼，就向严松摇了摇头。严松长喘一口气，朱向锋也跟着长喘一口气，然后扭头便走。就在这时，身后的女子突然大叫起来：是他是他，就是他！朱向锋猛一回头，突然想起，她就是火车站骗钱母女中的女儿！

你这个骗子！朱向锋发疯似的隔着一张椭圆形的会议桌向她扑去，却被严松从后面及时拦腰抱住，按倒在桌子上。

那对母女并不是骗子，也不是小偷，要是，就不会主动找上门来了。那个钱包是什么时候被什么人偷走的，朱向锋不知道，她们更不知道。她们回家后就开始联系朱向锋。可由于朱向锋留给他们的只有姓名、籍贯和手机号，没有服役部队通信地址和代号，最主要的，朱向锋的手机在她们离开后就被盗，母女俩最早的尝试和努力都付之东流。女大学生上学后开始利用网络和电台寻找，半年后才终于打听到了他所在的部队。女大学生说，之所以一开始没认出来，是因为朱向锋变化太大了，从相貌到衣着都与半年前判若两人。

事情既然搞清楚，朱向锋毫不客气地收下了她还的钱。这笔钱总共是人民币五十元。为还这五十块钱，她花了三千多块路费和广告费。送女大学生走的时候，朱向锋突然问，实事求是地说，客观公正地说，我现在到底像不像个军人？你千万不要带有任何个人感情。女大学生看了他良久，说，像，背影和走路的姿势还很像。

送走女大学生，严松让朱向锋回骆驼岭静候佳音，自己要抓紧时间写材料，把这件事向首长全面详细地汇报，中午就不请他吃饭了。朱向锋突然想起帮老苗问转业的事。严松说可别信老苗嚷嚷，以前还真以为他闹转业，到了团部才知道都是虚张声势，他要真想转别在山里闹，到团部来找团长政委闹。

朱向锋觉得有道理。临走严松又抱出一摞书扔到朱向锋怀里，说保卫股也没别的东西，除了手铐电棍就是法制教材，机关里没人看，整摞地拿去垫棋盘也懒得给基层发，让朱向锋捎回去，给图书室撑撑场面。朱向锋说，一定转达机关领导对老单位的深情厚谊。严松及时纠正，可别，要提我……他们会扔掉。

因为兜里只有女大学生刚还的五十块钱，朱向锋和彭老三在团部门口的街上转了一圈也没找到一家敢进去的饭馆，只好又一次从团部饿着肚子坐着彭老三的车往骆驼岭赶。和半年前那次相比，他的身上多了五十块钱和一只熊猫眼。

回到骆驼岭，朱向锋直接溜墙根进了羊圈。他不想让太多的人看见自己的熊猫眼。一进门，却看到老苗正在屋里指挥几个战士安炉子。见了他，所有人都吃惊不小，各人表情也千奇百怪。老苗把战士都赶出门，才问，到底犯了什么错，保卫股下这么狠的手？朱向锋说，说了你也不信。老苗就唉声叹气地离开了，连转业的事也忘了问。

几天后，严松亲自跑了一趟骆驼岭，却没有直接找朱向锋，而是先找老苗。因为他已经是团政治处的干事，到任何一个基层单位都是代表一级机关，必须按照逐级传达的原则办事，先到副连部找老苗，然后再和老苗一起去羊圈向朱向锋传达。

和严松一起来的还有干部股的雷干事，因为这事涉及干部工作。四个人见了面，只说对方胖了，谁地不提陈年往事。严松说之所以亲自来，是因为事情重大，怕电话里说不清，而整个机关又只有他俩能找到来这里的路，所以他们基本上全权代表团首长机关。这让朱向锋和老苗都不约而同地端正了一下坐姿，然后迅速掏出笔和笔记本准备记录他的指示。严松却不急着指示，先介绍雷干事不再是帮忙干事，已经正式调到机关并提了正连，而且下一步很可能接任股长。但马上遭到雷干事的批评，说我们机关干部一定要嘴严，不要跑风漏气，尤其是现在这个关键时刻，再过半年就要涨工资，明年换新军装，后年开奥运会。老苗一听，忙问自己什么时候转业。雷干事不直接答复，而是批评老苗在骆驼岭闹情绪，说现在整个机关都知道了，影响很不好。严松忙说，我到机关之前就传开了。老苗解释说自己不是闹情绪，只是有所放松，每年都以为自己年底能转业。

雷干事马上批评说，转什么转，谁不知道你还想进步，赶紧趁老主任走了好好表现，争取调出去当个连长，过几年调了副营再把老婆随过来，分个房子再转业，一家子就成了北京人了。完全是干部股长的口气，把老苗说得又调整了几次坐姿。

四个人正讨论老苗的事，外面不知道什么时候下起了雪。由于窗户被踹坏后一直没有修好，关不严实，雪花不断地从窗户的缝隙里飘进来，满屋子地飞舞，舞得四人之间的视线迷茫起来。严松拿起文件夹扇了几下，老苗说，不用扇，火一旺，多大的雪也会化掉。说话间，凌空飞舞的雪花，开始悠然下落，纷纷撞在通红的炉壁上，扑扑簌簌地冒起一丝丝白烟。烟雾缭绕中，严松端着文件夹，开始传达上级精神：

师、团两级首长看了材料和女大学生的感谢信后，非常重视。帮助别人五十块钱的事本来不大，就是五千块钱也不算什么，但放在当今尤其是彭宇案后，道德日益滑坡，人与人之间充满隔阂漠视，社会热切呼唤见义勇为精神的大环境下却有很重要的意义。为此首长批示，收集整理朱向锋的先进事迹，总结他的成长轨迹，待时机成熟时给予表彰并号召全体官兵向他学习……就目前来讲，有三件大事要急办：一是朱向锋要做好马上被树为师团先进典型的准备；二是大规模的宣传报道即将展开，仓库全体官兵要暂时放下一切工作，集中力量把朱向锋自入伍以来尤其是在骆驼岭半年的先进事迹都梳理出来，准备好各级媒体采访；三是师政治部有关领导调阅了朱向锋的档案，觉得除了这件事留给他们的好印象，他的其他条件也很符合师机关的用人标准，想调他，现征求个人意见。

严松传达完，屋里陷入短暂的寂静，四个人都看着白烟愣神，似乎都觉得还没有轮到自己发言。突然门哐当一声打开了，浑身雪白的詹梦诗神仙一般从天而降，站在门口，手里抓着一个大信封，说，排长，又一封特快专递。

谁寄的？从哪儿寄来的？朱向锋本来想直接问是不是刘胜利寄来的，但由于边上坐着两个机关干部，他还是控制住了情绪。詹梦诗把信封上贴着的单据横到眼前，念道，寄件地址西藏××部队政治部宣传科，寄件人周文斌。

那是一个边防部队，雷干事刚开了个头，马上纠正那些还未来得及发表的错误观点：千万不要以为边防就艰苦，都是鸟不拉屎的地方，现在大不一样了，我一老乡就在里面当营长，日子过得比我滋润多了。

他有板有眼得好像自己刚从那里出来一样。

雪粒前赴后继，炉壁周围升起的白烟亦发浓厚，在炉子周围氤氲成一朵朵翻滚的美丽云团。严松说，如果你没听清楚，我再重复一遍，不是团机关而是师机关，在三环以里国贸附近，很中心的位置，你想好了没有，我好给首长回话。

严松说这些话的时候，使劲地往上抻了抻脖子，试图把自己热切的目光穿透棉花团似的烟雾送到朱向锋面前，一旁的雷干事也配合着郑重地点头，以加强这件事的重要性。但朱向锋还是没有反应，愣怔地看着门外的大雪和门口站着的詹梦诗，一时默然无语。

更多的、稠密的雪花从门口随风呼啸而至，在门口和詹梦诗上下周遭拥挤着、推搡着，不知深浅而又义无反顾地拥进屋里。雪花旋转着、飞腾着，一路跳跃着奔向红红的炉火，像光柱里飞舞灵动的微尘。愣怔中的朱向锋莫名其妙地想起离队那个正午从楼顶垂直倾泻下来的，整束，囫囵地，不偏不倚地打在他的身上那束阳光——那时的他，感觉整束阳光都属于自己。

屋外，大雪下得正紧。

马
桶

1

团司令部办公楼里公共卫生间的马桶堵了。最早发现该情况的是作训参谋仲夏。

周一早上七点四十，天气一如既往的闷热，仲夏一如既往地像装填炮弹一样往肚子里塞下两个馒头、灌进一碗小米粥，习惯性地率先结束早餐，然后习惯性地把鸡蛋和袋装牛奶抓在手里走出饭堂，用略快于齐步的节奏穿过操场边那条林荫小道进入空荡荡的办公楼，一路上不停地用三接头皮鞋的鞋跟跺亮楼道的声控灯，直到习惯性地绕过作训股办公室直接闪进楼层的卫生间，见到那只他再熟悉不过的马桶时，他坚定的步伐才立定下来。稍作调整后，他习惯性地一只手摸向金属的腰带头，另一只手在放下马桶垫圈前，习惯性地按了一下水箱盖上那个银色的铝合金水闸按钮，就在他习惯性地转过身去，准备两手合力，一气呵成地完成脱裤子下坐这一连贯动作时，他猛然发现，马桶出问题了——他没有听到最后那一声像长嗝一样畅快的轰隆声。他提着脱了一半的裤子欠起身扭过头去，果然，半桶自来水滞留在了陶瓷的容器里。他下意识地又按了一下按钮，从水箱里气势汹汹冲出来的水流在马桶里打着漩涡涮了两圈后就失去了以往的活力，静止了下来，就像一张快速收敛起来的笑脸，僵硬地回绝着他的热切期盼。他没敢再按。马桶的水位已近高危，再按必将外溢。

望着那潭死水，作训参谋仲夏略感沮丧，但更多的是庆幸。他为自己成为该情况的第一个发现者暗自庆幸，并追根溯源，顺便庆幸了一下自己有一个早睡早起早上班早上厕所，以及上厕所前先按水闸的良好习惯，否则后果将严重得多。

正常情况下，作训参谋仲夏总是全团每天第一个到办公楼，第一个上厕所的机关干部。调到机关第三天仲夏就发现，机关和连队一样，早饭后到正式操课前这一刻钟左右的时间是上厕所的高峰期。机关和连队不一样的是，机关的高峰期超级拥堵，程度甚至不亚于一座普通中小城市早八点的交通。究其原因，仲夏认为是机关蹲位不足，"吞吐量"有限。基层连队大都有大型的室外旱厕所，随时可容纳一个排的兵力集体作业。

机关没有。

团机关办公大楼二楼以楼梯间为中轴，对半劈开，西半球是团长和司令部，东半球是政委和政治处。一边一个卫生间，都装有三个壁挂式的小便池和两个由三合板隔断的蹲坑以及洗手、涮墩布等配套设备若干。而就这仅有的四个蹲位，后来还被公务员小饶以"首长专用"为名占去两间——东西各一间，西半球自然是团长和参谋长常用，副参谋长偶用；东半球自然是政委和政治处主任常用，副主任偶用。所剩供股长及其以下人员共用的，其实一个部门只有一个。

仲夏以计算战斗进程的方式精确地算过：团机关早上七点半开饭，八点准时上班，其间的半个小时，大多数人是二十分钟吃饭，五分钟转场，然后开始上厕所，也就说，早高峰是在七点五十五左右开始的；而一个部门股长及股长以下人员十几口，如果每人两分钟就需要半个多小时，如果五分钟或者更长，一上午就在等厕所中过去了，这还不包括便秘、拉稀、痔疮等无法统计、不可预测控制的特殊情况……所以从第四天起，作为机关"新人"的仲夏就毫不犹豫地调整了个人生活节奏：一般只用十分钟吃饭，五分钟用于饭堂和厕所间的阵地转移，剩下的时间在马桶上度过。也就是说，为了避开早高峰，作训参谋仲夏每天至少要节省出十分钟左右的进餐时间用来上厕所。

现在，这样调整带来的成效已经初步显现出来了。好习惯为他处理情况争取到了主动，七点四十五不到，他就发现马桶坏了。倘若再过十分钟，参谋长就会准时地夹着一本《读者》杂志推门而入，宽衣解带，哼着《强军战歌》在马桶上坐下来。如果到那个时候，事情的性质和后果都将发生根本的变化。因此眼下，他至少还有十分钟的处置时间。十分钟对于经常以秒以及毫秒为计时单位的作训参谋来说，是一大块富得流油的时间，若在"发现即摧毁"的现代防空战场，提前这么长时间发现目标，足以击落一百架 F117-A 隐形战机；即便在平时训练，它也足够一个建制连队完成一次从占领阵地到击落敌机的全要素防空射击演练。

但仲夏显然过于乐观了。他连腰带都没系，继续用一只手提溜着，另一只手抓起那把在角落里待命的皮搋子，看都没看，朝马桶里捣蒜一般连杆了几下，把一桶死水搅得哗啦直响。然后，扔掉皮搋子，准备再次就位，却一眼瞥见桶里的水位丝毫没有下降。他有些恼怒地站起身，像捆柴火一样胡乱地把裤腰带往紧里一勒，再次拾起皮搋子，双腿叉开正对马桶站定，膝盖微屈成半蹲姿势，双手紧握搋子木柄，像手握鱼叉的渔民，将红色的皮碗对准马桶的排水孔，奋力按下，再猛然提起，桶里顿时翻江倒海，各种细碎的沉渣像空气中的微尘一样争先恐后地从桶底跳跃着向上翻滚，将水色污染得浑浊不堪。但一切无济于事，水面晃荡几下后很快就平静下来，向下排水时的漂亮漩涡没有出现。他只好把那些被他隐藏在角落里的专用工具——毛刷、铁钩子以及半根墩布棍子——翻出来，然后虔诚地弯下腰，像外科医生做手术一般，开始正式对马桶发动一次全面系统的攻势。

时间在他和马桶的斗争中一分一秒地流逝。正课时间临近，办公楼里逐渐热闹起来，该来的正陆续到来，该干的正陆续展开，造访卫生间的人越来越多，楼道里脚步声杂乱，把声控灯震得忽明忽暗，像暴风雨降临前的闪电。

但仲夏并不十分担心。这个时候进卫生间的人无非是打开水、洗茶杯、涮墩布，即便是上厕所也是上小厕，没人会在这里上大厕，除了团长、参谋长和他——作训参谋仲夏。在众人面前，他只要装着正在正常打扫就行了，绝没人有兴趣上前围观一只跟自己毫无关系的马桶。

真正的担心是在轮番尝试各种工具、各种技巧和力度均告失败之后。仲夏真正感到事态严重了——马桶堵得跟以往任何一次都不一样，好像里面从未存在过一个能将水外排的孔洞。这是他从未见过的新情况、新问题，解决的难度已然超出了他的专业水平。仲夏掏手机看了一眼时间，离参谋长莅临还有五分钟，如有援兵救急，完全还来得及。

仲夏调出通讯录，右手食指鸡啄米似的在密密麻麻的姓名和号码堆里扒拉着，恨不能戳破屏幕直接伸进去将那个名字提溜出来。一只油光锃亮的士兵皮鞋像甲壳虫汽车一样从手机下方抢先溜进他的视线。

是公务员小饶。小饶除了脚上的皮鞋，脚上的功夫也是首长公务员级别。他个子小步子快脚步轻，像一辆价值三千元以上的电动自行车，到哪儿都是悄无声息，神鬼不知。所以直到他的一只脚从隔断下方进入仲夏的视线，一直专注于对付马桶的仲夏才知道他已经进了卫生间，而且就在与自己一板之隔的"首长专用"里。

这是自当上"桶长"以来仲夏第一次和小饶在厕所并肩作战。仲夏很是意外。这不是小饶的作业时间。小饶的作业每天两次，每次十分钟，分别是午饭后和熄灯前。正是基于对这一"敌情"的精准掌握，知己知彼的仲夏才把作业时间定在早饭后上班前，这样既能避开与小饶遭遇，又能掩护自己如厕。

现在，在各自的常规作业时间之外，他们不期而遇、短兵相接，短得只剩下一块几厘米厚的三合板。

仲夏不轻不重地咳嗽了一嗓子，要把堵在身上某个部位的异物咳出来似的。这是小饶带给他的条件反射。每次见到小饶，仲夏就觉得堵。而现在，当他们近得只隔着一块三合板的时候，就堵得更厉害了，堪比眼下这只马桶。

咳啥咳，怕人不知道你在打扫厕所似的。小饶油腔滑调地回敬了他一句，一如既往地不把他放在眼里。

这个屌兵！仲夏心里怒骂，要在连队，我……仲夏自动打住，他实在想不出结局。因为真要在连队，一个上等兵的礼节礼貌问题无论如何也不用他副连长操心，班长、副班长以及那些老士官们就足以让他脱胎换骨、洗心革面。

这时候还没弄完，不会堵了吧？小饶开始幸灾乐祸。

关你鸟事。仲夏说完便有些后悔。小饶正是他半分钟前想从手机里抠出来的那个名字。尽管在心里他早已将他关了无数次禁闭，开除了无数次军籍，但他却是这节骨眼上唯一能向他施以援手的奇兵——他应该是他能想到的目前办公楼里最专业、最资深的"捅厕专家"了。但现在，援兵就在一板之隔，仲夏却毫不犹豫地将其拒之门外。

用不用我帮你搞一搞？小饶开始学电视广告，看你愁眉苦脸的样子，一定有什么事求我。

哪儿凉快哪儿待着去！仲夏把手机塞回兜里。

那我就不陪你玩啰。小饶的甲壳虫皮鞋在隔断下一闪，消失了。仲夏想叫住他，但卫生间的门已经关上了，哐当一声巨响，像关上了全世界所有的门。仲夏张了一半的嘴也随之闭上——七点五十五了。

参谋长如期而至，腋下夹着《读者》杂志。前出迎接他的仲夏满头大汗，浑身水渍，袖子撸到胳肢窝，两只手抓挠般半张半握。那一大块足够击落一百架 F117-A，足够一个建制连队完成一次从发现目标到击落敌机的全要素防空射击演练，富得流油的时间，却不够他捅开一个马桶。

参谋长上前看了马桶一眼，又看了他一眼，说了声，怎么回事，堵了？便转过身，随手打开另一隔断，也就是"首长专用"的门，抬起腿，一步迈了进去。门板关上的同时，他听见参谋长咝咝的吸气声和经过刻意控制的呻吟声。

早不堵晚不堵，偏偏这个时候堵！仲夏心里恨铁不成钢地怒斥着马桶，像训斥一个拖连队后腿的新兵。尔后，他悄无声息地把工具一一藏回角落，像打了败仗一样灰头土脸地退出了卫生间。

2

对于这个马桶的重要性，仲夏是有着非常清醒的认识的。这是全楼唯一的一个坐便式马桶，团长亲批建造，参谋长专用。团里本来没有马桶，无论是室外的旱厕所还是室内的水厕所，全是清一色的蹲坑。直到上个月，参谋长在演习时摔伤膝盖，并在伤势未愈的情况下从医院拖着伤腿回来主持工作后，营房股才在团长的指示下把其中的一个蹲坑改造成了坐式马桶。

这个马桶对于有伤在身的参谋长以及他那只受伤的膝盖，当然非常重要，对他仲夏，同样重要。他是这只马桶的"桶长"、保洁员、第一责任人。他们原本素昧平生，毫不相干，八竿子打不着。它最初是公务员小饶的卫生区——那时马桶还不是马桶，是蹲坑，那时办公楼里的卫生也还不是干部打扫，全部由战士负责。小饶的"责任地"便是这两个蹲坑。但小饶是首长公务员，不是司令部公务员。他只负责保障首长，不负责保障司令部，无论生活还是工作，无论吃喝还是拉撒，他都严格区分。他区分的有效办法就是标注，像仲夏在作战地图上标注各种战斗部署一样，在各种公共场所和公共财物上贴上"首长专用"的标签。哪怕厕所。两个蹲坑他只打扫一个。那个，他用一张印有"首长专用"的A4纸标注在门板上。这就像在新修通的公路上挂个指路牌，不经任何请示、研究、表决和批准，就轻而易举地把"首长"和"非首长"划分，并固定到了各自的阵地。而他，便可堂而皇之、心无旁骛地把所有精力放在保障"首长"上，确保它干净整洁，畅通无阻。至于"首长"隔壁那个干不干净、畅不畅通，已经与他毫无干系，因为首长永远不会知道。好在那时机关兵多，司机加通信员加保密员乌泱乌泱一大堆，每个股都能分到好几个，不仅楼里的卫生，干部们甚至连自己的水杯都不用管，喝完茶扔在桌上第二天就清洗干净了，连是谁干的都不知道，跟《聊斋》一样神奇。所以，尽管非"专用"被小饶遗弃，但并未成为死角，就像干部们的水杯一样，总是神奇地保持着应有的洁净。直到团里按规定落实编制，把所有超编超占人员清退回作战连队后，捉襟见肘的窘境才显露出来。尤其是很快又有消息传来，这次清理跟以往不一样，是动真格的，绝不允许反弹，时下流行的说法叫"新常态"。为适应这个"新常态"，那些办公楼的卫生不得不分摊给各部门，各部门又不得不分摊给各股，各股再分摊给本股所属的参谋干事助理员。这个本属于小饶麾下的蹲坑在沦为"金三角"几天后，分给了刚从连队打着背包跨进机关大门的作训参谋仲夏。

股里的大活你还搭不上手，把这事弄好也是为股里分忧……别小看打扫个厕所，可能打扫出不少好东西。受领任务时，股长指着坑位语重心长地交代，并列举了一个日本某著名企业家早年在公司当保洁员时，敢为新来的保洁员示范表演在马桶里接水喝的先进事迹。仲夏听得肠胃痉挛。几天前还在连队当主抓内务卫生的副连长的他，任职三年里至少不下一百次地在全连面前强调过厕所卫生的重要性，但他从来没讲出过这么深刻的道理。他不知道厕所里除了屎尿还能打扫出什么好东西，他正等着股长为自己做个马桶里接水喝的示范动作，股长已经搓着鼻子快步离开了。

仲夏觉得，其他的都是扯犊子，为大家提供点方便倒是真的。这种还停留在副连长层次的认识在股长的深刻面前，显然不深刻。因为不深刻，仲夏只把打扫厕所当作打扫厕所，像在家里一样打扫，像战士在连队一样打扫，脏了就扫，也不定时，也不怕谁撞见，打扫完还喷点空气清新剂，点盘檀香——都是用个人工资卡从超市刷来的——把厕所搞得前所未有的活色生香。因为前所未有，仲夏得到了预想不到的赞誉。那个月的党小组会本来是批评与自我批评，但仲夏却只得到了表扬，部里的老同志们普遍认为仲夏是个踏实勤勉的新同志。这是会上的话。会下的话是：比那两个强多了。"那两个"指的是跟他一起调入的侦察股刘参谋和通信股王参谋。他们报到第二天就开始承办团长和参谋长直接交代的任务。但他们不打扫厕所。他们的清洁区是各自股里的小仓库——连他们股长都很少莅临的地方。

但仲夏并没有因此理解股长的教诲，因为他觉得相比自己的人品和能力，这些表扬实在廉价，直到"打扫出"现任女友阳春，他的陈旧观念才开始动摇，而彻底的颠覆则是蹲坑变马桶之后。

这恐怕是仲夏做梦都没想到的：一个月后，他服务的对象就由"大家"变成了参谋长。当营房股长老吴带着施工队浩浩荡荡前来落实团长指示时，几乎所有人都认为改造的对象是"首长专用"，因为参谋长也是首长嘛。但关键时刻，公务员小饶友情提示施工队：团长从来不用坐

151

便，连家里的卫生间都是蹲坑。并举例说，有次去某部队开会住招待所，里面没有蹲坑，团长硬是憋了两天没大便。

到时候他发火可别怪我没提醒你们。小饶不忘最后提醒一句。

就这样，因为小饶的善意提醒，被改造的对象变成了公用坑，仲夏的头衔也由"坑长"变成了"桶长"，尽管工作内容没变，但性质却发生了翻天覆地的变化。这种变化，"不深刻"的仲夏是在旁人的变化中才逐渐感受到的。

先是负责内部建设的韩副参谋长专门为此做出指示，号召大家自觉不用马桶。他如是论述：马桶和蹲坑不一样，使用时皮肤紧密接触，这么多人和参谋长在一个马桶垫上蹭来蹭去，跟十几个人用一副碗筷吃饭一样，不卫生。

韩副参谋长是由管理股长提拔上来的，当管理股长之前一直是管理股的管理员，而提干成管理员之前又一直是首长公务员，入伍以来几乎一直从事保障首长吃喝拉撒的工作，是这方面的专家。他此前还曾就有人偷用"首长专用"列举过一个沉痛的教训：以前有个年轻干部就不注意，见公用的被占了就用"首长专用"，结果那次正好就遇到团长内急，还拉肚子，捂着肚子原地转圈。一个上校团长在外面等着一个中尉副连职参谋，你说他还怎么在团里混？那名干部很快就清理回连队了，后来进步一直很慢。你想想能快吗？每次研究干部，一提到他的大名团长肯定就会想起那次拉肚子。

韩副参谋长能根据不同的需要临时想起各种故事。参谋长强调业务素质时，他就举例说谁谁谁，能力素质都还不错，就因为经常不请假外出被清退了回去；强调政治教育时，他又说那个人犯错误的根源是因为平时不注重政治学习。他列举的那位参谋，仲夏早有所耳闻，确实在团机关没待多久就回了连队，但另一个版本的结局是，该参谋很快又被挑选进了某军级机关，现在是所在处室的"大拿"。

所以相比这个拉肚子的案例，共用一副碗筷吃饭的比喻效果更佳，尽管他论述得还算委婉，没有直接把皮肤说成屁股。

大家果然自觉不用，但凡大厕都穿过长长的楼道步行到东半球，去和政治处的弟兄们挤一个。

接着是股长隔三岔五地敲打：责任更重了，标准要更高啊。

照股长的新标准新要求，他每天得多往厕所跑两趟，以确保全时空全天候保障有力。

但适得其反，他费力不讨好。"大家"不再用他的厕所，表扬也就逐渐稀少，后来没了，再后来就变成了提醒：堂堂一个作训参谋，年纪轻轻，可不能靠给领导打扫厕所混饭吃，还得靠真本事，走正道。对这些用心难辨的奉劝，仲夏起初并不在意，就像当初不在意那些表扬一样，但"靠领导厕所混饭吃"的说法委实难听，无论什么时候想起来仲夏都觉着恶心，尤其是在就餐时。

而用他厕所的参谋长，也并没有因享受了他的服务而更加器重他。据他侦察所知，参谋长甚至根本就不知道还有一个作训参谋在专门为自己打扫厕所！

他开始诅咒首长专用。近两年，该取消的"首长专用"几乎都取消了，比如说机关大灶旁边首长专用的小灶，公务车队中首长专用的小车及司机，以及公共澡堂里首长专用的小单间……而且也极像是动真格的，要"新常态"，但不知为什么单单保留着这些"专用"的厕所，大概是因为纪检部门的人只管吃喝，不管拉撒？

他开始有所顾忌，每次打扫尽量避人耳目，像做贼似的，檀香和空气清新剂也果断停用。

但最让他心里生堵的还是公务员小饶。有次打扫不幸被小饶撞见，小饶向他道喜：也成首长专用了，你得感谢我，现在只为一个人服务了。那次他以当场解裤子往马桶里撒尿的方式回敬小饶，并从次日七点四十五分起正式恢复对马桶的使用权，同时将打扫时间也固定在该时间段，一避小饶，二掩护自己。

尽管是秘密使用，但他觉得极有必要：说近水楼台先得月也好，说监守自盗也好，反正他觉得用得名正言顺——只要自己还坚持用，哪怕暗度陈仓，它就不算首长专用，自己也不算只为一个人服务。这种非同寻常的象征意义，如同国家在某个毫无实用价值的岛礁上插上一面国旗或者派驻一个士兵……每次坐在马桶上，"不深刻"的仲夏都会自觉地变成一尊思想者，骤然深刻起来。他的深刻甚至已经在某种程度上超越了股长：厕所里不仅能打扫出不少好东西，还能打扫出不少坏东西。

3

正式上班之前的部门交班会，仲夏是在战战兢兢中度过的。参谋长和两个副参谋长都不约而同地将工作责任心和年轻干部能力素质的问题作为了自己讲话的重点。整个过程仲夏如芒在背，越听越觉得所有领导的所有讲话都是针对他和马桶而来，就像剥柚子一样，一层层剥下去，他们最终想要的果肉是自己和那只被堵住的马桶。他不敢抬头，他能感觉到所有的目光正像箭一样射向自己。他装着认真做笔记，埋头坐在紧挨着空调的角落里，忍着刺骨的冷风等着那只剥柚子的手把自己身上最后一层皮撕掉。

但那只手始终没伸过来。研究生毕业的参谋长从世界战争史上的经典案例出发，对责任心不强可能导致的严重后果进行了有力阐述：轻则闹笑话、出洋相，重则全军覆没、国破家亡；而善于紧密联系实际的韩副参谋长则从身边人身边事进行了警示教育：谁谁谁就是因为弄错一个标点符号被清回连队的嘛，结果当年年底就转业了。并由此得出一句颇有哲理的名言警句告诫大家：作为军人，就是打扫厕所也要当作一场恶仗来打。

他差点就主动站起来承认错误了。但他刚抬了下屁股会议就结束了，谁也没有动手撕掉他最后一层皮。

从冰冷的会议室出来，仲夏在楼道里站了足足三分钟才暖和过来。然后，他决定去投案自首，主动向股长和韩副参谋长承认错误，争取宽大处理。

要珍惜啊。刚在股长面前站定还未开口，股长已经抢先敲打了。

是是是。仲夏手心里直冒汗，今天的事……

今天的事你也不要幸灾乐祸。股长说完抱了个夹子就往外走，留给他一个深刻的背影。

什么？仲夏心有余悸地望着背影消失的方向。

不开窍！坐在股长对面的参谋老黄恨铁不成钢地敲着桌上的玻璃板，直到把仲夏的注意力从股长身上敲过来：批评了他俩，不就等于表扬了你吗？

老黄是股里最老的参谋，自从成为传闻中的下任股长人选，说话也越来越像股长，一句话喘了三口气，仲夏才听出领导们要剥的根本不是自己，是他俩——和自己一起借调进来的刘参谋和王参谋。上周，团长分别在他们各自承办的文件中各发现一个错别字。

听完参谋老黄惜字如金的爆料，仲夏张着嘴半天说不出话来。按编制和规定，他们仨在三个月借调期满后只能留下一个。现在，已经过去两个半月。竞争对手挨批就等于自己受表扬？这样的逻辑是否成立，仲夏一时半会还想不明白，但他分析判断，参谋长对马桶的事只字未提，说明他至少如厕过程是愉快的，由此推断，腿伤或已无大碍；而平时发现一粒衣扣没扣都要讲评三天的韩副参谋长也只字未提，则只能说明此事还没有扩散至他耳朵里——这对仲夏无疑是不容错过的最后一次自我救赎的机会。

仲夏长吁了一口气，好似逃过一劫。他决定绝不辜负上天的好生之德，牢牢抓住这最后一根稻草，赶在韩副参谋长获悉此事前把这个马桶修好。

　　从办公室出来，仲夏直接去了营房股。这是他连抽了三支烟才做出的决定。就像他拟制的作战方案里对同一个情况的处置总会有 N 个备选的行动预案一样，从接管这只马桶开始，仲夏的潜意识里也早就有了 N 个处置马桶故障的预案，自己动手只是其中之一，且仅适用于问题不复杂、情况较紧急时，属应急性预案；找小饶帮忙是其中之二，也属应急预案。而常规预案，就是报营房股，再由营房股通知维修组，维修组派出专业的修理工予以解决。但仲夏从来没有试用过该预案——并不是以前没堵过或堵得不厉害，而是以前都在"常规"之外就解决了：问题不复杂时自己动手，稍复杂的两次是求小饶帮的忙，最严重的那次是直接打电话找维修组解决的，反正从没沾过营房股的手。但小饶那两次都是在电话里求的，虽然电话里小饶也阴阳怪气，但总比当面求好开口，毕竟不用看脸色，而且说完就挂，答不答应都不用再受多余的挤兑——这条路显然已经堵死。这个时候他倒不是担心自己拉不下面子，也不是担心好不容易拉下面子求了，小饶也答应了，却修不好，而是担心修不好还被泄露到韩副参谋长那里，那就损失惨重了，堪比赔了夫人又折兵。从这个角度出发，他又觉得刚才在厕所里没向小饶求助反倒无比正确。而直接找维修组那次其实是直接找的熟人。"熟人"是组里的水电工，原本不是仲夏的熟人，是参谋老黄的熟人，常来股里找老黄打印东西（儿子的作文、老婆的随军证明等等）。老黄忙不过来时，仲夏就主动搭把手，后来随着老黄越来越忙，他干脆不再找老黄，直接找仲夏，由老黄的熟人变成了仲夏的熟人。但"熟人"现在不在团里，跟着先遣组去了驻训点打前站……

　　用排除法一一排除之后，摆在仲夏面前的只剩下了常规预案。三支烟让仲夏觉得越抽问题越复杂，而复杂的根源却不是别的，是马桶堵的不是时候，因为不是时候，所有非常规的渠道才被一一堵死，他才被逼使用常规渠道。

常规渠道的第一站营房股在三楼，上了楼梯左拐便是。仲夏没有直接进去，仿佛门框上镶了高压电网似的。他假装路过，上了楼梯左拐后一直沿楼道往前走，但眼睛却往营房股的门里钻，就像通过阅兵台时的受阅部队一样。果然有收获。经他初步扫描，发现股长老吴不在，老吴的宝座上空荡荡的，人造革椅垫上落着两个清晰的屁股印。

办公室里坐的是一个陌生的中尉。仲夏判断，应该是个新来的助理员，和自己一样，帮助工作的。

果然就是。新来的助理不仅谦虚谨慎，还热情有加，他对仲夏提供的情况非常重视，像重大外交场合上高级官员后面坐着的翻译一样，拿着笔和本目不转睛地盯着仲夏询问，他问一句仲夏说一句，仲夏说一句他就往小本子上写一句：

几楼？

二楼。

二楼司令部卫生间马桶？蹲便还坐便？

当然坐便。

堵了？怎么堵的，是扔进了大型物件，比如玩具、手机、钥匙……

没有。

那堵的具体位置在哪，是马桶还是下水管道？

我怎么知道！

哦，具体原因不明。

……

他就像他们这间没开空调的办公室一样，让仲夏由温暖感到炙热。仲夏有点受宠若惊。这让他想起两个多月前刚到机关时的自己。那时

157

候，也是在空无旁人的办公室，也是面对同样心急如焚的求助者，他也是这样按既定程序有条不紊地做着记录。那次求助者急了，认为仲夏是有意在敷衍自己。接着仲夏也跟着急了，认为对方是有意欺负自己，两人由言语冲突上升到肢体冲突，最终他凭着年轻体壮把对方一脚踹出了门外。被踹出门外的求助者便是当时的营房助理、现刚上任的营房股长老吴。老吴那次是来向作训股借帐篷的。不仅没借着帐篷还挨了一脚，最后还耽误了事。

所以现在，仲夏更希望中尉助理对他的尊重能尽快转化成实际行动，最好在股长老吴回来之前解决问题。于是催他，情况就这情况，别问了，赶紧叫人来修吧。

中尉助理员轻轻地合上小本子，慢条斯理地说，好的，我会尽快请示股长，然后安排维修。

什么什么？修个破马桶还向股长请示？

是的，这事非同寻常，我做不了主，必须向股长请示。

修个马桶，又不是要你们修飞机坦克，这事以前不你们助理员就说了算吗？

以前是以前，现在是特殊时期。

要打仗了？

要驻训了。修理工都跟着先遣组去驻训点打前站了，团里只剩下一个值班的，批准权限提高一级，不要说动人动车，就是动一把扳手改锥，都股长说了算。

你们股长怎么这么牛？

我怎么就这么牛了？年纪轻轻说话给我注意点！随着开门的声音，营房股长老吴像仙女下凡一样出现在仲夏面前，满脸的愤怒。

营房股的办公室是个套间，而老吴就在里屋！

场面尴尬了。站在老吴和中尉之间的仲夏像一只被堵在竹筒里的老鼠，进退两难了。

马桶的事……在迅速将自己和老吴之间的所有交集捋了个遍后，仲夏还是将突破口选在了眼下的公事上。

我在里面都听见了。老吴打断他。

是参谋长专用的，团长亲自批的……

知道，我亲自带人装的，现在你亲自负责打扫。老吴也公事公办地说，不是不给修，是你们堵的不是时候，早不堵晚不堵，偏偏……

要早点堵呢？仲夏打断他。

就不用排队了，随时给你安排上。

几分钟就能搞定的事还要排队？

当然。别说几分钟，就是一秒钟的活儿也得排。现在是什么形势？夏天用电高峰期，大大小小的电器，公家的、私人的都在他妈比着坏，这周的修理任务上周就排出来了，打印成表格贴在公示栏，只要有半个人插队，告状信马上就到了师里、军里。别说参谋长的马桶，家属院里团长家的水管、副政委家的空调都坏了，我敢给他们提前安排吗？现在是什么形势？平均每天都有一个贪官被拿下，老百姓检举揭发都上瘾了！老吴抓起桌上的一叠表格当扇子一样往身上哗啦哗啦地扇着风，说出去别人都不信，本股的空调坏一个星期了也没工夫修，我热得实在受不了只好跑里屋宿舍躲着，你知道这都违反规定，遇到人品差的把这事捅出去我就得挨练，要能插队我不早就先给自己解决了？

要晚点堵呢？

就不用你管了。老吴扔下表格，像运筹帷幄的兵团以上领导一样背着手踱着步说，团里已经采纳我的建议，把楼里公共卫生承包给保洁公司，再过几天你就彻底解放了。

再过几天？

说不定明天，说不定下个月，我只提方向性的建议，具体的交接是管理股的事。

还是给我派维修组吧。

可以，正常排队。

就不能特事特办？

可以，让管理股上个报告，报韩副参谋长和参谋长签字后再找我们保障处长签字就行了。

正常排队呢……大概什么时候？他不看老吴，看着中尉助理问。

至少下周。助理员哗啦哗啦翻着本子，眼睛却看着老吴说，下周，你排第一。

操，下周黄花菜都凉了。仲夏把最后一句话咽进肚子里，出了营房股。

4

整个一上午仲夏都不在状态。无论手里忙什么，心里惦记的都是那只马桶。他像着了魔似的，平均每隔半个小时就往卫生间跑一趟——像身患前列腺炎的参谋老黄——进去了先左顾右盼，确保没人才去掀那个盖子，看里面的水位。若实在不幸被人撞见，他便扶着马桶作呕吐状。直到目击者摇头惊叹，喝多少，现在还没吐完！他才借机起身，满脸愧色地笑笑，必要时还配合性地挠挠后脑勺，一副昏昏沉沉的憨态。他庆幸他们误会。只有误会，真相才不会传到韩副参谋长的耳朵里。他更庆幸没有被小饶撞上。以小饶超凡脱俗的洞察力，绝对不可能误会。

但他依旧每次都败兴而归，马桶里的水位丝毫没降。这说明这次的确跟以往堵得不一样。以往无论堵成什么样都能自动慢慢往下渗，半桶水顶多半个小时就没了，而这次似乎滴水不漏。看来是彻底堵死了。

中午他埋在被窝里和阳春通了几分钟电话——确切地说，电话是阳春打过来的，直到看见来电显示他才想起竟然忘了给阳春打午间热线。这是以前从未有过的。当时他正准备午睡，脱得只剩下一条内裤坐在床上，同宿舍的参谋老黄刚刚躺下，听见他的手机铃声，不耐烦地翻了个身，又声势浩大地抓起被子往耳朵上捂。一切都很被动。慌乱中，他像遇险的鸵鸟一样，拉过被子一头扎进被窝，把阳春优美动人的声音捂在充满汗臊味的棉絮里。

周末去搞小龙虾吧？

不搞。

撸串吧。

不撸。

你不高兴？

没有，就是有点……堵。

堵就不陪我吃了？

吃吃吃，你就知道吃！他的嗓门一不小心就高了起来，随即便听到被窝外老黄用拳头擂击铺板发出的抗议。他赶紧挂掉电话。

从被窝里一钻出来他就后悔了。这是他第一次对阳春这么不温柔。他想回拨过去，重新组织一下语言，像给新兵做思想工作一样耐心细致地告诉她，她说美食的时候他脑子里全是马桶；不是他心里堵，而是他们共同拥有的那个厕所堵了。

可刚按了一个键，他就一眼瞥见对面床上的老黄已经坐了起来，正鼓着大眼泡瞪着他。老黄近期不仅说话越来越像股长，熬夜加班也越来越多，睡眠越来越轻。

早不堵晚不堵，偏偏这个时候堵！仲夏诅咒着马桶，把手机调到静音轻轻放回床头柜上。他祈祷阳春起床之前不会再打过来。

仲夏是在厕所里认识阳春的。那时还不是马桶，是蹲坑，他"坑长"上任伊始，还不深刻，正身着体能汗衫，手握墩布在自己的岗位上进行第 N 次下班前的清理。还有最后一墩布就收工的时候，仲夏听到雨点般清脆、急促的脚步声从政治处方向由远而近，接着是仲夏只在剧院里才听到过的悦耳的声音：小伙子，有没有女厕所？

没有。仲夏慢慢抬头，视线从墩布正前方的高跟鞋往上，两条穿着军裤的像筷子一样笔直匀称的长腿在不住颤抖。仲夏马上改口，有，我给你看着。

男厕所紧急改成女厕所，最快捷的方式就是仲夏由保洁员变成哨兵。"长腿"神清气爽出来的时候，仲夏才知道她是个少尉。女少尉也才发现穿上外套的仲夏竟然是个中尉，先是尴尬的一愣，接着是转移尴尬的惊呼，妈哟，怎么干部还打扫厕所？

仲夏把被自己双手拄得发烫的墩布放回门后，干部怎么就不能打扫厕所？

女少尉更加尴尬，再次语无伦次地转移话题，挺香的，怎么感谢你，请你吃饭吧？

好，简单点。仲夏的坚决果断使得故事得以从厕所向饭店延续。

在厕所都能想到吃的长腿女少尉便是阳春，集团军通信站的技师兼排长，以文艺骨干身份来仲夏他们这个"纯和尚团"指导节目编排的。请仲夏吃饭，在她心目中是最适合表达感谢的方式，哪怕是感谢对方在如厕方面提供的帮助。但她不经意间的客套却让长这么大、当兵七八年还没跟女兵单独吃过饭的作训参谋仲夏抓住了战机，而且一发不可收拾。有这顿饭做基础，阳春不再生分，只要来团指导有了"需要"，便直接电话招呼仲夏：保障一下，我要上机。"上机"是通信站女兵的军事术语，跟仲夏他们防空兵的"就定位"一个意思。接到口令，仲夏便提着墩布开始擦拭卫生间门口那几块地板砖，一直擦到阳春解决问题从里面出来。

因为这些保障，仲夏也不再生分，而且根据敌情我情适时进行了攻防转换，像搞战法创新一样不断地发明各种理由，把阳春往各种饭桌上约，使得厕所里留下的美好印象不断巩固和发展。以至短短两个月时间，因"内急"萌发的爱情之芽，便在团机关厕所和驻地周围的大小饭馆、大小排档以及煎饼摊子、地瓜炉子的交替中得以茁壮成长。

午睡期间，阳春果然没再打电话过来，但发了一大堆微信，都大同小异，谴责、撒娇加威胁。仲夏来不及一一细看，翻了两条就把手机扔进了裤兜里。他急着出去。他要去修理组，绕开营房股直接找修理组。中午他越想越觉得老吴的话里有水分。他决定亲自跑一趟，活人不能让尿憋死，马桶同样不能让营房股堵死。

修理组并不远。他们的常驻机构在锅炉房旁边，说是"办公室"，其实是个车间，出了机关宿舍楼往右二百米便到。但仲夏却走了至少一千米的路程，多出的八百米，是从宿舍楼到小超市加上从小超市到锅炉房的距离。他绕到团部的小超市里买了一包烟。为了这包烟，他把直线走成了三角形。

唯一留守的修理工是老梁，和仲夏虽然没什么交情，平时也不在一个楼里办公，但至少也没什么过节，而且经常在一个饭堂吃饭，平时见了面还相互点个头。因为点过的这些头，他觉得有戏，为了加大戏码，他决定绕一千米的大圈买盒烟。原计划是买十来块钱一盒的云烟，但到超市后又突然想起老梁好像是江苏人，于是狠了狠心，换了盒五十块的苏烟。结账时，超市那个长得不男不女的、传说是某位团领导小姨子的收银员以她一贯鄙夷的眼神瞥了他一眼，然后用她一贯没大没小的口吻问，啥时学会抽烟了？

刚学会。

屁，送礼的吧？

扯淡，送礼有送一盒的吗？

有啊，还有送一根的呢。她声音越来越高亢，尾音越拖越长，像领

163

导讲话时故意讨掌声的结束语，引得几乎全超市的人都停下来往柜台边瞅，其中还包括几个愣头愣脑的新兵。

送你姐夫！他把钱往柜台上一扔，抓了烟夺门而出。今天他一点胡扯的心思也没有。

又不是为自己调职晋衔、评功评奖，又不是为家属随军、安排就业，这能叫送礼吗？纯粹为公家的事，为公家的马桶，为公家的人拉屎拉得舒服，有这么高尚的送礼吗……走出去很远，他心里仍在愤愤不平，因为愤愤不平，他走得理直气壮，就像唱着雄壮的军歌大踏步奔向战场一样。直到看见锅炉房那根著名的大烟囱，他停下脚步，被一小股来路不明的风像凉水一样泼在身上，他才发觉脸上竟然有些微微发热，像刚被炊事班炒完辣椒的大铁铲子拍了一下。他好生奇怪，自从习惯"小姨子"的没大没小，他还从未因她的言辞脸红心跳过。他想起一路上愤愤不平的那些话，突然觉得自己像一个强奸未遂的逃犯，在为自己的无能寻找高尚的动机。

他在那根像阳具一样勃然插向天空的烟囱下驻足良久，把烟从裤兜里掏出来放进去五六次，最后总算说服自己迈步走进那扇大铁门。

老梁果然在，正坐在一台比他资格还老的车床前抽烟，远没有老吴说的那般马不停蹄、昼夜兼程。

今天不忙啊。尽管是第一次正式打招呼，但仲夏还是按计划以寒暄的方式进入地摊一样凌乱的车间，像老熟人一般。因为觉得像老熟人，仲夏把计划中的寒暄语"正忙着呢"于即将出口的瞬间给篡改了。

你啥意思？没想到老梁格外的警惕，就是骡子马也有吃料饮水、拉屎放屁的时候吧。

开场就陷入僵局，这完全出乎仲夏的意料之外，他感到以往点头积攒起来的基础正在快速坍塌。这让他不由得怀念起那位当水电工的熟人，他清楚地记得他们由不熟变熟的转折点是一份《离婚协议书》，仲夏在保密的前提下帮他打印的。打完他们就成了熟人。可眼下上哪找这样的转折点！仲夏感到走投无路，越发觉得马桶堵的不是时候。他只好直接说明来意，同时瞅准时机把烟递上。

老梁伸出手，却不是接烟，绕到仲夏另一只手那侧，摊开，抖着满手的空气说，单子。

什么？

营房股开的派遣单。

这点小事何必绕这么大个圈子，你说对吧？

老梁身体前倾，像审视特务一样上下打量着仲夏，我没得罪你吧？

仲夏如坠云雾，直愣愣地看着老梁干摇头。

那为啥要坑我？

我哪儿坑你了？

没有派遣单出勤跟没有派车单出车一样，都是掉脑袋的事，你不知道？

派遣单嘛……仲夏故作轻松，随时都可以补，信不信我现在就给你们营房股打电话。

别打了，人家上午就打过了。

说啥？

说坚决杜绝先斩后奏，违规出勤。

就非得搞这么死板！

不搞这么死板就让你们抓到把柄了。

我不是来检查的！仲夏恍然大悟，朝老梁直跺脚，真的是堵了，参谋长急着……

来检查的都这么说。千方百计拉我们下水，实在不行把领导搬出来，我们真要开了后门，哼哼，你们扭头就通报。这一招用你们的话叫什么……

165

王八蛋才是查检组的！仲夏恨不能把心肝脾胃肾都一股脑掏出来让老梁看，我连正式命令都没有，我检查谁我检查？

没办法，这年头防火防盗防检查。上次你们，哦不，是他们，说团长急着用车，让汽车排先出车回来再补派车单，结果呢车子也就绕机关楼空跑了一圈，司机驾照就被吊销了。老梁说着从身上摸出一盒云烟，递给仲夏一支。

不会。仲夏伸手挡着老梁的烟，手里还抓着那盒苏烟。于是，两只手、一支香烟和一盒香烟在空中打太极似的推来推去。

不会你买烟干啥？说实话，要是前两年，别说一盒烟，就是一车烟我也敢收，我又不当官对不对？可现是什么形势，规定得太细了，超过五十块钱东西就要处理，一撸到底！老梁看着他手里的烟说。

你又不当官，往哪儿撸？

我不当官我得吃饭吧，我还有老婆孩子吧，还有几个月就退休了，你忍心让我丢饭碗？

这烟批发也就四十五。

可你买的是零售。

我买的是批发，一条，回来再拆的。

零售！上面有超市的条形码，拿手机一扫就知道。老梁说着就要掏手机。

别扫了，我去换包云烟吧。

我不是那意思。修个马桶对我来说比放个屁还简单，可你堵的不是时候。机关楼人多嘴杂，我去了吴头儿就会知道。

晚上下了班再去。

楼里到处都是摄像头，值班室二十四小时监控，现场直播，现在做贼比明抢都难！

166

5

下午剩下的时间，仲夏把它都交给了马桶。仲夏手上没什么太急的业务，专门拿出一下午来彻底解决马桶问题，他觉得非常有必要，比心神不定地浪费一上午强。况且，他还有老梁相助。他没带走老梁，但带走了老梁的东西。老梁最终把捅厕所的专业工具、基本操作要领以及自己的电话号码毫无保留地塞给了他。他最终把那盒苏烟塞给了老梁。用专业工具和专业技术武装起来的作训参谋仲夏，回到办公楼时就像从美国哈佛或英国剑桥学成归国的博士，信心十足，踌躇满志。他连办公室都没舍得光顾一下就一头扎进了那间隔断，然后把门板关上，插销插上，以防泄密，仿佛里面不是一只堵了的马桶，而是一只灵验的聚宝盆。

参谋长下午一般不上大厕，这等于又无偿赐予他一下午自救的时间。他争分夺秒，按老梁传授的技巧和程序按部就班地摆弄那些工具。

第一步，将马桶盖掀开；

第二步，用玩具水枪一样粗壮的注射器把水吸出来；

第三步，将缠着弹簧的橡皮管子旋转着拧进排水孔；

……

像战术演练一样规范的一整套程序操作下来，马桶没有发生根本的变化。他按了一次水闸，水依然下不去，像镜子一样明晃晃地荡漾在那里，映着他那张快拧成丝瓜瓢子的脸。

他掏出手机给老梁打电话，寻求远程教学，现场指导。电话通了半天老梁才接，且说话的声音很小，显然是故意压着嗓门，像是在开绝密会议，但话音之外的噪音却很大，机器轰鸣，又好像在三峡大坝的发电车间里。汇报完失败的维修过程，仲夏把手机调到免提，放在水箱盖上，然后蹲下来，像不法分子收听"敌台"一样侧着耳朵耐心地从一大堆杂音中甄选出老梁的声音，再从老梁的声音中提炼出有价值的信息，然后依计行事。

什么？还没有动静？你那什么玩意儿，感觉不像中国马桶似的？

的确不是中国马桶，一个中国字也没有。仲夏抱着马桶像鉴定稀世文物一样寻找着蛛丝马迹。

只有一行英文。

我操，不早说，英国人的马桶我见都没见过，修个蛋我修。

那怎么办？

我怎么知道怎么办？老梁终于不耐烦了，声音突然大起来，我在团长家修空调主机，站在三米高的梯子上，头顶就是热风，你再问下去，我脑子都要炸了，非得从梯子上摔下去不可……你要是再问就把烟拿回去，正好还没来得及拆！

为了老梁的人身安全，仲夏主动挂断了电话。他重新察看了一遍那行珍贵的英文，希望能从中找到品牌或者代理商的相关信息，但细读之后才发现是一句警告语，翻译成汉语是：请勿将杂物扔入桶内，以免堵塞！

堵塞你娘个蛋。仲夏一屁股坐在马桶盖上。歇了很久他才缓过劲来，伸手从水箱盖上抓过手机，对着屏幕漫无目的地划拉了几下，显示未查看的微信竟达到了上百条，开始还以为是某个无聊的微信群热聊的结果，打开了才知道是阳春一个人在热聊———百多条均出自其号，而且全是语音。这相当于在仲夏没有回应一声的情况下，那位名叫阳春的，能自编自演、现炒现卖的文艺骨干对着手机自言自语了一下午。仲夏着实吓了一跳。他的单核手机太慢，一百多条积压的语音要从头听起不知要刷几次屏，费多长时间。于是他习惯性地点了底下最后一条——以前他一直认为这是微信最大的优点，永远是最后一条最先进入视线，就像收阅前方传来的实时战报，如果同时收到一大堆，就先看最后一条，如果说战斗结果已经出来，那前面的就没必要再浪费时间去看。但现在面对整整一屏幕长短不一的语音"白条子"，这样高效的阅读显然不可能了，尤其是最后那条随着他的点击播放出来之后。

那是一句英语，他上初中时就颇为熟悉了的：Game over，bye-bye！

那正是战斗结束的意思，但战斗显然没有结束。他只有耐心地划拉屏幕，小心翼翼找到倒数第二条，犹豫再三之后还是用指尖戳了下去。

仲夏同志，我告诉你，你变了！

她在里面说，几乎一字一顿，声音异常呜咽，像哭了三天三夜之后才说的第一句话。这是他第一次听到声乐专业的文艺骨干阳春如此潮湿的声音。

他就不敢再往前听了，手指僵在了那里，像仿佛屏幕里埋满了一触即发的地雷。他预感到里面的许多话近一周来已不陌生。

一周前，在离团部和军部都超过一定距离的一个长沙臭豆腐的小摊前，阳春突然驻足不前，仰脸深情地望着他。几秒钟后，他像抓俘虏一样用张开两条长臂捆住阳春往怀里拖。但阳春还是像兔子一样挣脱开了，然后捣着两条长腿噔噔噔噔跳到冒着热气的油锅前，拿起一串，直往嘴里撸。撸完了噘起嘴，说，敢吗。

几乎毫不犹豫，仲夏扑了上去，一张臭嘴和一张不臭的嘴有缝对接在一起。

亲热完毕，喘匀了臭气，阳春问，为什么不嫌我臭？

仲夏说，马桶都不怕，还怕臭豆腐？

阳春一拳擂在他肚子上，操你大爷的，把老子比马桶，本来决定嫁给你的。

嫁给我就更像马桶了，每天都用。

两嘴臭嘴又对接在了一起。

这就是战斗的高潮了。关键的一役拿下，仲夏便开始转移火力，收拾残局——在他看来后面的战斗都属于残局，无足轻重，慢慢收拾就行。他要把火力转移到另一个阵地——团司令部。他要留下来，一定要留下来。军部和团部都在市里，而他的老连队远在二百里外的郊区。只有留下来，他们的战斗才能继续，否则招之即来、来之就吃的美好时光将成为美好回忆。

所以这一周，他再没发动任何"美食攻势"。他在以前所未有的责任感和紧迫感，全力以赴和侦察股的刘参谋以及通信股的王参谋拼文件夹里的汉字、数字及标点符号，还有内务卫生、军容风纪、礼节礼貌和人际关系……战斗之余，才是应付阳春的电话、微信时间。

——这就是她说的"变了"。能他妈不变吗？

他没赶上晚饭，被那一百多条语音给耽误了。犹豫再三他还是鼓起勇气引爆了那些地雷。等他坐在马桶盖上一页一页地翻到顶，然后像收听广播一样听完一百句自言自语，脑子已经乱成了一碗炸酱面。他感佩我军通信技师的通信技能，这要是运用到战场上，足以瘫痪敌方的通信网络，而用在情场上，足以导致对方束手无策。仲夏不知道该如何回复。里面有许多疑问和误会，仿佛短短一下午时间里，他们之间所有没问题的地方都出现了问题，所有好感都成了误会，就像那个该死的马桶，正常运行时畅通无阻，从来没想过它会出什么问题，一旦堵死，便滴水不漏，一无是处。

他不知道该先回答哪一个疑问，先解释哪一个误会。他的手指像水面上的蜻蜓一样在屏幕上悬停了许久也没写出一个字。直到光线暗下来，他才意识到已经很晚了。走出办公楼，机关果然已经下班，而且开过了晚饭，院子里三三两两地溜达着一些围着操场散步消食的机关干部。他沿着团里的主干道直走，像升降国旗的卫兵。直到出了营院他才想起路上遇到许多熟人都没有打招呼，而且似乎还有股长以上领导。这不是他的素质。

他在离部团大院最近的一个大排档坐下来。老板用接待外星人的表情递给他菜单。他理解这种表情。离他几步之摇的马路上，从团部大院出来的熟人络绎不绝，穿军装的、穿便装的、步行的、骑车的、开车的、坐车的、比他官大的、比他官小的。他们从他身边经过时，均不约而同地向他投去深情的一瞥。

不用，就这凉快！

里面也有空调……

当兵的没那么娇气！

老板抬起眼皮，又像打量外星人一样重新打量了他一眼，才悻悻离开。

他只点了啤酒。酒上来，他发现这是两个月以来自己第一次在外面就餐时面对的不是阳春，而是一堆玻璃瓶子。他想给阳春打个电话，但手机掏出来又塞了回去——又一大堆微信堆积在屏幕上。

他觉得堵得慌。眼睛条件反射般从手机屏幕上跳开，往四下里游荡，露天的塑料座椅上果然除了自己一个"自己人"也没有。以前可不是这样。去年夏天他来团部办事时，"自己人"还是遍地开花，有下了班带着老婆孩子来改善的，有打完球穿着裤衩背心来歇汗的，但更多的还是机关的单身汉们，一到傍晚就不知从哪儿钻了出来，三三两两，团团伙伙，说说笑笑，老远就能闻到啤酒的鲜香，能听到白天永远听不到的那种肆无忌惮的笑声……他还听说甚至连团长政委有时加完夜班也来这里喝上两杯冰啤才回家属院睡觉。

路灯亮起来，他看见每一个瓶子都映着自己一张变形的脸。他的眼里只剩下自己。于是他把脸调过来，正对着人来人往的马路，对着那些熟人和生人，一口一个咬开所有的瓶盖，然后抓起一瓶往嘴里倒，像洗肠似的。

早不堵晚不堵，偏偏这个时候堵！

熟人在的时候你不堵！

老吴当股长之前你不堵！

……

老子让你好好通一通！

他一瓶接一瓶地往脖子里灌，仿佛世界上所有的管道都连接着自己的喉咙。

但他还是没把身上和管道灌通就停了下来。因为随着夜色的继续暧昧，他开始看见"自己人"的身影，他们不断地从他手握着的那只酒瓶的瓶底上一晃而过，迅速消失在墙根下。等他灌到第三瓶时，终于出现了两个特别的熟悉的身影。

他像在即将渴死之际突然发现水源的探险者一样，被一阵莫名的激动刺激得浑身发颤。他拔出那只刚喝了一半的酒瓶子，拎着，迎着老板和服务员集体讶异的眼神，往墙根下扑去。

墙根下的侦察股刘参谋和通信股王参谋显然已经喝多了，他们从里屋出来后身体就开始摇晃，沿着墙根没走几步，两个相互搀扶的身体就像麻花一样拧在了一起；而且即使拧在了一起，说话声也依旧大得震耳欲聋，旁若无人地继续着屋里的话题。

侦察股的刘参谋说，操他妈的，不就一个错别字吗？大会批小会批，批得头都抬不起来。

通信股的王参谋说，还不都是为了留下，回去丢人啊。

不就是滚蛋回连队吗？有什么大不了的，还能死人不成？

哎，你说咱这是干吗呀？非得一股脑往这独木桥上挤？说实话，我这心里头每天都堵得跟北京市区一样。

是呀，咱这是干吗呀……那啥，我决定了，走人，你俩，留。心里舒坦比啥都强。

不，我走，你俩留。

不对呀，只能留一个，咱俩都得走。

那就都走，把机会让给小仲，瞧人家这关系处得，厕所打扫得！

他也确实不容易，在军部找个媳妇。

……

两个人突然停住，因为他们猛然看见，正前方两米开外，电线杆子一样杵着同样醉眼蒙眬的作训参谋仲夏。三个人就这样相互看着，咧嘴傻笑，笑着，突然就搂抱在了一起，像猛然合上的老鼠夹子。

接着喝？

接着喝。

喝！

6

仲夏被手机惊醒，已是半夜时分。他睁不开眼，只听见股长在手机里朝他咆哮，你干什么去了，参谋长摔伤了。

怎么伤的？

还能怎么伤？当然是上厕所。他带着我们推材料推到半夜，推完上厕所，蹲下去就起不来了……你那个马桶，他奶奶的，马上回来给我修好，马上，连夜！

他随即便听到救护车的警报声从办公楼方向传来，接着是一片嘈杂，一堆人手忙脚乱地把参谋长往救护车上抬，股长的声音在里面清晰可辨，他仍在对着手机嚷嚷，回来！修好！

修你娘个蛋！他连手机带骂声一起扔了出去，依旧亮着屏幕的手机像一枚脱离炮口的曳光杀伤榴弹，画着蓝色的抛物线向空中飞去。

第二天起来已经很晚了，早操、早饭、早清整、早交班早过了。他的脑子依旧昏昏沉沉，像在枯藤上摇摇欲坠的大南瓜。他在暖气片下找到那个摔成三瓣的手机，拼上，死活开不了机，只好一边努力回忆，一边收拾行李，然后趴在床上写了一份检查兼主动回连队的申请以及一封信。检查兼申请是写给韩副参谋长的，这是他能想到的最为体面的滚蛋方式。信是写给阳春的，这是他能想到的他们之间目前最好的交流方式。除此，打电话、发短信、见面都只能使局面更加艰难。

检查兼申请写得比较顺畅，参谋业务的功底帮了他，一上手就当成了"手工快速拟制作战文书"的作业来完成，敌情、我情、决心要点，简明扼要地一通罗列便大功告成。

信写得比较艰难。他已经很长时间没写过信，连基本格式都已模糊不清，而这几年写的"东西"，除了公文就是手机短信，这些"功底"一点也帮不上他，写完称呼和冒号就不知道怎么往下了，一肚子的话全堵在了冒号后面。

最后他还是按公文的格式完成的。事情的经过、主观原因、客观原因、直接原因、间接原因……这些原因自然都跟马桶有关，它堵的不是时候。信里堆了一堆的马桶。

只有"改正措施"没按公文套路罗列，因为想到自己即将从机关滚蛋回连队的现实，他不敢奢望他们的交往还能持续多久，不能持续也就不存在改正的机会，没有机会也就没必要去虚构娓娓动听的措施。最后，他用了个电影台词一样媚俗的假设代替措施：记得你说我变了，我确实变了，变得连自己都不认识自己了。如果时光能够倒流，我愿意不惜一切变回原来的自己。那样，我就会毫不犹豫地扔下马桶去陪你搞小龙虾，撸串；即使时光不能倒流，只要能在机关多待一分钟，我也愿意多陪你六十秒。写到这里的时候，他才觉得这东西像封信，于是停下来扯卫生纸，擦眼睛。

信以快递方式寄出的。他用宿舍座机叫来的快递员看了一眼地址就把信还给了他。

七一路不就在跟前吗，打个车还不到十块钱。

别废话，送还是不送？

我要下午才往那个方向去。

下午就下午。

发完快递，他揣上检查兼申请去了办公楼。一路上，他想走得矫健些，至少不像打了败仗，但两条腿不听使唤，像拧麻花一样纠缠绞绊着，绞得步伐凌乱不堪，身体摇摇晃晃，像走投无路的杨白劳。

楼里已经忙碌开，各种行色匆匆的身影与他擦肩而过。这是他第一次迟到，也是第一次见到这么多比自己还忙碌的人。但这一切已经与他无关，踏进楼厅的一刹那，他就自动摆正了自己的位置，像来机关办事的基层官兵一样，贴着墙根一路避让着从繁忙的楼道穿过。

司令部紧张有序，好像什么事也没发生过，又好像发生了许多事。每个遇到他的人，都向他抛以不自然的微笑，好像专为消除尴尬而强颜欢笑，把他好不容易才平复下来的心情又搅得忐忑不安。侦察股的刘参谋和通信股的王参谋也这样笑，只不过除了笑，他们还朝他点点头，用力地点点头。他没去股里，直接站在了韩副参谋长的门口。里面人声鼎沸，韩副参谋长正大声地训斥着什么人，短时间难以结束的节奏。他把检查兼申请塞进兜里，在门口来回地踱着步。这让他想起两个多月前来机关第一天，等着参谋长召见谈话那次。那次，他像军级单位的门岗哨兵一样军姿挺拔地钉在参谋长门口半个小时之久，却丝毫不觉得漫长。他心里一直在勾勒从参谋到参谋长的奋斗草图。半个小时，才刚当上副参谋长。

但现在，草图已经作废了，工程烂尾，他连五十分之一都没实现，而阻止他前进的仅仅是一只堵得不是时候的马桶。这样想的时候，他已经进了卫生间，打开了隔断，默然站在了马桶的面前。

它一如既往地洁净，连抹布擦拭后留下的水渍都没有，奶白色的陶瓷桶身散发着桀骜不驯的寒光，只是盖子不知道什么时候被人扣上了，仿佛有意为之，使它看起来不那么耀武扬威，像是在向他俯首称臣、低头认错。他觉得这才是它应有的姿态。

顺手就掀开了盖子，那一汪渍水竟出奇的清澈，镜子一样镶在里面，而浮在上面的，当然是自己的倩影。他端详着它，发现它并不像现在的自己，愣怔、呆滞，而是幢幢晃动，闪闪烁烁，如幻灯片一般一帧接着一帧，有这二十多个小时里围着这只马桶团团直转的自己，还有双腿修长、颠着碎步来去匆匆的阳春，以及大排档上三个像老鼠夹子一样抱在一起的人。他忘了昨晚他们抱在一起之后说了些什么，但可以肯定绝不是检查兼申请上那些话。这样想的时候他已经掏出了那一叠纸片，捏在手里掂了几下后便像摘韭菜花似的一点一点地把它撕成了碎片，碎得像米粒一样均匀细致，然后，天女散花一般撒进了马桶。

接下来就一屁股坐在马桶上了，动作一如既往地熟练。他觉得这是他们之间最好的告别仪式。连门板都没关，他要让所有人知道。只可惜他毫无便意，肚子里干瘪瘪的，像一支被擀面杖碾过的牙膏皮，什么也挤不出来。

参谋老黄像救火队员一样冲进来的时候，他正准备起身。老黄见了他像见了仇人似的直蹦，我操，股长正到处找你，电话也打不通，想干什么，啊，想干什么？

已然是股长的语气。仲夏抬抬眼皮睃了他一眼：想干什么就干什么！

老黄扶了扶眼镜，用核对通缉犯一样的眼光审视片刻后重新稳住阵脚，昨晚喝了多少，半夜里还摔手机？（突然压低声音）不知道这两天是韩副参谋长主持工作吗，尽往枪口上撞！

参谋长呢？

医院，昨天下午就去了，按计划复查，闹不好重新住……

老黄突然顿住，看着坐在马桶上的他，仿佛眼前的通缉犯又要逃脱，声音颤了起来，你在这里干什么？

我……这不正打扫厕所吗。他说着开始起身，并迅速启动仍处凝滞的大脑，调集昨晚喝多之后那些如梦似幻的记忆碎片。同时，一只手像受既定程序驱动的机械向身后伸去，准确地按在了水闸按钮上。当他醒悟过来已经晚了，只听见哗啦一声，水流已经从水箱里冲了出来，那些碎如米粒、闪着白色光芒的纸片已经随着水流开始打转，像银河里的繁星一样浩瀚茫茫。他条件反射般往外蹿，双手提着裤子，像一只向前跳跃的蚂蚱，逃避即将漫溢而出的瀑流。落地的一刹那，他听见"轰——"的一声长鸣，仿佛从地壳深处发出的畅快低吼。伴随这天籁之音的，是参谋老黄恢复正常腔调后比天籁之音还要纯正的四川口音，打扫个鬼哟，楼里的公共卫生都包给保洁公司喽，一大早人就到位喽，神戳戳！

证
明

1

许多年后，赵福生依然清楚地记得长津湖东岸，他把《证明》掖进棉衣洞里的那个夜晚。

那个夜晚刚刚露了个头，还来不及覆盖长津湖东岸的阵地，天色正黑灰不分，那纸片儿便打闪般在他脑壳里倏地一晃，跟着便是眼前忽地一黑，初以为是眩晕——这在近几天是常事，冻得或者饿得，或者冻饿交迫得——过了好大一会儿才知道是天已经黑透了。

那天的天，黑得十分的邪性，自始至终不招人待见。

那是整整一个白天劈头盖脸、畜粉般稠密的大雪后，夜幕才终于在对面哨兵没完没了地蹀步和己方阵地一片焦躁的等待中从天际滑落下来，过程极其缓慢，慢得就像赵福生熟悉的那方盖头从老婆玉秀的头顶徐徐飘落，于朦胧迷幻中，一丝一缕地，一分一毫地往下坠。

那一晚赵福生的确想到了老婆玉秀和她的盖头。尽管那是最不该想这种事情的时机与场合。可他还是想了，怎么也没忍住。那是他无数次梦见的场景。自从被父亲赵六合领来的沙保长一伙从洞房里捆走，那方盖头就不断地在他的睡梦里出现，飘忽、翻滚。但那个夜晚的赵福生显然没有心思去回味这个梦——倒不是因为觉得梦里的东西属于指导员钱马列所说的低级、腐朽以及落后，而是觉得不是时候。

那时他正趴在地上，除了脖子以上，身体正面的所有部位几乎都与硬邦邦的地面紧贴着，像一只老鳖——挂着冰碴的薄棉衣像鳖壳一样罩在身上，鳖壳里的肉身早已僵硬无比，五体恨不能缩进肚子里，只有脖子还能来回伸缩，左右旋转。身子是硬的，地也是硬的。他从来没有在这种状态下想过这种事情。以往每次想，都是安逸饱暖之余，身子活泛充盈，想完盖头还接着往下，直想得身体的某个部位悄然硬起，翘得像垂直发射的迫击炮一样。趴在地上想，就相当于把迫击炮底座朝天扣过来发射，后果不堪设想——那是要炸膛的。何况他已经感觉要炸膛了。那时节他烂着裆，还憋着一泡尿。

可他还是想了。身子本来一直冷，而且越来越冷，感觉快要冻死的时候却又突然一热，杂七杂八的念头就噼噼啪啪蹦上来了，像热锅里的豆子。他担心那是兴奋。他听师医院的吴军医说过，兴奋就是身子无端地热乎，无缘无故地来精神，像抽了大烟喝了大酒，管不住自己。他害怕兴奋。那年趴雪窝子里打鬼子时他见过兴奋。兴奋的那几个人最终留在了雪窝子里。兴奋是人冻死前最早的征兆。

如果不兴奋，那会儿他脑子里真正唯一惦念着的，应该是盼着天早点黑下来，哪怕早一分钟。天黑下来，他可以小规模地动弹一番，还可以经过请示后悄悄溜出阵地狠狠地尿上一泡，彻底排除炸膛的险情，当然最重要的是，天黑下来意味着总攻即将开始。总攻的信号弹一上天，这场漫长的、把成千上万人逼得成千上万次骂娘的埋伏就彻底解除了。

所以那会儿他其实正在骂那场雪。雪把整个世界搅成了一锅白面糊糊，把白天黑夜搅没了界线。他骂，因身体不可抑制地兴奋。兴奋就得骂。骂比想老婆好，至少安全。不骂反正也得冻死，死得更快。吴军医

181

说，兴奋期后是兴奋减弱期，然后是抑制期、完全麻痹期……一期一期下去，就是死亡期。既然兴奋了就不能让它减弱，既然骂了就不能让它停下，像那些骂街的泼妇一样。但没有一次出声。他也不敢出声。敌人离得近，连长指导员离得更近。敌人听不见，让连长指导员听见也一样挨收拾。更重要的是，他怕一张嘴就冻住了，再也合不上，像王老幺。

王老幺是个话痨，嘴像堤坝上的豁口，开了就堵不上。当初为了堵上王老幺的嘴，连长李四大绞尽了脑汁。先是折了根细树棍子让他衔在嘴里叼着，像叼烟卷一样。可不管用，他把树棍子往嘴角一歪，咧着剩下的大半张嘴继续嘀咕，直到李四大摘了手套的手从后背钻进他的贴身棉衣里。李四大的手里还抓着一把雪。

连长李四大喜欢拿手抓雪，抓了往身上搓。往自己身上搓，也往别人身上搓。严寒中行军，各连队的干部们都变着花样发扬爱兵传统，休息时给战士烤火、烧洗脚水。只有李四大不，不让洗，不让烤，不仅一脚把炊事班烧的一锅洗脚水给踢翻了，还让全连脱了手套抓雪，抓了往手上搓，往脸上搓，搓得全连大呼小叫、鸡飞狗跳，个个跟大萝卜似的。几天后全师都跟着搓，那是部队因冻伤冻亡造成大面积非战斗减员之后。各级首长调查发现，但凡烤过火、洗过脚的都冻成了重伤员，只有天天集体搓雪的钢刀连无一冻伤，一个不落地被李四大带上了阵地。

趴进阵地后，还依然享受着李四大"亲手服务"的，只剩下了王老幺。王老幺跟李四大趴在一个战壕里，更确切地说，是挤在一个战壕里，或者抱在一个战壕里。

李四大手大，张开是工兵锹，捏紧是铁榔头，是李四大身上"四大"之一，随手一抓便是军用水壶那么大一坨雪。那一坨雪，够王老幺"享受"好一阵子。几坨下去之后，王老幺就不再嘀咕了。即便天色真的全黑了也不见他出声。开始赵福生还以为他冻死了，直到卫生员郭小堆风一样地钻过来，他才知道王老幺并没有冻死，只是嘴被冻住了，冻得张不开也合不拢，保持着固定的口径，像被火箭筒打穿的弹孔，用卫生员郭小堆的行话，叫"下颌骨脱臼"，目前无药可治，只能用一条白布裹上，像窗户纸一样为那张洞开的大嘴挡挡风，等天亮后吴军医过来，把下巴骨拍回原位，才有重开金口的可能。

王老幺的安静让赵福生不习惯。没了他的声音，好像全世界都冻哑了。他着实地害怕起来，几次尝试着想动弹一下，但都被紧挨着他的指导员钱马列以一声干咳及时地"防患于未然"了。指导员钱马列矮小干瘦，像干树杈子一样的骨头隔着两层薄棉衣依旧能扎得赵福生浑身刺痛。跟他挤在一起就像被一架迫击炮顶着，而那一声音量很小而力道很大的干咳，则无异于一发炮弹，总能把赵福生震得胆战心惊。

和连长李四大挤在一起的是王老幺。和赵福生抱团取暖的是指导员钱马列。四个人一条线紧挨着，两个干部像肉夹馍一样夹着两个战士。连长和指导员分别是连队的一、二号首长，这就意味着他俩是连队一、二号的"关照对象"。赵福生不想要这种关照。这种关照常让他想起以前那些被军法处置的怕死鬼。那时，但凡被长官重点"关照"的，都是平时贪生怕死、缩头缩脑的货色，长官们担心这类士兵"开小差"，所以无论干什么都安排在自己眼皮底下，方便及时发现，就地正法。他就目睹过一个被就地正法的逃兵——冲锋时排长的枪就顶着他的后背，可他还是从枪口开溜了，结果跑出去不到十步，后脑勺就被子弹追上，脑浆和血一齐从枪眼里喷出，红白相间，像敲碎了一个腐乳罐子。赵福生看不起怕死鬼，尽管他也当过逃兵，但他的逃跑跟贪生怕死没有关系。

可这一切恐怕只有在战场上用实际行动才能解释清楚了。仅凭这一点，他比别人更希望战斗早点打响，用王老幺的话说，是里里外外都巴望。他坚信，只要"砰"的一声枪响，困扰他的所有危机都将随着战火灰飞烟灭。

而这是战斗发起前最后几个小时的埋伏了。他必须保证自己能挨过这几个小时。所以每骂完一个波次，他都要不由自主地眨巴几下眼睛。他喜欢听那冻僵的眼睫毛断裂的脆响。只要能听到这脆响，就说明他的眼皮还没有完全冻住。但很快他就控制不住眼睛的眨动了，因为眼皮子越来越沉，支撑不开，跟以往任何一次犯困打盹时一样。这是兴奋减弱的兆头。他不能让他减弱，他要继续兴奋下去。这需要往脑子里加胡椒面。

"加胡椒面"是炊事班长孙大脖子的行话，吴军医讲卫生课时的原话叫"加强刺激"，就是往伤口上撒盐，想点让自己咬牙切齿的事。这是逼着他去搜罗冤头债主：新兵时经常抽他嘴巴的老兵油子，想方设法从他身上揩油的小官吏们……眼皮依然支不起来，像磨盘一样一个劲往下耷拉。

他继续加胡椒面。

钢刀连的一班长老杜。

把他捆走的沙保长。

父亲赵六合！

他浑身一颤，快要粘住的眼皮有力地往上跳了一下。他终于挖到了最让他兴奋的东西——父亲赵六合。这个在他心里早已被他钉进棺材，埋入十八层地狱的人这个时候突然跳出来，把他自己都吓了一个激灵，确切地说是两个激灵——紧跟着赵六合跳出来的还有一张足以让他再激灵一次的纸片。上上下下都管它叫《证明》，它与赵六合皮肉粘连，撕扯不开。

现在，那张被折叠成烟盒大小的《证明》就在他身上，在左肋下的帆布挎包里。他想到这里的时候感到脑门子正在冒汗，尽管他不相信自己那早已冻成铁皮壳的额头还会有汗。

眩晕般的黑暗过去，他重新支棱起眼皮，发现夜色已经发生了根本性的变化，对面哨兵那只像炭火一样光亮的红色大鼻子不再清晰。几乎同时，他看到了一道口令从身边传过来。是"无声令"，李四大用动作

184

发出的——他用牙咬住扯下棉手套，然后用那双像铁锹一样僵硬厚实的手从战壕前沿的积雪里铲起一捧雪，扣在了脸上。这是组织全连搓雪的口令。这意味着小幅度的活动已经解禁。

他轻微转动脑袋看了看左右，周围都是眼睛。他的右边是迫击炮一样顶着他的指导员钱马列，再过去是几天前还在嚷嚷着要用胳肢窝把他夹上战场的班长老杜；左边是嘴比枪还快的王老幺，再过去是枪比嘴快的连长李四大。唯一值得庆幸的是挎包在左侧，以及左边的王老幺暂时还说不了话。

他把摘掉手套、僵硬得像炊事班铁勺一样的左手慢慢伸进挎包。

还在。指肚如期碰到了挎包里唯一的纸质。手指僵硬得像"抓挠"，但他还是在挎包里秘密调动它们，把纸片搓捻成卷，握进手心，死死地攥着，就像连长、指导员死死地把他和王老幺挤在战壕里。

烧掉！扔掉！撕掉！吞掉！埋掉！各种应急措施从他那早已冻僵的脑壳里——闪过，被迅速过滤后，只剩下一个"藏"字。这是唯一可行之举。他身上具备藏的条件的，是薄棉衣里的一个破洞，有两个指头大小，是行军时被路边的树枝划开的，后来棉衣反穿，那个洞就从"地上"转移到了"地下"。

那只攥紧的左手终于从挎包里抽了出来，在雪地里做了一个抓雪的动作后，从下摆蛇一般钻进了棉衣。他突然发现王老幺正惊愕地看着他，白布之上的两只眼睛灯笼似的，大得吓人。所幸他暂时说不了话。他捉虱子一般摸索着找到了那个破洞，把纸卷塞进去，用最长的中指顶着，往棉絮深处突破、迂回、穿插，直到手指再无法孤军深入。

那是公元一九五〇年十一月二十七日晚，离朝鲜战争长津湖战役正式打响还有几个小时，被冻得几近昏迷的志愿军炊事员赵福生被一张《证明》惊醒。

2

《证明》要证明的，是他的"革命军人"身份，正式名称就叫《革命军人家属优待证明书》，是一年前他在四川加入解放军时，组织上给他开具的。

曾两次被征入伍，前后加起来有五年兵龄的赵福生在钢刀连只是个"新兵"。一个多月前，他还不属于这个部队。而一年前，他还不属于这支军队。他和王老幺一样，都是被"解放"过来的。"解放"前他们在国民党驻四川的一支地方部队里当大头兵。他当班长，王老幺当副班长。因为是"杂牌军"，他们幸免于被重用，一直在四川"严阵以待"，部队上下也早已习惯乱世偷生，除了不想打仗，什么想法都有。直到去年冬天，他们的"杂牌军"突然补充进来许多从外省拥入的中央军，重要岗位上的长官也换成了"外人"——他们被改编了，并被紧急调往川北。

上了路，他才从王老幺不绝于耳的骂声中知道，那些"外人"都是"徐蚌会战（淮海战役）"中溃散下来的残兵败将，把他们调往川北，说是布防，其实是要他们阻挡从陕西、甘肃南下的解放军，为败退在四川成都一带的胡宗南中央军当替死鬼。

他想到了逃跑。当年他就是在开往"剿共"战场的途中成功逃脱的，有经验，便试探王老幺说，骂有个屁用，不想去送死，开个小差不就得了。

不划算，不划算，抓到了可是要当场枪毙的。王老幺像拨浪鼓似的摇着那颗鸟蛋一样光溜的脑袋说。

反正都是死。

未必。王老幺神秘地笑了笑说，也有活路。到时候你只管缴枪就行了。枪一缴，共军就待你跟亲兄弟一样。

你怎么知道？

几年前老子被他们俘虏过，不愿意留下，人家还送三块大洋当路费呢。

那你怎么又回来打人家？

不当兵老子靠啥子养家糊口？再说了，人家共军大气，不计较这个。从红军开始，这些年老子拢共当了共军三次俘虏，送了三次枪。每次老子都对共军说，兄弟又给你们送枪来了。共军不但不恼，还说欢迎欢迎。你想想，这多划算啊，等于花三块大洋买了杆枪。老子也划算，领了共军的路费，回去再卖壮丁，又赚国军的钱。所以说不打仗还好，一打仗老子就给共军送枪，再赚点路费。

他有逃跑的经验，没想到王老幺有被俘的经验。大休息时，全班聚一树下撒尿，下面小头对小头，上面大头碰大头，一使眼色，迅速统一思想。

果然，部队刚到川北还没站稳脚，就遭遇了解放军的猛烈进攻，掺和了中央军的"杂牌军"成了一群兔子，一听到枪声就四散而逃了。只有他们班没跑，藏在工事的犄角旮旯里。解放军还没攻上来，离得大老远王老幺就直着脖子喊，解放军兄弟，到咱们这儿来缴枪吧。边喊边把枪横过来，高高举过头顶。他带着全班，学着王老幺的动作，整齐划一地举起了枪。

解放军对待俘虏果然如王老幺所说：愿意留下的，就地加入解放军；不愿意留下的，领路费回家。他想都没想就往领路费的队伍里走。他急着回家，家里有十万火急的事等着他。这事除他谁也使不上劲。但刚站起身就被王老幺一把拉住了：留下！留下！

为啥？

解放军是穷人的队伍，革命的队伍，加入解放军，为解放全中国、建设新中国做贡献！王老幺一边背着刚从俘虏营干部那里学来的话，一边像信号灯一样紧急地眨巴着眼。

那以前你为啥不留下？他干脆把王老幺拉到一边，边解裤子撒尿边悄声地问。

你个瓜娃子，以前是以前，现在是现在。

不懂。他确实有些懵，两只手忙活半天也没解开裤腰带。

以前哪个相信他们能得天下？他们几杆破枪，屁大点地盘，打仗还不怕死，跟他们不是自寻死路吗？老子死了不要紧，哪个替我养家糊口，哪个替我给老娘养老送终？现在不一样了，天下马上就是共产党的了，咱们要是就这么回去，到死脑壳上都扣着国民党兵的帽子，身上都披着白皮子，你想往后有你好日子过吗？我晓得你是着急回去找老婆，可找到了又能哪样？你是国民党，你老婆就是国民党的老婆，生的娃也是国民党的娃。要是留下参加解放军，身上的皮子就染成红的了，就算升不了一官半职，有了"解放军"这道护身符，回家要饭也能要得安稳。再说，现在全国都快解放了，没啥子仗打了，不费一枪一炮就捞个革命军人……

可我有事。他打断他机关枪似的说教。

找老婆？

嗯。

先撂下，当几年解放军再找。

再撂黄花菜都凉了！他急得跺脚。他把找回老婆的难度由低到高分为梯子一样的几个等级：单是去向不明算是最好的级别，其次是改嫁，再往上是改嫁后大了肚子，生了娃，生了一大窝娃……而撂的时间越长，改嫁、大肚子、生娃、生一大窝娃的可能性就越大，找回的希望就越渺茫。

凉了也总比没有强。王老么说，你扣着顶国民党的帽子回去，就算找到了她能跟你？跟了你能保证让她过上好日子？

他彻底懵了，一泡尿撒完，两只手还在那里坚守岗位。

他最终留了下来。几天后，他跟着一溜长队，在俘虏营管教干部那

188

里领到了那张前面题着"野战军司令部、政治部",后面盖着大方印、署着一摞高级将领姓名的《证明》。捧着那张两个巴掌大的纸片,他感到两只手在不住地发抖,像捧着一个四代单传的男婴。

让开让开,瞧把你高兴得,都不会走路了。正发愣,他被后面的人群挤了出去。这时他才看到他的周围被一张张喜气洋洋的脸包围了,人群的中间,五大三粗的管教干部正站在一座小土堆上,向领了《证明》的"解放兵"们进行随机的宣传鼓动。

——从今天起,你们就和国民党反动派一刀两断了。

——从今天起,咱们就是同志关系了。

……

管教干部单手叉腰,另一只手大刀般在空气里用力劈砍,说一句砍一刀,他砍一刀,下面的脑袋就跟着有力地点上几下。终于,他还是说到了实打实的好处上:有了这张《证明》,你们家门口就能挂上"光荣军属"的牌子,不仅左邻右舍,怕是十里八村都知道你当上解放军了!

他猛然想到王老幺说的护身符,脸上顿时火辣火烧,感觉那只大手每一下都是抽在自己脸上。

的确,作为唯一能向家乡政府证明自己加入解放军的有效凭证,只要他按规定在《证明》上填上家庭住址和收执人的大名,然后邮寄回家,他在家乡父老面前就由国民党的人变成了共产党的人,王老幺说的"把帽子摘掉,把皮子染红"的目标就基本上顺利实现了。

可他最终没按规定办事,他没往空白的地方填字。不是不会。俘虏里他书念得最多,字写得最好,认识不认识的都请他代笔,他都来者不拒,唯独自己那张一直没下得了笔。那三个字他不想写,但除了那三个字他再没有别的名字可填。两年前他就从同乡那里得知,母亲死了,老婆玉秀去向不明,听说是改嫁了,家里只剩下了父亲赵六合。填了,赵六合就跟着成了革命军属。

189

没填姓名也就不可能邮寄出去。他倒是想过撕了或者烧了，却一直没下得了狠心——尽管他不知道这张纸片能给他带来多大好处，但他却很清楚没有这张纸片会给他带来多大麻烦。况且，为了得到这纸片，他连找老婆这样火烧眉毛的大事都撂下了。这一撂为他今后再找，增加多大的难度只有他自己知道。

越往后他越不知道该如何安置。这让他想起古书里的"鸡肋"，只好一直藏在挎包里，宝贝似的随身携带着，从四川带到苏南，再从苏南带到山东，直到带上开往战场的火车。

正式坐上开往战场的火车，是在二十多天前的十一月一日。火车是从山东泰安出发的。走之前，他看见营长教导员胳膊下夹着小本子去团部开了一个会，回来各连就组织登车，不是以往坐过的平板或者敞篷车，而是黑咕隆咚、与世隔绝的闷罐子车。走前也没有行军命令和战前动员，能从连队干部那里套出来的"情报"只有老调重弹的几个字：服从，保密。

直到火车抵达天津站，部队才在几乎所有人都已经猜出目的地之后正式宣布赴朝作战的命令，他们由解放军变成了志愿军。变成志愿军执行的第一项命令，就是立即清除个人身上所有的汉字，搪瓷碗底的生产厂家要磨掉、抠掉；帽子里、棉衣里、鞋帮上所有的被服厂标记布条全部扯掉、毛巾上"某某政府赠""将革命进行到底"的字样全部剪掉。不能销毁的东西，比如公家的文件资料，个人的书本信件，等等，全部打包上交。总之，个人不能携带一个汉字进入朝鲜。他按规定拿刺刀刮掉了饭盆上的字，借吴军医剪纱布的剪刀剪掉了衣服上的字，上交了记满政治理论和文化知识的笔记本。只有那张《证明》，被他掏出来放进去十几次后，最终留在了挎包里。他不想销毁。这东西迟早要派上大用场。他没敢上交。如果上交，等于承认没按规定邮寄，欺骗了组织，受批评处理事小，更严重的后果是，连队一定会想方设法帮他把这东西以

190

最快的速度邮回老家，让他的亲属也就是父亲赵六合，在最短的时间内享受上革命军属的待遇。

接下来，越来越紧张的气氛使他几乎彻底遗忘了折叠在挎包角落里的那张纸片：先是火车一站不停地紧急北上，直抵边境后，他们连寒区的被装都没来得及换，便穿着南方部队的薄棉衣和力士胶鞋，戴着瓦棉帽，跨过鸭绿江，然后一路昼伏夜行，在老鹰都飞不过去的盖马高原上徒步行军了八天。这八天里，他脑子里每天想着的只剩下了一件事：怎样把这一天挺过去，挺到第二天天亮。

直到进入长津湖东岸的阵地，部队才总算歇下脚。而他却是直到快冻晕过去，才再次想起这张《证明》。《证明》直接把他吓醒了。一路上的战前教育和越来越苛刻的保密纪律，已经让他充分地认识到了这张纸片的潜在危害。连长李四大讲，志司（志愿军司令部）要在国际国内都还不知道中国政府已经正式出兵的情况下，将十几万大军潜伏至长津湖地区美军的眼皮子底下，并将其分割包围，而后逐个歼灭。指导员钱马列讲，战斗打响前，任何一个普通士兵无意间遗留在身上的任何一个汉字，都有可能使整个兵团半个多月付出三分之一非战斗减员代价的绝密行动前功尽弃，绝不是骇人听闻……越想越毛骨悚然：自己身上这张《证明》可是既有部队详尽番号又有个人家庭住址，而且，他们是孤军深入担负侦察和"打补丁"任务的穿插分队，被敌人抓住的可能性极大，即使不被敌人抓住，被自己人抓住也一样，一样以违反战场纪律论处。

所以被他带上阵地的《证明》，早已不是在川北刚领到手时的那道"护身符"，也不是随后愁得他肠子打结的"鸡肋"，从火车上被他藏进挎包的那一刻起，这张纸片已经变成了一颗炸弹，而且是一颗不断扩充着火药容量的炸弹，在无限逼近战斗打响的深夜，它已然变成了一座火药桶。

棉衣反穿，臂缠白布，部队趴在雪地上一动不动。雪天的雾霾已经悄然散尽，天空逐渐明朗，眉月挤出了云层，忽明忽暗的月光，照着随山岭一道连绵起伏的皑皑白雪。雪地反射的清辉映在缀满雪粒和冰凌的衣服上，每个人都像披了一层银色的盔甲，到处寒光闪闪。

由于李四大及时组织搓雪，赵福生快成石像的肉身慢慢复苏，舒软开来。而成功转移字条，对他而言则像打了场小胜仗，心里一下松快了许多。只有尿脖子还憋胀，让他依旧保持着对战斗早点打响的渴望。

总攻却推迟了。连长李四大按原计划于总攻发起前十分钟，组织全连吃"冲锋粮"。"冲锋粮"是每人身上仅剩的三颗土豆，在挎包里冻得石头蛋子一样硬，只能夹在胳肢窝下焐着吃，焐化一层啃一层，原定十分钟的就餐时间足足拖延了半个多小时。可全连啃完，信号弹还没有亮起。

咽下最后一口土豆沫子，李四大决定摸岗哨。已经在对面哨兵的眼皮子底下趴了四个小时、两班岗了，再趴下去很危险，摸了抓回来正好让翻译刘朝阳最后再审一审。指导员钱马列点头表示同意，但强调一点：千万不能提前开枪。李四大也没直接否决钱马列的指示，而是下口令下去，让全连做好开火的准备，搓手，检查枪械，推子弹上膛。立即查出来三十多条长短枪支冻住了，拉不开栓，"老黄牛"马克沁机枪散热筒里的水也冻成了冰坨子，又派一排长急忙带人抬到山下去生火烤化。

赵福生手里的"三八大盖"还算争气，他只运了一口气就拉开了栓，又运了一口气就把子弹推上了膛。他的动作略显生疏，这是他第一次使用这种需要不停拉栓的步枪。几天前，他手里拿的还是烧火棍，而在"那边"，他摆弄最多的是步兵炮和火箭筒。他满以为到"这边"后能继续当炮手，可分到钢刀连才知道，"这边"的炮少得可怜，步兵连根本就没炮，入朝前上面配发下来一具六十毫米口径的美式"马祖卡"火箭筒，连长李四大恨不得烧支香供起来。这个宝贝疙瘩他眼馋了几天，最终却落在了孙大脖子的肩上。

赵福生还在惦记"马祖卡"，两个黑影已经翻身跃出了战壕，是派出去摸岗哨的一班长老杜和他班里的吴老兵。这是一天前在集结地域开会时定的人选。那次定人，差点有他。他报了名，军事技术的关也过了——他在"那边"除了当过炮手和火箭筒手还干过一年的侦察兵，并在美军顾问那里受过训，算是全连唯一真正接触过美国鬼子的人。可最后定的人选却是老杜和吴老兵，他预备。他以为是政审没过，后来才知道，除了政审，女人那关也没过。这是钢刀连特有的课目，遇急难险重任务挑尖刀班、敢死队，除了考虑军事政治，还考虑家庭，兄弟多的优先，结过婚有过女人的更优先。他结过婚，有优势，但汇报情况时张了几次嘴却都没说出口，眼睁睁地看着一次"表现"的大好机会让老杜从手里抢走。会后，他肠子都悔青了，比喝了松针汤还青。只有王老幺不以为然，说有啥子好悔的嘛，都是玩命的活儿，能活着回来还好，要死了是替你去死。

老杜一直是摸岗哨的最佳人选，老党员，结过婚，不要命。除此，杜、吴二人还是钢刀连摸岗哨的"专业户"。他们摸岗哨的方法叫"拔萝卜"。他们体形都矮粗壮实，像两个石墩子。尤其是一班长老杜，上身长，四肢短，喜欢坐着上政治课，不喜欢站着训练，尤其是队列训练。即便训练也最喜欢别人都最不喜欢的战术训练，在地上摸爬滚打，各种匍匐，一趴到地上，就像只身体颀长、四肢粗短的壁虎，轻巧灵活。据说因为个子矮，连里以前从不派他们去摸岗哨、抓俘虏，怕近身格斗吃亏。解放济南时，连队伤亡惨重，实在没人了，他俩上去了，上去既不与对方打斗也不纠缠，而是贴着地面猫腰靠近，趁人不备，一人抱一条腿，夹在胳肢窝里，像拔萝卜一样猛地拔起，将对方背朝黄土面朝天后仰摔倒，拖着就跑，一晚上拔回来五六个。从此抓俘虏的活儿就再也轮不到别人。这个方法也迅速在九兵团普及开来，老杜成了示范教练员到处传经送宝，各部队身材粗短的战士竞相走俏，成为英雄苗子。这些，都是老杜亲自告诉赵福生的。老杜跟他讲这些并不是为了证明自己有多勇敢，而是为了证明国民党有多窝囊，因为每次讲完他都要总结一句：俺拔的萝卜，都是你们国民党的。后来他跟老杜打架，老杜用的也是拔萝卜，把他拔倒，后脑勺着地，磕了个包。

但他们这回并没有"拔萝卜"，而是拿枪托砸后脑勺——前面的老杜一枪托把哨兵砸倒，后面的吴老兵就猫着腰上去拖。吴老兵刚抓到一条腿，黑暗中又闪出来一个兵，估计是暗哨。暗哨端起枪就拉枪栓。老杜把枪一扔，像只青蛙从地上蹿起来，张开双手向高出自己一头的暗哨扑了过去，两个人同时倒在地上，像两条纠缠在一起的蛇，在地上滚来滚去。五步开外的吴老兵则端着枪，拉开了栓，对着地上的一团黑影瞄来瞄去，瞄了几个回合也没开枪，却掉转枪口，握着枪管抡起枪托，像劈柴一样对准黑影猛劈下去。两条蛇这才停止了滚动。

老杜掀开身上的"暗哨"，却没有起身，哈着腰满地找枪，黑暗中又摇晃着走出两个美军士兵，像是前来换岗。只听到两声用英语喊出的惊叫，随即就是拉枪栓的声音。老杜从地上随手抓起一支枪，做了一个拉枪栓的动作，接着便听到了枪响。但响的不是老杜的枪。最先响的是他对面一名美军士兵的枪，接着是吴老兵的枪，接着是另一名美军士兵的枪，由单发到点射，再到扫射。老杜的枪始终没响。他和吴老兵一个后仰一个前扑，同时倒在了雪地里。和他们同时倒下的，还有一名美军士兵。

打他个狗日的！赵福生听到李四大的吼声时，他手里的卡宾枪已提前响起。紧跟着响起的是指导员钱马列的一个"慢"字。他想制止，但来不及了，一梭子子弹已经冒着火星子飞了出去，另一个美军士兵应声倒下。

刹那间，两边的枪都怒吼起来。枪林弹雨转瞬淹没了一分钟前还死一般沉静的山沟。火力主要来自美军阵地。美军重机枪喷射的火舌，贪婪地舔舐着钢刀连的阵地，积雪、石砾和树枝被抽得满地跳跃。

钢刀连的回应并不激烈。枪声稀稀落落的，抬下去烤火的枪还没抬上来，没抬下去的部分枪也没有动静，替代这些枪声响起的是焦急的骂声。

赵福生在扣下那根快要冻僵的食指时发现自己的枪冻住了。扳机压下之后，枪机纹丝未动，像浇铸在那里。他握住枪机拉了两下，子弹卡在了枪膛里。那些没响的枪都跟赵福生那支三八大盖一样，拉栓时还好端端的，拉开栓后才被冻住，第一发子弹卡在枪膛里，打不出去，退不出来，火枪转眼成了烧火棍。

赵福生抓起一块石头猛烈地敲击枪栓。

奶奶个熊，你不开枪等着干啥？李四大骂道。

卡弹了。赵福生把枪机亮给李四大看。

用手榴弹呀。命令全连，枪打不响的甩手榴弹。

赵福生扔下枪，掏出几颗手榴弹，手指僵得像耙齿，拧不动盖，用牙咬开，伸舌头尖舔出弹弦，套手指上，抓起抡了一圈胳膊，还是放下了。他没敢扔，他的关节和肌肉都木头棍子似的僵硬，他怕扔出去的手榴弹把自己炸死，炸死自己不要紧，把紧挨着自己的连长指导员炸死就罪过大了。赵福生这样想的时候，看到密麻麻的手榴弹已经从钢刀连的阵地飞了出去，但很快又扑通扑通地摔落在雪地上，像折损了羽翼的鸟雀。手榴弹的落点都很近，除了把眼前的雪地炸得坑坑洼洼，什么杀伤也没造成。还有几枚手榴弹就在阵地前爆炸，投弹的战士当场被炸断了手。

赵福生弯腰捞起三八大盖继续埋头狠砸，砸得铿锵直响，响得干扰了指导员钱马列的射击。指导员钱马列把用来怒视敌人的眼神转过来怒视着他说，你为什么不执行命令用手榴弹？你这是消极应……"战"字还没出口，指导员钱马列的话就被一声爆炸打断了。只听见"轰"地一声，指导员的脸就不见了，藏进了一股浓烟里，就像月亮躲进云层一样。赵福生感到自己也藏进了浓烟里，因为不仅是指导员，其他东西他也看不见。赵福生感觉自己被一股气浪托了起来，很快又重重地摔在了地上。等他睁开眼，发现自己看到的不是敌军阵地，而是稀稀朗朗的夜空，才知道自己是被掉在阵地前沿的手榴弹掀翻了，掀得四脚朝天。手榴弹是王老幺奋力扔出去的，正是他咬开后没扔放在掩体上那颗。因为赵福生听见了他撕心裂肺的叫喊，从裹着白布的嘴里出来，有些发闷，接着便看见他那只被炸断的手在眼前挥舞，白森森的骨头突破了血肉的包围。王老幺直着身子在战壕里舞蹈。他那条包裹了半张脸的白布在黑夜里十分显眼。李四大的骂声及时地响起：奶奶个熊，趴下！和李四大的骂声同样及时响起的是子弹穿破皮肉的声音。一颗子弹击中了王老幺，不偏不倚，从他蒙着白布的嘴进去，打后脑勺出来。白布转眼就成了红布。

看着红布从眼前落下，赵福生急忙抖了抖脸上的尘土，尝试着爬起来，却看见一束红光从天底往天上升。看清了，是三发红色的信号弹拖着长长的尾巴，从西北方向飘摇着冲上夜空，紧接着东北方向、东南方向，又各有三发红色信号弹冲上来。瞬时，满天都是信号弹，把夜空照得一片鲜红，仿佛映红天际的朝霞或者晚霞。

几乎同时，潮水般的枪炮声从西北、东北、东南一浪接一浪地掀过来，响彻长津湖的东岸。

全军的总攻打响了。

没有一分钟支援火力的炮火准备，没有自动火器的火力掩护，在严寒和饥饿中，长津湖东岸的战斗以夜袭方式正式打响。

赵福生的枪机终于砸开了，但美军的火力已经完全压制住了钢刀连。二联装高射机枪和马克沁重机枪打出的曳光弹闪着黄的绿的红的光芒，划过夜空，一排一排，一群一群，在夜空中形成狂风一样的色带，呼啸着扑向钢刀连阵地。阵地周围大片的松枝被齐刷刷地削断，打碎，稀里哗啦地从空中落下，像下雨一般。阵地里不断有露出掩体的肢体被美军的子弹击中，有的脑袋被削掉一半，有的手臂被打断。在子弹面前，人体和松枝一样脆弱和廉价。赵福生和全连一样，被压制在了掩体里，抬不起头来。

马克沁机枪依旧没有抬上来，钢刀连的九挺型号各异的轻机枪根本无法与美军的火力抗衡。最让赵福生揪心的是，孙大脖子扛着的那具马祖卡也一声未响！而吴老兵和老杜被压制在雪地上，寸步难移，已经过去了十多分钟。

钱马列说，再不弄回来，两个人都得冻死。

李四大问，谁能把那两个火力点端掉？赵福生猛然想起那具马祖卡，说，火箭筒可以。李四大大喊着孙大脖子。孙大脖子哈着腰跑过来。李四大问，你扛的那宝贝呢？孙大脖子说，在呢。李四大指着前面的两个重机枪火力点说，用那玩意儿把它们端掉。孙大脖子说了声"是"，马上又问，谁来端？

你。

俺不会使这玩意儿。

那你扛着干什么？

指导员让俺扛的，考察入党积极分子。

奶奶个熊。李四大把火箭筒抱过来，翻来覆去看了几眼，没看出什么名堂，让通信员传话下去问问，谁会用这个东西。问了一圈，见没人说话，赵福生终于艰难地把手举了起来。

我。赵福生又看了一眼那只举着的手，确认是自己的，才回答。

李四大和钱马列同时看着他。

我在那边就是使这个的。赵福生说完拿眼睛瞅指导员。

那还不赶快打等着干啥？火箭筒已经扔进了赵福生的怀里。赵福生接过火箭筒，扣开电源盒，空的，没有电池，跟李四大说，打不了。

咋打不了？

没电池。

这个东西还要电池？

这是电池发射的直瞄火器，没电池打不了。

什么样的电池？

手灯的就行。

李四大从挎包里掏出宝贝似的手电筒，拧下电池扔给赵福生。赵福生装上电池，扛上肩，对准一个火力点一扣扳机，啾的一声长响，接着，嘭的一声闷响，一个火力点就哑了。

阵地上一片欢腾。指导员钱马列支起身，刚喊了声"同志们"，另一个火力点射出的一排子弹就朝他飞了过来，擦着头皮将他重新按回战壕里。毛发烧焦的糊味随即钻入赵福生的鼻孔。

李四大说，奶奶个熊，赶紧把它也打哑了。

赵福生重新装上弹，指示灯却不亮了，电池的电量在第一次发射中全部耗尽。全连只有连队干部有手电，指导员那支早就在行军途中用光了。全连不可能再有电池。两节电池把全连刚刚打出的信心给浇灭了。

赵福生刚要把火箭筒放下，孙大脖子急急忙忙凑过来，像饿死鬼见着红烧肉一样喜形于色，说，电池是不是？俺这有。说着从挎包里翻出两个火箭弹粗的铁皮筒子，像捧祖宗灵位一样双手捧到赵福生面前。赵福生一眼认出，是那天从美军俘虏的电台里拆下的电池，曾被孙大脖子当美军的牛肉罐头用刺刀挑开尝过。这两节电池电量充足，但型号不配，安不上。

两个铁皮筒子被孙大脖子甩手扔出了阵地，飞得比手榴弹还远。

抬到山下烤火的枪械陆陆续续抬了上来。钢刀连的枪声逐渐绵密。马克沁机枪一抬上来，李四大就把手里的卡宾枪扔给了孙大脖子，亲自操起机枪向美军猛扫。仿佛商量好似的，钢刀连的马克沁一响，美军剩下的那个火力点突然就哑了，其他的枪声也跟着慢慢凋零。

在全连的火力掩护下，一排终于把吴老兵和一班长拖回了阵地，并趁机占领了几个散兵坑。吴老兵胳膊上中了弹，伤势不重，只是暂时还打不了枪。一班长老杜则被子弹打穿了，几个窟窿眼从前胸直穿后背，浑身上下除了两片嘴唇一翕一合地喘着气，只剩下两颗眼珠子还能转动。

为什么不拔萝卜？李四大冲着吴老兵大吼。

有鬼。

啥鬼？

站岗那家伙牛高马大，浑身漆黑，像夜叉，怕拔不动，班长就说干脆砸晕算求了。吴老兵捂着早已冻住的伤口，边喘着粗气边回答道。

翻译刘朝阳说，啥夜叉鬼的，那是美国的黑人。

指导员钱马列一拍大腿说，可惜了。

连长李四大说，咋？

指导员钱马列说，黑人在美国长期被剥削被压迫，好争取。

卫生员郭小堆把老杜平放在壕沟里，拿了个止血包去敷他的伤口。但那里已经没有血涌出，早冻住了。一班的战士饿狼扑食般扑上去解他的棉衣。

俺的枪栓冻住了。他说。他的声音弱得只有周围的几个人能听见。其实冻住的不只是他的枪栓，还有他的棉衣。他的棉衣被血浸透后冻成了一张厚厚的血皮子，粘在身上。几个新兵咬牙切齿，手忙脚乱，怎么也撕不开。

俺的枪栓冻住了。老杜又说了一句，然后脖子一软，头向一边歪去。大家都认为他的话是说给指导员听的，所以纷纷让开身子，使他拿枪的手呈现在指导员的面前。他的右手还抓在枪栓上，但他抓的不是枪栓，是枪身上装着的红外夜视装置。他拿的是美军的 M1 自动步枪。

赵福生认为他的话是说给自己听的。他看到他的眼珠子转到自己这边后就再也不动了。

4

揣着那张《证明》分配到虎军狼师直属营钢刀连时，赵福生猛然发觉，《证明》什么也证明不了。

到钢刀连的第一件事，是按惯例及时组织"解放兵"进行专项教育。先是"对比教育"，两支军队对比，两个社会对比。对比完，轮流发言，发言发到赵福生那里就卡住了。两个军队他实在没话可说，国军都被"共"军灭了，这还用对比吗？两个社会对比他本来有话说，因为新社会穷人分到了田地，但很快就有同乡告诉他，他的父亲赵六合也分到了六亩地。他就不想说了。赵六合这样的人不仅不能分地，还应该坐牢、枪毙！因为父亲分到了六亩地，他把想好的话咽了回去。对比教育搞完，又搞诉苦教育，让觉悟了的战士自发地上台诉苦。在王老么的带动下，一起分到钢刀连的十几个"解放兵"都诉了，有的诉地主富农残酷剥削，有的诉国军长官打骂体罚搜腰包，再没有政治水平的，也上台骂了蒋介石几句脏话。就差他了，指导员钱马列亲自靠上去动员，不再讲那些他在延安马列学院学到的理论，劈头就问，解放前就没有让你痛恨的人？

当然有！他抬起头问，诉赵六合行不？

他干过坏事吗？

他没少干坏事。没有他，我不可能一而再、再而三地去给国民党卖命当兵。我要不当兵，我娘不可能气死，我老婆就不可能守活寡……一

200

说到老娘和老婆，赵福生突然哽咽起来，继而泣不成声，抓着衣襟直往眼睛上抹。

指导员钱马列很振奋，亲自舀了满满一粗瓷大碗凉水捧到他手里，拍着他的肩膀说，赵六合这样的地主恶霸不打倒，能有我们贫下中农的活路吗？

他不是地主恶霸。

是什么人？

我父亲。

啥成分？

按政策这次划的是……贫农。

指导员就不振奋了，说，那就……算了吧，你还是别诉了。

为啥？

我怕你把好不容易划分好的阶级阵营给诉乱了。

诉苦教育之后，他被正式分配到炊事班当火头兵。炊事班长孙大脖子组织全班敲着锅碗瓢盆夹道欢迎他，并郑重其事地告诉他，炊事班是重要岗位，不是政治上特别可靠的人是进不了伙房的，否则往大锅里扔一把耗子药可不得了。说着扔过来一根烧火棍，他原来拿枪操炮的手从此捱上了烧火棍、铁铲、柴刀，原来摆弄的子弹、炮弹变成了劈柴、煤块。烧了几天火他才知道，孙大脖子手下的炊事员一个个都跟自己一样，全是从国军那边"解放"过来的。

他像回到了俘虏营。老解放带新解放，相互都知根知底，没必要遮遮掩掩，说起话来也少了弯弯绕绕。

为啥留下来当解放军，因为共产党给家里分了地？指导他劈柴的"老解放"问。"老解放"是济南战役时过来的，资格仅次于班长孙大脖子。

不，是为了……为了解放新中国，建设新中国。他宁愿喊更高调的

201

口号也不愿提分地的事。

别逗了！淮海战役过来的"二解放"笑得浑身发抖，"解放军"这道护身符可没有那么好混的，把枪一缴就到手了？远着呢。

我们都领了《革命军人家属优待证明》的。

那东西只在老家管用，在部队屎用没有。人家不认你，你革个屁的命，还是国民党一个。上海战役过来的"三解放"说。

我可没钱去送礼认门。

共产党不兴这一套。

那兴哪一套？

平时要积极，诉苦之类的……

我嘴笨。

嘴笨最好就别说，什么也别说，等着上战场一鸣惊人。

炊事班哪有仗打？

有。听说莱芜战役的时候，一个营部文书带着两名炊事员给阵地送饭回来，用一支冲锋枪和一根扁担就抓了一百多个俘虏。现在文书当上了副教导员，两个炊事员都入了党，还当上了战斗排的排长。

你们入党了吗？

没有，过来之后还没上过战场，都在后方做饭。

于是他在炊事班边烧火边盼着上战场。

可就在部队开赴战场前几天，兄弟连队出了一个逃兵。那伙计不知道从哪儿打听到要去朝鲜打美国佬的消息，连夜就溜了，畏战逃跑，天还没亮就抓回来了。抓回稍一审，再稍一查，问题就出来一大堆：国军起义过来的，思想基础本身就差；逃跑前就在连队公开讲美军强大，造成恶劣影响，平时早有征兆，但连队干部和战友却麻木不仁，不敏感，不警惕……公审警示大会在"砰"的一声枪响结束之后，各级立即敏感起来，警惕起来。散会回到连里，思想薄弱的新同志赵福生就成了思想牢固的老同志老杜的"互助"对象。按惯例赵福生的互助对象不应该是老杜，而是炊事班长孙大脖子，但孙大脖子不是党员，就换成了以阶级立场坚定闻名全连的党员老杜。老杜并不是穷人出身，家里有钱有地有商铺，还有一个白白胖胖的媳妇，媳妇还给他生了一对白白胖胖的龙凤胎。龙凤胎满周岁那年，家乡潍县搞"土改"，县里的大户人家都躲了起来，说是"跑反"。没跑的，被迫交出了地。宁死不交地的，被枪毙了。老杜一家没跑反，也没枪毙，父亲杜大善人主动交出了地，烧了地契，免了拖欠的租子。为此，县里的工作队敲锣打鼓，在他们家门口挂了一块"开明绅士"的金字牌匾。牌匾挂了没几天，跑反的回来了，名号叫"还乡团"。"还乡团"四处抓共产党，抓完共产党顺便把他一家也抓了起来，定了个"通共"的罪名，把一家老小吊在树上烧，白白胖胖的媳妇和龙凤胎烧成了三堆黑焦糊糊。老杜侥幸逃生，参加了共产党的队伍——就为了打国民党。老杜恨国民党恨得牙根痒痒，战场上打起国民党来也不要命。据说要不是因为脾气暴躁，屡犯虐待俘虏的错误，早当上连级干部了。他听说赵福生前后当过五六年的国民党，他对赵福生的称呼就变成了"国民党"，在赵福生面前骂国民党也不再是"狗日的国民党"，而是"你们国民党"。

你们国民党是不是罪大恶极，天理不容？

是不是看着全国要解放了，才蒙混过来摘果子？

俺敢打赌你们一上战场就跑没影，一听枪响就投降，投降投习惯了嘛。不过放心，只要俺在你就跑不了，到时候老子把你夹胳肢窝里往前冲。

……

有一天晚上，老杜不知在哪喝了点酒，就这样一句接一句地冲着他咆哮。开始，他一声未吭，像木头一样站在那里接受他的批评教育。直到他把最关键的那句说出口：你爹是不是靠着你那《证明》变成了革命

203

军属，在村里作威作福？

你放狗屁！他捏起了两只拳头。

你……老杜先是一愣，接着便是一句脏话，你个杂种，还敢顶撞！

他毫不犹像地冲了上去，但还没够着，就感觉自己的身体已经悬空了，身材比他矮一截的老杜就势往下一蹲，双手一抱，搂着他的两条腿将他掀了起来。他像一棵被砍倒的大树，直直地往后摔去。

那一架的结果，赵福生除了后脑勺上磕出一个鸡蛋大的包，还因为顶撞骨干、抵触思想改造又被关了一天的禁闭。老杜则因为工作方法简单粗暴受到点名批评，在全连军人大会上做检查。

从禁闭室出来，赵福生的互助对象就"升级"成了指导员钱马列。和他一起"升级"的还有王老幺——他因为太过积极，有事没事就跑连部汇报思想，引起了全连上下的高度警惕，最终成了连长李四大的互助对象。

同时升级的还有他对战场的渴盼，不光是上战场，还要到一线真刀真枪地干。他当然知道真刀真枪要流血要死人，但仗仅他才有机会立功，立了功才有机会入党，入了党他就彻底跟国民党划清界限了，不仅在部队再没人敢叫他国民党，就是以后退伍回家，和老婆玉秀过日子，也能挺直了腰杆踏踏实实地过——只要这天下还是共产党的。

现在，他盼望的战斗打响了，要把他夹在胳肢窝里冲锋的老杜却死了，用王老幺的话说，是替自己死的。他一颗子弹也没打出去，打出去一发火箭弹，却差点救了老杜的命。

5

枪声是在钱马列把老杜放下时停下来的。两边的枪声都停了。整个内洞崎的枪声都停了，只有五公里外的新兴里还在猛烈地交火。近处的

204

声音，只剩下美军电台发出的电流声，吱吱啦啦的，像油炸豆腐。

美军密集的火力只维持了半个多小时。

营部通信员又跑过来了。相比前几次，他脸上的阴霾终于散尽。他是孤军深入的钢刀连和营部之间唯一的一条联络线。在赵福生印象中，整个晚上他都在跑，像兔子一样在山林雪原里跑。光开战前他就光临过钢刀连阵地两次，两次都阴沉着脸——他带来的敌情不明的通报气得李四大当场骂娘。这次他传来的是兄弟部队的消息，内洞峙各分队已歼灭美军共计一百多人。

消息令全连为之一振，李四大则以为听错了，像鱼一样鼓着眼睛问，多少？

一百多人。

这就打完了？李四大满脸愕然和狐疑地看着通信员，却更像是在问自己。战前上级通报的敌情，长津湖东岸的美军极有可能是一个营的兵力，其中新兴里三个连，剩下的一个连在内洞峙。正是基于此判断，军指挥所做出了在新兴里和内洞峙分别部署三个团和一个团兵力的决策。

而美军的一个连，也就一百多人。

指导员钱马列说，应该是全部消灭了，一个连的兵力哪能经得起我军一个团的围攻？

阵地上响起一波有节制的欢呼，几个入党积极分子甚至领喊了几声"打倒美帝纸老虎"的口号，但很快便沉寂下来，各自忙着包扎伤口、清查弹药，准备下一阶段的行动去了。歼灭美军一百多人，意味着内洞峙的战斗已基本结束，更意味着钢刀连第二阶段的行动已经开始。钢刀连是负责边打边侦察，迅速摸清敌情的"补丁连"，第二阶段的行动就是乘胜攻击，楔入敌纵深：如果上级的情况准确，就迅速清剿残敌，打扫战场；如果情况不准，就把情况摸准。除此，还有一项极为紧迫的任务，收缴美军的牛肉罐头和防寒衣物，以解部队燃眉之急。

阵地上一片紧张地忙碌，到处是粗重的喘气声和低微的呻吟。清点完弹药，赵福生钻到一棵油松下撒尿。裆里的破皮烂肉和棉裤粘在了一起，他像剥柚子一样把它们剥离开。尿柱子成功倾泻的一刹那，他看见两片鸡蛋大的亮光在黑夜里闪了两下，紧接着便听见一个柔软绵长的声音鹤立鸡群：连长，我倒觉得有些蹊跷。

是翻译刘朝阳。刘朝阳已经把眼镜重新戴上了，头一伸出掩体就有光亮。

翻译官，是不是又尿裤子了？刘朝阳像一块吸铁石，一现身就吸引了老兵们的口舌。

没有没有，这回绝对没有。刘朝阳低头看了一眼裤裆后，很自信地回答，我只是觉得有些蹊跷。

是不是想起什么情报来了？指导员钱马列问。

没有，我记那个俘虏说，他们的电台很厉害，可以隔着老远调动部队。

李四大一抬屁股说，你的意思是说，他们停止开火，可能是在调动部队反攻？

刘朝阳忙摆着手说，打仗的事我可不晓得，我听到电台声就想起这句话了。

现在说这个有个屁用。李四大瞪了他一眼，瞪得他把头重新埋进了掩体里。两片光亮一闪，隐遁了。

刘朝阳并不是钢刀连的人。他是师里的英文翻译，是九兵团临战前从上海、苏南招收的几个青年在读大学生之一。部队来学校招志愿军前，他还是大学外语系的高才生，说话喜欢引经据典，经典不分古今中外，以显示专业优势。还喜欢在医学系的实验楼下邂逅同乡吴旻昊。邂逅多了吴旻昊问，有事吗？他回答，你在桥上看风景，看风景的人在楼上看你。吴旻昊说，看什么风景，我在实验室看解剖尸体。后来外面打

206

仗，同窗都各选阵营投奔而去，他独自留在宿舍，趴桌上给吴旻昊写信：苟全性命于乱世，不求闻达于诸侯；并和盘托出自己的人生规划：绝不参与政治，大学毕业就在上海谋份工作，娶妻生子；如果国内再打仗谋不到工作，他就去国外谋生，反正自己学的是外语。吴旻昊没回信，他又写"非淡泊无以明志，非宁静无以致远"，希望吴旻昊与自己一起"宁静淡泊"。再后来上海解放，吴旻昊也走了，"投"了解放军，他就再也淡泊不了，宁静不住了，跟着参了军。当时他认为全国都基本解放了，即便参军也不大可能去打仗，即便打仗也不大可能轮到自己上前线。没想到入伍不到一年就打仗了，而且是跟说英语的美国人打。更没想到的是，吴旻昊也上前线。那时他本来在兵团部当翻译，部队开拔前主动要求下到师里，因为吴旻昊在师医院。开战在即，翻译是稀缺人才，师以下更缺，各级都舍不得放。他就挺着板鸭一样干瘪的胸脯找到负责的首长表决心说，我要为祖国的荣誉到最前线去接受战火洗礼。首长欣慰地点头，说看来我军的政治教育的确是点石成金啊。欣然同意了。部队到达新义州后，正好撞上美军的空袭，一座灯火通明的城市转眼之间就成了一堆废墟。他第一次见识到真正的战场，一里地外的一颗炸弹就尿了裤子，第二颗炸弹就钻进了地道，再也不出来，谁喊也不出。师机关的领导亲自过来做工作，蹲在地道口向他喊话，刘朝阳同志，你当年不是说要为祖国争荣誉吗，怎么退缩了？刘朝阳在地道里缩成一团说，首长，我不要荣誉了，还是要生命，生命诚可贵。领导的脸都气青了。无计可施之际，有人想到他和吴旻昊的关系，于是从师医院叫来吴旻昊。吴旻昊站在防空洞前说了一句"刘朝阳你个缩头乌龟"，刘朝阳就带着一身的土钻了出来。吴旻昊问，你不是说生命更重要吗。刘朝阳若无其事地拍打着身上的灰说，生命诚可贵，但爱情价更高。

那次以后，刘朝阳就从师机关下放到了师直属的钢刀连。师领导跟连里交代，一来接受锻炼，二来你们打头阵，最先碰到美国鬼子，抓了俘虏正好让他就地审讯。

刘朝阳跟着钢刀连十来天，一起行军，一起宿营，一起防空袭，一路上除了丢人现眼就是拉稀拖后腿，经常把连长李四大气得七窍生烟。但真正让李四大七窍生烟的却是那回审俘虏。

那是全师第一个俘虏，孙大脖子去筹粮时抓回来的。筹粮的押个俘虏回来，全连上下比筹到粮食还兴奋。李四大满以为能从俘虏那里搞到准确敌情，能向师里交差了。刘朝阳也以为自己能派上用场，从而结束"锻炼"，回到师机关。谁知审了半天，连当前之敌的番号也没问出来。原因除了俘虏嘴硬，死活不开口，最主要的还是刘朝阳虽然懂英语，但却不懂军语，只隐隐约约地知道，长津湖东岸的美军是两个番号的部队，原来的陆战一师和现在驻扎的师已经换防。审来审去，一个师审成了两个师。两个只有几十户人家的山村，能挤得下两个师？李四大听到审讯结果气得炸肺，除了骂刘朝阳废物，只能把俘虏往师里送。后来听说师里也没审什么名堂来，又送到了军里。

因为刘朝阳，敌情越搞越糊涂。俘虏的事，也从钢刀连的荣耀最终成了钢刀连头顶的疮，就像赵福生的阴囊炎一样，不提只是痛，一提还丢人。而刘朝阳，也最终沦为钢刀连官兵茶余饭后的笑料。

低姿匍匐前进。李四大终于下达了进攻的命令。全连立即按编制序列成战斗队形向美军阵地快速摸进。

打头的一排在火力的掩护下很快消失在了夜幕里，但很快又出现在了众人视线里。几筒耀眼的光线突然射出，几盏探照灯把美军的阵地前沿照得亮如白昼，从地上升腾的硝烟和微尘在光柱里跳舞，已摸到铁丝网前的一排战士纤毫毕现。探照灯亮起的一刹那，赵福生也终于看清了，隐蔽在帐篷后面的不是老百姓的房子，而是坦克，方方正正的十几辆坦克炮口朝外拱成一圈，在阵地外构筑了一道铁打的防线。钢刀连射出的子弹都打在了坦克上，与装甲撞击得叮当直响，火星四溅，像骤雨打在芭蕉叶上。赵福生看清楚这些的时候，美军的枪已经响了起来，是从坦克里伸出的机枪，所有的子弹都是从坦克里射出。子弹像闪电一样抽在阵地前沿那些被灯光照得雪亮的身影上。"身影"们像光柱里的微尘一样跳跃着倒下，无一幸免。赵福生第一次这么清晰地看到这么多人在这么短的时间内一个个死去。

美军的反攻开始了。战斗不是刚刚结束，而是刚刚开始。

李四大刚要命令部队后撤，冲锋号却不偏不倚地响了起来，是上级的。几乎毫不犹豫，上级的号声一响，连队的司号员就从战壕里跳了出来。但他的号却始终没有出声。他刚把军号堵到嘴上，一梭子弹就打中了他的肚子，青色的肠子从棉衣里流出来。他用那只叉腰的手把肠子塞回肚里，张开巴掌捂着，再运气，号声还是没响，连人带号栽倒在地。卫生员郭小堆爬过去，伸出手指往他的鼻孔下一摸，从他怀里抽出了军号。

又一个班在探照灯的照耀下集体倒在了铁丝网前。这个班企图在靠近美军阵地后用手榴弹摧毁对方的火力点，但扔出的第一波手榴弹都落在了坦克上，有的滚落在地，有的就在装甲外壳上爆炸，敲洋铁片似的乒乒乓乓一阵爆响，坦克依旧是坦克。在他们扔第二波手榴弹时，探照灯再次及时地亮起，坦克里伸出的机枪更加疯狂。

美军火力的密度远远超过了一个小时前，各种颜色的子弹像蝗虫一样在铁丝网前跳跃，交织成一张绵密的火力网，所有企图穿越它的生命都在触碰到它的一刹那被无情摧毁。听着狂风一样呼啸的子弹声，孙大脖子说，怎么越打越多？老子敢打保票，绝对不止一个连！

刘朝阳从掩体里抬出半个脑袋说，我也觉得蹊跷。李四大一巴掌把他的脑袋摁回掩体，骂道，说这些有个屁用。话音未落，就听见轰隆一声巨响，阵地震颤了一下，一团焰火在阵地中央砰然炸开，像被踢翻了的太上老君的炼丹炉。

美军的炮击开始了。

6

天亮的时候，赵福生终于见到了长津湖——它就在钢刀连阵地的西面，一个巨大的冰坨子，在晨光中泛着寒光，像一块被人遗弃在荒山野岭中的毛玻璃。这让他很失望。第一次听到这三个字的时候，他曾有过无限幻想：那是个有山有水的地方，至少跟中国江浙一带的西湖、太湖和千岛湖一样，是人间仙境。后来在指导员密集的形势教育中，他知道了它不是仙境，甚至不是人间，是阴曹地府，冬天的平均气温接近零下三十度。零下三十度能冷成什么样，南蛮子赵福生胀破了脑壳也想象不出来，但他记住了一个叫死鹰岭的地方，连老鹰都飞不上去，即使飞上去了翅膀也冻僵了，像中弹的美军飞机一样打着转往下摔。现在，死鹰岭是兄弟部队的作战地域，在湖的西岸。

看到长津湖，赵福生才判断出自己以及钢刀连所处的具体位置——他们已经从内洞峙西北的战斗出发线绕过内洞峙，穿插到了这个村子的东南。判断出自己的方位，赵福生很快就明白了李四大为什么会不惜一切代价死守眼前这个阵地。阵地下的公路，是内洞峙通往新兴里唯一的通道，也是内洞峙美军唯一的退路。如果把被九兵团分割包围在长津湖地区的四股美军比作是四个口袋，那么他们钢刀连守着的这个地方不仅是一个袋口，而且是两个口袋之间唯一的口子。这个口子守不住，两个小口袋就会汇聚成一个大口袋，而一旦汇聚成功，就不再是一个简单的兵力叠加问题，形势会变得严峻十几倍。想到了这一点，赵福生也就想通了为什么军里师里要在部署一个团的基础上，再命令钢刀连孤军深入，穿插到这个地方。

内洞峙的战斗在凌晨五点左右就基本停止了。到天亮前剩下的时间都在僵持中度过，双方都没有再向前推进一厘米。

钢刀连的一百四十多人伤亡过半，剩下不到两个排的兵力。

鲜血和硝烟，将冰雪封盖的阵地染成了黑红色。遍地都是尸体，基本上都是志愿军的。美军的尸体是什么时候被人偷走的，没人知道。指导员钱马列组织了十几个手脚健全的，把附近的几具尸体挪到一起，把那些被炸碎的肢体按人体形状拼在一起，不管原先是属于谁的，先拼上再说，拼好一个，剩下的再拼另一个。离阵地稍微远一些的，只能等到战斗结束才能顾得过来了。孙大脖子跟在指导员一行人的后面，在码放好的尸体上摸索着。他负责搜集尸体身上的子弹和干粮，李四大交代给他的任务。他一左一右挎着两个帆布挎包，一个装干粮，一个装子弹，挨具尸体、挨个口袋地摸过去。赵福生抱着从地上捡来的一大捧松枝，跟在孙大脖子后面，挨个把躺在地上的那些脸盖住。盖到一班长老杜时，他发现他的眼睛还睁着，直勾勾地盯着自己，像庙里的金刚。他急忙朝他脸上扔了一把松枝，转身就走，但只迈出去两步两条腿便僵住了，身后那双眼睛像两只钩子，死死地勾住了他。他回过身去，俯身拨开松枝，试着用手把那两只"钩子"合上，但无济于事，眼皮冻住了，手摸上去就像摸在砖头瓦砾上。

孙大脖子搜到的各类子弹有满满一大挎包，搜到的干粮只有三颗土豆，是从王老幺身上搜到的。他的后脑勺没了，嘴大得出奇。孙大脖子把其中的一颗土豆塞进了王老幺的嘴里，使他的嘴看起来不再那么空洞。

不能让他做个饿死鬼。孙大脖子说。

刘朝阳似乎被后半夜那几发炮弹震晕了，震聋了，震傻了，像木头似的坐在阵地里看着满地的尸体，抱着一把三八大盖瑟瑟发抖，不管谁叫都一动不动。除了一块眼镜片被震裂，他毫发未伤。对方火力稍一猛烈，李四大就及时把他压在身下。指导员钱马列想把他叫醒，连长李四大说，让他愣会吧，一晚上没尿裤子已经是个巨大的进步了。直到孙大脖子冲着他喊了声"吴军医来了"，他才缓过神来，一阵东张西望，以为上当受骗，却果真看到军医吴旻昊跟着担架连上了阵地。他们几乎不是来抬伤员，而是来给钢刀连收尸。需要抬下去的伤员远没有尸体多。伤员不能及时抬下去，用不了多久就冻成了尸体。一班负伤的吴老兵就是这样冻死的。

刘朝阳把自己从头到脚拍打了一遍，扛上那支没怎么开过火的三八大盖迎上去，向吴旻昊讲述美军炮弹就在脚边爆炸，他依旧临危不惧的惊险过程。吴旻昊头也不抬，两只手像机器一样地在伤员身上忙活着，并不时地用简洁有力的口令打断刘朝阳的"事迹汇报"。

剪刀！

刘朝阳便从药箱里翻出剪刀递上。吴旻昊用它剪开伤员身上那些已经被冻成血皮子的衣服。

石头！

刘朝阳便用工兵锹从火堆里铲出一块饭盒大的石头。担架连在树下挖了无烟灶，生了火，专门用来烧石头。

布！刘朝阳便用纱布把滚烫的石头裹了，当热水袋往伤员的棉衣下垫。这是保证伤员不被冻死的唯一有效办法。

看到刘朝阳和吴旻昊凑在一起"剪刀石头布"，赵福生便远远地站下了。本来他是下定了决心去找吴旻昊求医的，经过后半段的运动战，他的病情又加重了，好不容易剥离的皮肉又和裤子粘连在了一起。他直后悔上次在师医院的草率决定。

那是三天前，他的情况还不是很惨烈，刚刚破了点皮，他跟着全连的病号去师医院。刚排上队，他踮着脚跟往前望了一眼，就从队伍里退出来了。前面坐诊的是吴军医。吴军医是女的。让一个女的看口腔溃疡、夜盲症、冻伤都可以，脱了裤子让她看那个地方，他拉不下这个脸皮，不仅拉不下这个脸皮让她看，连在她面前提到那个地方都觉得难以启齿。何况吴军医还是刘朝阳的恋人。恋人，他理解就是未过门的老婆，就像老婆玉秀未过门之前的身份——没过门也是他的人。让吴军医看自己那个地方，就相当于让玉秀在洞房之前看别的男人的这个地方……他不敢想，别说洞房之前，洞房之后也不行，就是他死了也不行。

所以那次从医院回来，连队就把他也划入了口腔溃疡的行列，并且严格按照师后勤部和师医院的指示，强行给他灌了几天的松针汤，把他灌得翻江倒海，呕得昏天暗地。喝完呕完，他的溃烂不仅没好，反面更加严重了，严重到他不惜撕破脸皮去找吴军医治疗的程度。

而现在，他好不容易痛下的决心又让刘朝阳动摇了。当着刘朝阳的面跟吴军医说这种事，他宁愿继续忍着。

他找了个离他们不远不近的地方蹲下，像猎食动物一样寻觅着最佳时机。

他们的"剪刀石头布"终于"剪"完了。刘朝阳也显示出要与吴军医依依惜别的态势。赵福生站起身，像避防火力一样迂回着向吴旻昊靠近。这是他最后的机会。

哪里受伤了？见他过来，吴旻昊及时地从依依惜别中转移出来，老远就开始招呼。

他是口腔溃疡，对吧老赵。刘朝阳也开始转移。

啊，不。他吭了两声，大段的话就咽在了嗓子眼，没出来。他看见连长李四大和指导员钱马列突然出现在跟前，说话的难度顿时提高了好几个等级。

两位连首长脸上洋溢着整齐划一的笑容，像是来参加婚礼。相互对视一眼后，指导员钱马列说，刘朝阳同志，我们是正式通知你，根据上级的指示精神，经连队党支部的研究决定，你已经顺利完成下连锻炼和审讯俘虏的任务，可以跟随担架连回师指挥所了。

213

气氛很严肃，规格很隆重。刘朝阳措手不及，看着吴旻昊说，这固然是好，可我还没审出……

完成了，李四大及时打断他，你已经出色地完成了俘虏审讯任务。

我听说打了一夜，咱们还没搞清在跟谁打？吴旻昊问。

李四大一下愣住，刘朝阳脸红到耳朵根，钱马列尴尬地笑笑，说，军医同志，你放心，再打一夜就搞清了。正因为这样，接下来的战斗将非常非常激烈，一线阵地很难很难保证刘翻译的安全。

谁要你们保证了？刘朝阳说，感觉我连累了你们似的，你们要这么说我偏不走。说着，扭头就往阵地走。

奶奶个熊！李四大轻声骂道，转眼突然看见一边的赵福生，问，你在这干什么？

口腔溃疡。他答。

回去喝松针汤！

7

天正式亮了起来。钢刀连剩余人员全部收缩回阵地。上面的作战决心依旧未变：白天停止进攻，守住既占阵地，天黑之后全力以赴，全歼残敌。

白天停止进攻并不等于白天就没有战事，可以调整休息，养精蓄锐，只是不主动出击。

白天是美军的进攻时间。美军正式的反扑在天亮之后才刚刚开始。

飞机登场了。赵福生不是第一次见到美军的飞机，入朝后八个昼夜、二百多公里的行军，美军的空中侦察和空袭从未间断过，但都是盲目轰炸，误打误撞，美军始终没有发现他们的准确行踪。现在不一样了，一夜的激战，一切都已经暴露无遗，美军的飞机也立即显示出了世界一流的战术素养。

第一批飞机飞过来了，肥头大耳的，飞得又高又慢，在天上不停地转圈。钢刀连进入防空状态。但飞机扔下的不是炸弹，而是降落伞，伞下吊着一个巨大的四四方方的包袱，飘飘悠悠的，有些落在了美军阵地，有的落在了志愿军阵地，有的落在了两军阵地之间。大包袱落下之后并没有爆炸，也不可能爆炸，那是美军空投的物资。参加过解放战争的都见过，当年国民党就是这样给被围困的守军空投物资的。落到钢刀连阵地上的一个大包袱当场就被孙大脖子用刺刀挑开了，露出一堆写着英文的铁盒子，跟美军哨兵放在酒精炉子上烤的铁盒子一模一样，让刘朝阳把盒子上的英文一一翻译出来，果然都是罐头，而且不仅仅是牛肉罐头，还有西红柿罐头、胡萝卜罐头和鸡蛋粉。

第一次听说蔬菜类的罐头，孙大脖子觉得不可思议，说，看来美国佬的油水也强不到哪儿去，也得荤素搭配着维持。刘朝阳说，这叫营养均衡。孙大脖子说，均衡个屁，没钱就没钱，非得打肿脸充胖子。

孙大脖子嘴上这样说，但两颗眼珠子却从没离开过那个大包袱。不仅是孙大脖子，全连的眼珠子都被那一包罐头牢牢地吸引住了，想挪都挪不开。两天两夜，除了那三颗土豆，谁也没再进过任何干货，只有晃晃荡荡的雪水在肚子里惊涛拍岸，撞击出饥饿的鸣叫。但谁也不敢动手。李四大不让吃，因为谁也不能保证罐头里没毒。美军空投给志愿军的东西都有毒，钢刀连在这方面吃过他们的苦头。那是部队刚入朝时，他们空投了大量的传单。这些传单被志愿军捡到之后都按要求上交，统统送到了各连炊事班当引火纸。但时任钢刀连事班长的孙大脖子并没有全部拿去引火，他觉得这么好的纸烧了可惜，便私藏一部分，用来擦屁股，卷纸烟抽。班里的战士也跟着搞特殊，享受美国生产的手纸、烟纸。结果用过之后，擦屁股的屁股肿，卷烟抽的嘴巴肿。一时间，钢刀连炊事班几乎个个都肿成了猪八戒，而班长孙大脖子两头都像贴了封

215

条，进出不能，一个班差点瘫痪。吴旻昊带着师医疗队到连里好一阵忙活才把"两头"的事态平息下去。

那次只有赵福生安然无恙，他不抽烟，也不用手纸，他习惯用石头和树棍。

吃不吃罐头、怎么吃成了钢刀连上下急需解决的问题。吃，这些罐头有可能成为钢刀连的救命粮，至少能让全连在阵地上挨到天黑以后，等来新的补给；当然也有可能全连被毒死。不吃，全连很有可能在天黑前连扣扳机的力气都没有。经过几个干部集体讨论研究，最后决定由一个人先尝，如果没毒，再分发给全连吃。方案一公布，孙大脖子立即忘了屁股和嘴巴上的痛苦，第一个站出来表示愿意先尝，说宁当撑死鬼，不当饿死神。

李四大说，那也不能老让你一个人做奉献。

孙大脖子就不再出声。钱马列马上提出，作为党支部书记，应该自己先尝。几个干部争论起来，又是按职务、年龄，又是按军龄、党龄地论资排辈。排到最后，也没排出个你高我低。李四大被排恼了，又拿女人这一关出来压场子，说，别扯淡了，还是老规矩，娶过媳妇的先尝，否则见阎王爷都不够资格。

竟然再没人反对，尽管都知道连里娶过媳妇的只有李四大和一班长老杜，而且老杜已经死了。原先嚷嚷得最凶的都闭了嘴，原先一声未吭的刘朝阳从人堆里钻了出来，凑到李四大跟前问，恋人算不算媳妇？

圆房了没有？李四大问。

没有。

那，要看你们恋到什么程度了，是拉手呢，亲嘴呢，还是……

没有没有，刘朝阳急忙摇双手，把李四大的话以及即将暴发的一场哄笑紧急摇停，说，我们什么都没有，你们都看见了，我们是纯洁的恋人关系。

216

指导员钱马列严肃地批评他，明知道恋人不是媳妇，你添什么乱？

可他们都说是媳妇。我要不正本清源、拨乱反正，以后在连里还有什么威信？

几个老兵笑得前仰后合。赵福生心肝脾肺齐颤。他知道北方的媳妇就是南方人的老婆。他有，他娶过，但他却连刘朝阳都不如。他连她的模样都没记住。他禁不住又一次想到那个梦。他一直不明白梦里的她为何总是被那方盖头挡着，从不让他看到那张白嫩的脸，哪怕一次。那张脸梦里梦外他只见过一次，还是隔河相望。那时他的梦里还没有女人的位置。他们是娃娃亲，父母之命、媒妁之言，洞房之前不能私下会面。那年夏天，烈日焦灼，河水丰满，他和伙伴们在河边泅水，突然有人指着河那边青石板上洗衣服的妹仔说，阿福哥，你老婆！众人哄笑中他偷偷朝河那边望了一眼，青石板上的那张脸像镶在银河里的满月，乍一看，明亮亮的近在眼前，细一瞧，却朦胧胧不甚清晰。那次之后，玉秀才成为他心目中真正的老婆和心里的牵挂。为了这份牵挂，他冒死逃离军队，不远千里一路忍饥挨冻乞讨回家，随后花烛洞房，如愿以偿，但一切都在他还没来得及掀开那方盖头时提前结束……

砰的一声，赵福生眼前的盖头变成了罐头，被李四大打开了，呈现眼前的是鲜红的牛肉，散发出夺目的光彩。李四大抓起牛肉正准备往嘴里送，赵福生跟着咽了几下口水，突然说道，我讨老婆了。说完他发现包括连长李四大和指导员钱马列在内的所有人的眼睛都贴到了自己身上。

李四大手里抓着一块牛肉停在半空中，问，娃娃亲吧？

嗯。

没圆房吧？

圆了。

怎么不及时报告！指导员钱马列面露愠色，现在才说，到底是想吃罐头还是为大家试毒?

都想,我……他"我"了半天说出一句很制式的话,我服从组织安排。

想吃罐头或者想表现一下可以理解,但欺骗组织不行。李四大用比支委会发言还正式的腔调说,你说说洞房进攻战斗是怎么个打法?从关上门掀开盖头开始,先攻哪儿,后攻哪儿……

咳咳咳……指导员钱马列一阵冲锋号般剧烈的干咳,咳得跟真咳似的。这是他长期坚持的成果,就像别人对他的称呼。延安马列学院毕业的指导员钱马列真名并不叫钱马列,但认识的人都这么叫他,叫到最后可能连他自己都忘了真名叫什么。分到九兵团之前,他还没有接触过野战军,任钢刀连指导员之前他还没上过战场。从当文化教员跟"识字班"打交道开始,他发现自己脏话的基础比较薄弱,这几乎影响到了教学的效果,便发明了取代脏话的干咳。久而久之,干咳又衍生出许多的品种,就像千变万化的军号一样,有的表示同意,有的表示反对,有的表示赞扬,有的表示批评。

而这种冲锋号似的干咳却是首次使用。

赵福生被咽住了,像一只吃撑了的鹅一样梗着脖子,呆愣在那里。他没想到李四大会问得这么绝。他的洞房在盖头还未揭开时就结束了。李四大不等他回答已经把手里的牛肉扔进了嘴里。

李四大有媳妇全连都知道。李四大因为和媳妇睡觉被撤职却只有孙大脖子和赵福生知道。李四大的媳妇是参军前娶的。李四大是四代单传,爹早就没了,娘听说他要参军,紧赶慢赶赶在入伍前给他说了个媳妇,拜堂成亲。新婚没几天,窗户上的大红喜字还没褪色,李四大就随部队出发了,从此一别三年,从山东一直打到上海,再没见过媳妇的面。部队十月份接到北上山东泰安驻训的命令时,土生土长的泰安人李四大曾经有过回家见娘和媳妇的念头,但部队抵达泰安之后他就彻底断

218

了这份念想。部队开拔在即，局势越来越紧张，一天一个变化，自己又刚刚提拔为连长，即便组织批准，他也没这个心思。李四大没个心思，但李四大的老娘有这个心思。儿子参军走后，儿媳妇的肚子没有动静，老太太就着急了。她觉悟不高，但知道儿子已经是公家的人，要让公家的人从公事中抽出身，回家跟私家的儿媳妇睡个觉，不是一件容易的事。老太太从此就上了火，眼泡肿胀，耳鸣眼花，见了身材高大的男子，都以为是儿子李四大。所以，当她听说儿子当年参加的那支队伍回到了泰安，心火顿时消了一半，挎了积攒了两个月的一竹篮子鸡蛋加入了拥军的队伍。老太太挎鸡蛋只用了一只胳膊，她的另一只胳膊，挽着的是儿媳妇。拥军是真心实意的，找儿子也是真心实意的。婆媳俩每到一个部队，见着穿军装的就往手里塞上两个鸡蛋，然后打听儿子李四大的下落。李四大是华东的一级人民英雄，老太太没花费多少鸡蛋就打听到了儿子所在的部队，一路找到钢刀连炊事班的时候，篮子里的鸡蛋还剩大半。老太太把剩下的大半篮子鸡蛋都交给了钢刀连炊事班长孙大脖子，说，同志，把李四大给俺叫过来。孙大脖子看了看鸡蛋，又看了看眼前的老太太说，你是俺们连长的什么人？老太太说，俺是他娘，亲娘。孙大脖子抱着一篮子鸡蛋乐得屁颠屁颠的。他没想到给连长的娘叫一下连长就能赚一篮子鸡蛋。

　　就这样，老太太用一篮子鸡蛋让儿子儿媳妇见上了面。见了面，一家三口在临时租住的民房里头碰头地吃了一顿玉米糊糊加烙饼卷大葱。吃完李四大就要走，娘突然挡在门前不让走。李四大说，娘，儿子现在是连长，要回去盯部队。娘说，就一晚上，少你一个不成？李四大说，娘，部队马上要打仗，耽误不得。娘说，就是要打仗了娘才来找你。你当兵打仗，天经地义，娘不阻挠你，可天大的事也没有传宗接代重要，李家四代单传，总得有个后，否则娘到了那头怎么跟你爹和列祖列宗交代？李四大说，娘，你现在咋这个觉悟？李四大说完这话就后悔了，他看到到娘砰的一声给他跪下了。

娘哪个觉悟？没有子孙后代，往后谁来给国家打仗？

李四大也砰的一声给娘跪下了。一旁的媳妇看着跪在地上的娘儿俩，脸色煞白，手忙脚乱，不知如何是好。

那一晚，李四大没回连队，但他回了一趟营部，向教导员请假。李四大不敢不向教导员请假。狼师比教导员官大的多得是，但李四大单怕教导员。教导员是李四大的新兵班长，钢刀连的前任指导员，还是钢刀连两名华东一级人民英雄之一（另一个便是李四大）。正是他把李四大从一个听了枪声就尿裤子的庄稼汉拾掇成了共产党军队的连长、华东一级英雄。李四大敢迎着四把刺刀上墙头，但一见教导员手心里就直冒汗。李四大手心里冒着汗把前前后后都做了汇报，汇报到关键的问题，打了个比方说，娘怕家里的地撂荒，要俺播种。教导员一听说是播种，先说是大事，接着又为难起来，披着外套背着手在屋里走了好几个来回才说，非常时期不能请假，我也没权批假。见李四大哭丧着脸要往回撤，又说，但是，我保证今晚不点名，更不查干部在位情况。李四大擦着手心里的汗离开了营部。身后传来教导员骂声，这个李四大，头大手大命大，还他妈屌大！天不怕地不怕，就怕女人！那一晚，营里果真没有点名，也没有查干部在位情况。但那晚团里开了个会，规模不大不小，级别不高不低，所有连以上干部参加。第二天，团里就宣布了李四大的撤职决定。

8

全连都随着李四大腮帮子的起伏直咽口水。赵福生没有咽口水，他看见飞机又来了。这次不是肥头大耳的，是蚊子一样瘦小的两架，一前一后，嗡的一声就出现在山头上。赵福生喊了一声，他自己都不知道喊的什么，但全连肯定都听见了。因为他喊完全连就卧倒了。阵地上没有卧倒的只有那个装满罐头的大包袱，依旧披着色彩鲜艳的包袱皮昂首挺立在那里。带头的那只蚊子对着它扫了一阵机枪，留了几十个枪眼，扭头就走。后面那架跟上来，像拉屎一样从屁股底下拉出两颗炸弹，晃晃悠悠地走了。炸弹摇摇晃晃落下来，直奔着包袱砸下。两声爆炸之后，包袱皮和被它裹着的牛肉罐头、西红柿罐头、胡萝卜罐头以及鸡蛋粉转眼间都成了一团掺杂着牛肉沫子、西红柿沫子、胡萝卜沫子和鸡蛋粉的炮灰。炮灰里掺杂着这些东西的味道，连趴在掩体里的赵福生都闻到了。他第一次闻到这么好闻的炮灰。

一大堆罐头只剩下李四大吃剩的那大半盒还在他手里端着。飞机一走他就狼吞虎咽地结果了它，然后把盒子扔出去老远。此后再也没有收到美军送来的罐头。那些马上要飘落到志愿军阵地上的物资，都会在落地之前被对面阵地的高射炮打得粉碎。阵地之外的物资则成了美军猎杀志愿军的诱饵。只要有人靠近，美军的机枪就会及时地响起。

两架侦察机走后不久，正式的轰炸就开始了，几十架轰炸机在一架侦察机的带领下，像发现腐尸的乌鸦一般朝志愿军阵地扑了过来，黑压压一片。

侦察机短暂的试探性机枪扫射之后，炸弹和凝固汽油弹就像雹子一样从天上倾泻而下，伴随着猛烈的炮击。和白天相比，晚上零星的炮击充其量只能算是美军的试射。经过一个晚上的试射校正，美军的炮兵阵地已经调整到了一个极度刁钻的位置，无论从哪个方向，都很难再找到它的射击死角。

山上的树木一棵棵地倒下，有的干断枝横，有的连根拔起，东倒西歪，一棵不剩。紧随其后的凝固汽油弹，又把山头变成了一片火海。那些满山遍野、曾经把赵福生及所有志愿军的裤脚划得棉絮四溢的茂密灌木丛，成了优质的引火材料。不仅是干枯的灌木，连刚倒下的大树，甚至地上的积雪也都成了燃料。赵福生第一次看到火苗子在雪地上蹦跶，跟在煤油、汽油上蹦得一样欢。蹦着蹦着，那些没过膝盖的雪层就吱吱地瘦了，化成了水，随地淌开。再蹦着蹦着，水又成了一股股的白烟，扭着腰往上升。原本硬如铁板的冻土被炸得蓬松、绵软、细腻，被烧得焦黑，像被铧犁翻过，用筛子筛过，在锅里炒过。

焦黑的弹坑和翻出的土层覆盖了内洞峙和新兴里周围的大小山头，丰满雪白的群山很快变黑变瘦，露出狰狞峻嶒的本色。随后，纷纷扬扬的大雪再盖上一层白色，紧接着又一阵炮火又将洁白的大雪覆盖。

整整一天，世界就这样黑白交替着。这是一九五〇年十一月二十八日白天留给赵福生最深的印象。

在钢刀连的阵地上，那一天的白天全被志愿军与美军的拉锯战占据了。在那一天的整个长津湖地区，每个阵地都在上演类似的拉锯战：美军用空袭和炮击夺回前一晚失去的阵地，志愿军再趁空袭和炮击的间隙用步枪和手榴弹夺回来，随后用不了两分钟，美军的炮兵校正机就会赶到，三分钟，炮火准时重新覆盖。炮火一覆盖，世界就像陷入了永久的混沌和喧嚣中。除了黑色，再看不到别的色彩；除了爆炸声，再也听不到别的声音。等到赵福生的视觉和听觉都恢复正常，他看到的是一个稀巴烂的阵地，阵地上所有的工事都被炸毁了，山上所有的树木都被炸倒了，四周所有的山头都被炸黑了。被弹片削秃的树杈上，到处零零碎碎地悬挂着破碎的肢体。地上，被炸掉胳膊和腿的战士随处可见，他们用残存的躯体在地上蠕动着，像虫子一般竭力地往自己的战斗位置上拱。所有活着的人，耳朵和鼻子都被震出了血。卫生员郭小堆已经忙傻了，背着药箱无头苍蝇似的在阵地上来回地奔跑着，不知道该先救治哪个，后救治哪个。就在他终于从忙乱中镇定下来的时候，一发炮弹落在了他的脚边，轰隆一声，郭小堆变成了一小堆浓烟。浓烟散尽，只剩下一个药箱挂在树杈上，大大小小的药瓶子散落一地。

军里的炮兵在东北等着接收苏式装备，虎军能用来还击的重武器只有营以下所属的小口径山炮和各种口径的迫击炮。到了钢刀连，最有效的武器依旧是马克沁机枪和那九挺口径不一的轻机枪，无论防空还是反击。马克沁在连续猛烈的射击下，冷却水很快被烤干了，水一干枪就哑了。以前可用以替代的积雪也被大火燎光了，烧化了，随地形淌进大小各异的弹坑里后，迅速冻结成冰，变成了满山遍野明晃晃的碎玻璃片子。李四大只好让战士们把枪抬到安全地带，然后轮流往里撒尿，尿满了抬回来接着打。赵福生的三八大盖对美军的飞机几乎毫无用处，在防空作战中他唯一能做的就是往机枪里撒尿。他有阴囊炎，尿多，尿频，有的是尿。因为撒尿，赵福生受到了连长李四大的表扬，说他用自己的尿为抗美援朝做出了贡献。

尿了十三泡尿后，夜色终于开始发暗。赵福生看到了希望。只要天一黑，美军就不再进攻。果然，炮轰和空袭很快就停止了。最后一群轰炸机飞走后，只剩下一架"吊孝机"在头顶转圈，边转边往下扔东西，扔的不是炸弹，也不是罐头，而是传单。这种"吊孝机"，是美军专用来打心理战的，除了播撒传单，上面还经常传出像哭丧一样的声音，一边飞一边哭，先是用标准的中文喊：

中共虎军的兄弟们，我看见你们了，出来吧！

或者是一个貌似投敌被俘的志愿军战士劝降：

战友们，别打仗了，快回家吧，家里都想你们了！

这些声音基本上没什么效果，筋疲力尽的志愿军抓住难得的时机躺在战壕里望着飞机喘气，只有李四大和钱马列听得眉头紧皱。钱马列喃喃自语，美军啥时知道了咱的番号？李四大听了盯着飞机骂，奶奶个熊，美国鬼子啥时学了咱瓦解敌军那一套？还胶东口音！

老人的声音出现了。声音颤巍巍的，不时还夹杂着咳嗽和有气无力的喘息，像身患重病的老人拄着拐杖在村口哪棵老槐树下，召唤儿子回家。钱马列忙命全连捂耳朵。于是纷纷抱了头捂耳朵，除了赵福生。孙大脖子边捂边骂，骂美国人缺德，又恨自己的耳朵没被刚才的炸弹炸聋。他的耳朵被冻掉了，只剩下两个耳朵眼，但一点也不影响听力。孙大脖子骂着，扭头见赵福生没什么反应，又问，你聋了？

赵福生摇摇头。

你不想你娘？

早不在了。

你爹呢？

也……死了。

你跟俺一样？

嗯。赵福生艰难地用鼻子哼了一声。孙大脖子是孤儿，这他早就知道。

瞎话。孙大脖子斜了赵福生一眼，说，你爹还给你写信，你却咒他早死！

赵福生装着没听见，端起刺刀对着掩体的土层猛刺。土层很快被扎成马蜂窝，布满了大大小小的窟窿，像无数双眼睛在盯着他。父母的声音已经结束了，变成了女人和孩子。孩子寻父，女人思夫，思到最后连中国的民间小调也出来了，用女人的哭腔唱着：

白天想你吃不下饭，夜晚想你满床摸……

赵福生不怕"满床摸"，因为他还没摸过。他害怕的是那十条手巾：

……七条手巾七尺几，又绣牛郎赶织女，两人在天里……十条手巾绣起来，又绣山伯祝英台，二人下山来……

手巾由一条唱到十条，手巾就不再是手巾，而是手枪，一枪一枪打在赵福生的心窝子里，一枪一个窟窿眼，每一个窟窿眼都像泉眼似的往外冒血。

赵福生钻到李四大面前，说，连长，能用一下马克沁吗？

李四大扭头看他，你真娶媳妇了？

嗯。

真洞房了。

嗯。

打，给你十发子弹，给老子狠狠地打！

赵福生操起架了高射杆的马克沁，对着"吊孝机"一搂扳机，"突突突突"，一串子弹冒着火光冲向天空。

9

直到十六岁那年当兵，赵福生才知道自己不是杂种。赵福生是顶替哥哥赵祥生充壮丁当的兵。那时他还在县城上中学。父亲赵六合不喜欢他。打记事起他就没见父亲对他笑过，甚至连看都没正眼看过他。稍有不是，对他非打即骂，和哥哥赵祥生有了争执，被父亲看见了，不分青红皂白，挨揍的肯定是自己。赵福生一直不明白其中缘由。后来，从父亲赵六合发酒疯和与母亲的吵架中，赵福生隐隐约约听出来了些眉目：父亲赵六合怀疑自己是个杂种，是母亲赵刘氏跟村东头的王铁匠生的。王铁匠是村里的异姓，那年曾给赵家打过一个月的农具，打镢头、镰刀、犁头和铁耙。当时铁匠炉子就安在赵家的杂物间里，王铁匠在那里打镢头、镰刀、犁头和铁耙，吃住也在那里，茶饭都由赵刘氏做好往里送。赵刘氏就是在那段时间怀上赵福生的。赵福生还在娘胎里，赵六合就觉得有鬼，生下一看，果然怎么看怎么不像自己。越往后，他越觉得赵福生像王铁匠，不仅长得像，连性格都像，不爱说话，三脚踹不出半个屁，甚至打都打不哭。全村只有王铁匠是这个卵样，除了手里的锤子响，一天到晚再难听到别的声响。而赵家呢，世世代代，个个能说会道，老大赵祥生就完全继承了这一优良传统，一张嘴能把死了三年的人说活。

打那之后，赵福生就不再对这个家抱什么希望了。赵福生老家所在的湘粤赣三省交界的山区，地处偏僻，交通闭塞，民风彪悍，不服教化，宗族势力主宰一切，曾被蒋经国称为"化外之地"。在那一带的山村，本村的小偷去偷外村外族人的东西，回来就是英雄，偷本村本族的就是瞎眼狗，抓住了活活打死。"杂种"两个字在村里意味着什么，赵福生当然很清楚。一旦被族人公认为杂种，就相当于判了死罪，不浸猪笼也要乱棍逐出。如果不是母亲赵刘氏死不认账，他早已不知到了哪条江里喂鱼。他从此发奋读书，想通过读书走高飞。当时蒋经国正在他的家乡搞"新政"，学校一律免费。那次在河里见着老婆玉秀后，他又有了新的念想，梦想着成了亲，就带着母亲和老婆到外面去谋生，去广东、福建，越远越好，这辈子再也不回这个家。就在他日思夜想，费尽心思琢磨着如何和玉秀完婚的时候，他被父亲赵六合托人捎的"母亲病重"的口信从学校召回了家。回到家，才知道母亲赵刘氏根本没病，是出门串亲戚了，只有父亲赵六合坐在堂屋里，脸上挂着赵福生从未见过的亲切笑容，生硬得像庙里的菩萨。赵福生心里七上八下，藏在袖子里的两只手本能地紧握成拳。走近了，没想到赵六合说，想讨河对岸的玉秀做老婆吗？

啊？赵福生更加紧张，他不知道父亲要在玉秀身上搞什么名堂。

放心，男大当婚，女大当嫁，我是为你的婚事着想，到底想还是不想？

嗯。赵福生点点头，不敢相信站在跟前的这个慈祥和蔼的老头是父亲赵六合。

那就去充丁，今年抽丁抽到咱们家了。

我还在念书。赵福生说。他当然知道父亲说的"咱们家"其实指的就是哥哥。按赵福生老家抽丁的规矩，兄弟二人者，抽长不抽幼，况且他还在念书，而哥哥早已经中学毕业回了乡，成天游手好闲，无所事事，只要按正常规矩抽，怎么也抽不到他。

你已经念不少书啦。父亲说，全村寨有几个上中学的？

我不够岁数。赵福生说。他才十六岁，而哥哥已经十九了。壮丁必须年满十八周岁以上。

岁数是可以改的，去年还有十五就充丁的呢。赵六合有些不大高兴了，说，别那么多废话，想讨老婆就去当，当几年兵回来，就给你圆房。

嗯。赵福生答应了。他知道自己是替哥哥当兵，更知道当兵就是卖命，但为了老婆玉秀，他觉得值。

就这样，赵福生跟着父亲去了沙保长家，签字画押，办了手续。等母亲赵刘氏天黑从亲戚家回来，一切都已经办妥，就等着天亮上路了。赵刘氏也没有阻挠，两个儿子总得去一个，手心手背都是肉，谁去对她来说都一样。她唯一能做的，就是领着儿子去祖坟上烧香，去祠堂拜祖宗。烧完香，磕完头，赵福生跪地上不起，仰着一张蜡烛一样挂满泪痕的脸问母亲赵刘氏，我到底是不是杂种！

赵刘氏脸上一滴泪也没有，咬着牙狠劲给了他一巴掌，说，记着，你不是杂种，只要还有一口气，就要回到赵家的祠堂再咽。

这是走之前母亲对他唯一的交代。

到部队先打小日本，九死一生他活了下来。打完小日本再打共产党，他不想再打了，他想起从小到大熟知的村规，偷本村人的是瞎眼狗，杀自己人的更是瞎眼狗，死了也没脸面见祖宗。他开了个小差逃了出来，一路打零工要饭，回到了南方老家。那时哥哥赵祥生已经在邻县的县政府找了份事做，当了个小官。母亲赵刘氏已经病危——自打他离家当兵就一病不起——看到儿子回来，如喜从天降，用尽平生最后的气

227

力哀求老头子兑现当初许的诺，赶紧把婚事办了，好让她走得安心。父亲赵六合虽然对他活着出现在家门口大感意外，却没有食言，甚至表现出前所未有的爽快，半年功夫就把繁杂的礼数扯清了，和河对岸那家敲定了成婚大喜的日子。那半年，赵福生浑身上下鼓鼓胀胀的，像灌了气的猪尿脬，连走路都一蹦一跳的，从小到大第一次觉得这个家像自己的家。

洞房花烛夜终于到了。那一晚从不喝酒的赵福生喝下了三大碗烧酒才在亲朋好友的搀扶下进了新房。他终于见着了玉秀，她坐在床沿上，脚上穿着大红的绣鞋，鞋面上各绣着一只绿头的鸳鸯，双脚并拢正好成双成对；身上穿着大红的嫁衣，薄薄的绸缎裹着玲珑的身段，凹凸有致；头上罩着四角绣花的大红盖头，正中间用金色丝线绣着"双喜"字，四条边垂下无数的金流苏，像熟透的稻穗。他摇晃着上前，伸手去揭那方盖头，刚要触到的一刹那，被玉秀一巴掌打了回来。他这才想起揭盖头不能用手，要用秤杆挑。他急得在屋子里转圈，四处寻找秤杆，脚却不大听使唤，转了一圈，两只脚就像拧麻花一样绊在了一起，他使劲迈腿，却摔倒在地上。玉秀显然被突如其来的动静吓坏了，但她不能自己揭了盖头去扶新郎官，发生再大的事也只能坐在那里等着。赵福生趴在地上，像龟类一样抬起头看着近在咫尺的老婆，确切地说是看着盖头下罩着的老婆，才发现秤杆就挂在床头，上面系着红绳。赵福生趴在地上傻笑，嘴角流出口水。他想起几年前那次隔河相望，想起当兵一年多天天跟阎王爷打交道的日子，想起冒死逃生，一路打零工要饭回家，觉得眼前的一切更像是在做梦。

门吱呀一声打开，他想起刚才忘了闩门，以为是窗外听房的闯进来了，顿时火冒三丈，刚要发作，却看见父亲赵六合和沙保长蹑手蹑脚进来。他还没反应过来，从他们身后又闪出几个兵丁，扎着牛皮腰带，背着长枪，手里拿着井绳，一拥而上，把他捆了起来。他想喊，一团抹布塞进了嘴里。他浑身软得像一团年糕，任由他们摆布。他回头看了看床上那方红盖头，已经变成了一团红色，慢慢地在眼前消失……

赵福生彻底清醒过来的时候，发现自己已经到了县壮丁营。两年前他曾来过这里，一切都无比熟悉。和他关在一起的都是从各乡征来的壮丁。周围站着拿枪的兵。一个同乡告诉他，父亲赵六合用他跟沙保长换了三十石糙米。他这才确信自己又一次当了壮丁。只不过，前一次他还知道是替哥哥充的丁，而这次，他连替谁都不知道。

父亲赵六合从此彻底成了赵福生的仇人。国军的长官、班长、老兵怎么欺负他，他都不记恨他们，他把所有的恨都记在了父亲赵六合的账上。这么多年，他没给家里写过一封信，也不让同乡在家信中泄露自己的任何消息，却忍不住隔三岔五地向同乡们打听家里的消息。尽管每一次都让他垂头丧气：先是母亲赵刘氏在他走后没几天就咽了气；接着是老婆玉秀去向不明，不知是回了娘家还是改嫁他人；后来是赵六合用那三十石糙米给赵祥生讨了个城里人家的女儿做老婆；再后来，赵六合竟然在新社会也分到了六亩水田……直到上战场前，他才总算等来一个期盼多年的喜讯：赵六合病重。可他还没来得及高兴，同乡又告诉他，赵六合捎来一封信，希望能见他最后一面。看着同乡手里那只屎黄色的牛皮信封，他没伸手，伸过去一把火钳子，夹了，直接捅进了灶膛。牛皮信封在灶膛里红光一闪就成了灰烬，而他却拿着火钳子在灶口前站了半天。

10

天空中弥散着浓浓的硝烟，地面上弥漫着焦煳的气味。暮色四合，白天的战斗在吊孝机的哭丧中宣告结束。

部队依旧没有得到任何补给。有消息传来，后方运输物资的车队遭到了美军飞机的轰炸，全瘫在了路上。

此时钢刀连的阵地上只剩下了一个排的兵力。全连的干部只剩下连长李四大和指导员钱马列。给养只剩下从王老幺身上搜来的两颗土豆，弹药少到只够发动一次冲击。

晚上的战斗依旧是白天拉锯战的继续，只不过攻守互换，志愿军成了进攻方。美军的进攻刚刚停止，虎军各部就接到了晚上的作战命令，负责指挥全师作战的詹副军长向各部下达的命令依旧是进攻，依旧是围歼和竭力全歼。

美军的进攻是下午四点停止的，志愿军的进攻发起时间定在下午五点。

中间一个小时的休整，李四大带人在阵地前沿全力搜集弹药和干粮。但搜上来的只有弹药，没有干粮，连美军的尸体上也找不到任何可以填肚皮的东西。全连都已经饿得晕头转向，背着捡来的弹药，更显得头重脚轻，一走，就像要飞。赵福生把裤腰带又往紧里勒了勒，发现肚子瘪得只剩下了两层皮，紧贴在骨头上，两只手都能合拍过来，像以往连队会餐时被炊事班剥净了肉，钉在木板上的羊皮。但他比孙大脖子强一点，孙大脖子饿得连腰带都系不住了，弯腰捡子弹的时候，一只手在地上摸索，一只手提着裤腰，怕一不小心裤子就滑落下来。

营里的教导员来了一趟，走路摇摇晃晃的，像踩在棉花堆上。他的胳肢窝下夹着一只棉鞋。以往这个地方夹着的都是开会用的红皮本。每次他一打开红皮本全营就知道他要传达上级会议精神了。红皮本变成棉鞋，谁也不知道其中发生了什么变故。对钱马列汇报的伤亡情况，教导员一点也不感到惊讶，他始终耷拉着眼皮，像在听一段耳熟能详的戏文，听了没几句，竟然睡着了。李四大打断钱马列的汇报，把教导员摇醒，请求补充兵力，哪怕一个班，以防美军从阵地下的公路突围。教导员这才用衣袖擦了一把嘴角的哈喇子，抬起眼皮看着李四大，说，把我补充给你们吧，除了我和营长，你看看全营还有谁是机动兵员。又说，你以为就你们钢刀连死得多？你以为你们死了几个屌人就可以在老子头上拉屎撒尿了？你知道全师、全军死了多少人？一天一夜就搭进去三分之一！教导员说着把胳膊下夹着的那只棉鞋扔出来，说，之所以老子莅临指导，是因为营部半个兵也没有了，连通信员也在给你们送信的路上，被炸弹炸飞了，只剩下这只棉鞋。

教导员说完捡起棉鞋，在膝盖上磕了磕土，往胳肢窝下一夹就走了。教导员一走，阵地里就安静下来，像霜打过的茄子地。教导员似乎不像是来鼓舞士气的，而是专门来泼冷水的。所有等待火力支援和给养补充的美好幻想都被他一盆冷水浇灭了，各种各样的想法都成了不切实际的想法。

全连唯一不感到失望的只有孙大脖子。他从来就不相信两片嘴皮子编出来的好光景，这于他而言跟在梦里吃肉包没有本质区别。他只相信看得见摸得着的好处，有时甚至觉得连那样的好处也不靠谱，尤其是那堆即将入嘴的罐头被炸之后。看到教导员过来，他扭头就走开了。他没空听他废话，他要抓紧时间找实实在在的好东西。居然还就找到了。他发现了马肉，就在教导员给全连泼冷水的空当。他向连长李四大请示去弄马肉时，所有人都莫名其妙。他就拿下巴指指阵地一侧的山崖。一大堆脑袋纷纷凑过去，向下望，果然悬崖峭壁下躺着一匹大白马，不知何时失足掉下去摔死的，由于躺在雪地里，极难辨别，这也可能是它在全连眼皮子底下躺了一天一夜却没被任何人发现的原因。孙大脖子耸着鼻子说，他是用炊事班长的鼻子闻出来的。赵福生也跟着耸鼻子，除了呛人的焦煳味和硝烟味什么也没闻到。

李四大毫不犹豫地拒绝了孙大脖子的请求。悬崖不高，但依孙大脖子或者其他任何一个人目前的体力，只能有去无回。

孙大脖子见连长不准，耍起了赖，说，俺请求组织上枪毙俺。

李四大骂道，扯淡，你个孬种。

孙大脖子说，孬种也比饿死强。现在俺才知道，战场上那些死都不算死，至少都是饱着肚子上的战场。

嗯哼——指导员钱马列猛烈地干咳了一声，说，孙行周同志，你胡说什么？！还有没有党性？！

孙大脖子说，俺没有党性，因为你没给俺入党。

指导员钱马列气得脸又挤在了一起，骂道，妈了个巴子的孙大脖子，我果然没看走眼，当初没批准你入党就对了，关键时刻你就经受不住考验。

入不入党俺无所谓了，俺就是做梦都没想到还要当饿死鬼。娘哟……孙大脖子突然叫起了娘，叫得赵福生头皮一一阵阵地发麻。

孙大脖子的娘是饿死的。不仅他娘，他爹，他一家六口都是饿死的，一个接一个，饿死在逃荒的路上。孙大脖子那年十七岁，饿得连挖坑埋他们的气力都没有，只顾着继续往前逃命。最终他逃进了部队的宿营地，在钢刀连的伙房里吃完一顿面条就不走了，死活要留在炊事班当伙夫，说每天看着伙房那些粮食心里就踏实。当时管后勤的副连长李四大问他咋个踏实，他说，反正这辈子不会再当饿死鬼了。李四大就把他留了下来。

孙大脖子的哭娘果然立竿见影，一句未完李四大就恼了，说奶奶个熊，比"吊孝机"还难听，想去就滚吧，别在这叽叽歪歪。

孙大脖子在李四大的特批下，吃了全连仅剩的两颗土豆，揣上从刘朝阳那里借来的剪刀，身上系了上次捆俘虏的那条麻绳，让赵福生他们几个人体力稍好的战士在上面拽着，一步一步往山崖下放。

两颗土豆的能量很快显示出来。孙大脖子踩着崖壁下了崖，剪下了马肉，塞满了一个挎包，又塞满了另一个挎包才依依不舍地放过那匹死马。两大包马肉挎在身上，孙大脖子的攀登明显力不从心，爬了两步，他挥手示意将自己放下。落地之后把绳子解下，拴在了两个挎包上。他的意思很明确，先把马肉吊上去再说。马肉上来了，绳子再放下去，重新系着孙大脖子的腰往上拽。但孙大脖子已经没有了多少体力，每往上一步都要喘半天。眼看着要到半山腰时，崖壁对面突然"啾"的一声射出来一颗子弹。赵福生感到手里的绳子突然往紧里一坠，就看见孙大脖子的身体微微一颤，手脚就离开了崖壁，竖着的身体立即横了过来，像一条虫子吊在了半空中。

快往上拽！李四大疯了，端起一挺捷克轻机枪对着子弹射出的地方猛烈扫射。

孙大脖子被拽上来时，全身被石壁剐蹭得血肉模糊，早没了人样。他的后背中了一枪，子弹一直钻到胸口，血像蛇一样，弯弯曲曲地流到棉衣下摆冻住。赵福生把他平放在地上，从罩衣上撕了块布擦他脸上的血。

福生，孙大脖子奄奄一息地看着赵福生说，别擦了，越擦越他娘的痛！

指导员钱马列说，行周同志，挺一挺，打完这一仗就批准你入党。又站起来，扫视着剩下的三十来个人说，打完这一仗，没牺牲的都有资格入党，只要申请老子就批。

赵福生看到钱马列说这话的时候目光也扫到了自己身上，而且停留的时间不短。他竟有些心慌，甚至做好了跟着鼓掌、喊口号的准备。但反响并不热烈，大家都拿眼干望着钱马列，没人舍得开口，更没人鼓掌。只有奄奄一息的孙大脖子嘴角上翘笑了一下，说，你想让俺走得安心。

钱马列说，君无戏言，不不不，请大家相信组织。

空口无凭，这么多人你怎么记？

钱马列从口袋里掏出一支铅笔，两只手又在身上一阵紧急地摸，却连根毫毛也没摸出，把笔一扔，抓着两手的空气说，我……能记得住。

你要是也……

233

就算我牺牲了，你们可以做证，全连只要有一个活着的就是证人。

孙大脖子闭了眼说，还是给俺一个土豆吧。

赵福生说，连土豆皮都没了。

给本班长捋把松针。

附近的松树基本烧光了，只剩下一棵半人高的树苗孤零零地斜插在阵地的石头缝里。赵福生捋了一把松针，塞进孙大脖子的嘴里。孙大脖子嚼了几下，打了个嗝，嘴角流出嫩绿的汁液，又嚼了几下，眼里渗出两行泪，从满是血迹的脸上冲出两道白沟，又迅速在脸上冻成冰行。

比屎还难吃。

赵福生说，你再等等，马肉就快熟了。孙大脖子下去之前无烟灶就挖好了，马肉一上来，钱马列就指挥着两个战士用刺刀把马肉劈成块，拿工兵锹端着，放在灶上烤。第一锹已经半熟了。

但马肉对孙大脖子已经丧失了号召力，因为他已经感觉到这东西正从看得见摸得着的好处变成幻想，就像那些罐头，一旦由具体变得抽象，再好的东西在孙大脖子面前都不再有吸引力。

你不该烧你爹的信。孙大脖子突然说了一句与吃无关的话。

你再等等。赵福生继续说马肉的事。

饱了。爹、娘，俺来了，俺没当饿死鬼……孙大脖子的声音和气息都微弱下去，脸上的笑肌往两边一颤，形成一朵花一样的图案，脖子往后耷拉过去。

第一锹马肉正好烤熟。

11

钢刀连得到最准确的敌情，是在二十九日那天晚上的深夜。

全连蹲在冰冷僵硬的孙大脖子身边吃完最后一块马肉，李四大就下达了不惜一切代价进入内洞峙，摸清敌情的命令。而彼时的内洞峙，各个方向的志愿军已经向被围美军发起了全面攻击。到处都是炮火和枪声，到处都是厮杀和惨叫。相当一部分连队甚至已经跟美军混战在了一起，不分彼此。李四大带着吃饱了马肉的三十来个人，趁着天黑和混战摸进村子里，在一连摸进几座家屋都一无所获后，他们遭遇了一辆抛锚的运输车。三十几支枪不约而同地开了火，枪声和惨叫声消散后，一个黑人士兵在刘朝阳的英文劝降下，高举着双手从罩着篷布的车上跳了下来。

于是，在跟对手打了一天两夜之后，钢刀连终于获取了准确的敌情。能得到准确敌情，并不是因为黑人俘虏像钱马列说的那样好"争取"，也不是因为刘朝阳的军语突然有了进步，而是因为刘朝阳的记性。俘虏隶属美军步七师三十一团，外称"北极熊团"。这个团，连长李四大没听说过，指导员钱马列也没听说，但刘朝阳如雷贯耳。该团曾于淞沪会战期间驻扎上海，为保护公共租界内美国侨民和上海市民安全，与日军激战数日。为此，上海市民用所捐一千五百块银元，打制了一只刻有金龙黄梅的大银碗，馈赠该团。彼时，刘朝阳正在上海念中学，大银碗里就有他半个月的伙食费。因为这半个月的伙食费，刘朝阳"争取"到了钱马列用政策没能争取到的情报。

情报令全连上下都震惊，在长津湖东岸驻扎的美军不是一个营，也不是两个营，而是五个营组成的加强团合成特遣队。如果按美军每个营至少有四个连，约七八百人的兵力计算，虎军四个团所面对的敌人超出了原先估计兵力的三倍以上。而内洞峙也不是原先判断的一个连，是一个营，打了一天两夜依旧剩下五百多人。团长麦克莱恩上校在第一天就受重伤被直升机接回东京的总司令部去了，接任他代理团长的是一个叫费斯的中校营长，在中国当过军事顾问。

原来不是纸老虎，是只活老虎。审完，钱马列感慨。

是只活熊。刘朝阳纠正说。

奶奶个熊！李四大说。

不是狗熊，是北极熊。黑人俘虏纠正说。

一分为二地看，你以及你的战友曾经为我们抗日和世界反法西斯战争做出过贡献，但为什么现在又反过来为帝国主义卖命，侵略你们帮助过的民族？钱马列摸着腮帮子问。

我没有反过来，我一直都是依照《宪法》服兵役，为国家而战。

那你为什么又要投降？

我这也是按条例投降。

愚昧呀！钱马列痛心疾首。

李四大没心思痛心疾首。获得了最准确的敌情，他急着把情报送出去，在最短的时间内上传到最高的指挥部。

但已经来不及了。战斗的关键时刻已经到了。内洞峙的各股志愿军都已经冲进了村子，村子里的美军却开始后撤，集结。先是往车上搬东西，器材、武器、被装、食品全往车里扔，不分轻重缓急，不分先来后到，车里装不下的，就地泼了汽油点着，包括四门拉不走的榴弹炮。冲天的火光映红了内洞峙村里大大小小的美军阵地。这是突围前的征兆。坦克和汽车开始往公路上编排行军序列。

他们要逃往新兴里。这是最让李四大担心的局面。

阻击开始了。全连更换了美式装备，把车上能带走的东西都拿上了，不能带走的俘虏交给了前来打扫战场的担架队，李四大带着剩下的十几个人开始阻击从内洞峙逃出的美军。除了阻止两股美军的会师，还有更重要的事，李四大要尽早赶到新兴里，向那边的指挥员报告最准确的敌情。

凭着对地形的熟悉，李四大带着十几个人一路抄近道，很快赶到了美军车队的前面。站在新兴里公路中央喘匀了气，赵福生才发现，包括连长李四大在内，全连上下都还没有想好对付美军车队的办法。马祖卡火箭筒早没了电池，子弹和手榴弹已经被证明无用，而除了这些，只剩下更原始的工兵锹和工兵镐。李四大的目光果真就落到了这些锹、镐上。

钢刀连以最快的速度在公路上设置了三道防线。第一道是壕沟，但不到半米深。公路上都是冻土，挖到三四十厘米深就再也挖不动了，工兵锹和工兵镐全刨成了废铁，十几双手都血肉模糊。第二道是火墙。指导员钱马列献计，关键时刻他没提别的理论，提的是诸葛亮的火攻，说只要一点火保证让它灰飞烟灭。于是部队从壕沟后退几百米，然后上山割草，把草堆在公路上，等坦克靠近再点火。一切就绪后，人员分成两拨，连长和指导员各带一拨，埋伏在公路的两边。这是第三道防线。

由坦克领头的车队由远而近，浩浩荡荡的队伍碾压着公路上的积雪向钢刀连挖的壕沟驶来。打头的坦克头一低掉进了壕沟，紧接着头一抬又冲上了壕沟，就像吃饭的时候中间打了个嗝。

整支车队打完嗝，李四大就命人点着了草垛。在一人多高的火墙面前，打头的坦克停了下来，整个车队也跟着停了下来。全连都用敬仰的目光看着钱马列。钱马列则摸着他那光溜溜的下巴，目不转睛地盯着火墙。但坦克停了不到一分钟就重新启动了，高声地轰鸣着马达，屁股后喷出滚滚黑烟，像猛兽一样朝着火堆就冲了过来，火墙转眼间灰飞烟灭，被履带碾得鸡零狗碎，变成了一簇一簇的火星子，在路边的雪地里滋滋地跳跃着。坦克毫发无损，边边角角的部位挂带着形状不一的草木灰，显得蓬头垢面。

这似乎是一个信号，坦克一过火墙，赵福生就看到指导员钱马列从公路对面的战壕里冲了出来，手里拎着一捆手榴弹。坦克里的机枪及时开火，钱马列在离坦克很近的地方扑倒。开火的坦克停了下来，一颗戴着坦克帽的脑袋从炮塔门伸出来，东张西望，像一只刚跳出巢穴的鸟类。僵卧在地上的钱马列突然从地上弹了起来，犹如一只蚂蚱，往前一蹿纵身跳上了坦克，戴着坦克帽的脑袋惊叫了一声缩了回去。钱马列拎着手榴弹的手追着坦克帽直往门里钻，厚重的圆形铁门嘭的一声急速扣下，钱马列一声痛苦的号叫，手被门夹住了。手榴弹被拒之门外，从炮塔上滚落下来，把雪地砸开一个深坑。

没炸！

操你妈——

钱马列声嘶力竭的一声大骂，从隆隆的柴油机的轰鸣声中凸显出来，像一把钢针齐扎赵福生的耳膜。同时扎刺耳膜的还有急促的鼓声——钱马列的另一只手又从腰间抽出了一颗手榴弹，握着，往夹住他的坦克盖子上砸，一下接一下，擂鼓似的砸。

坦克的炮塔猛然间启动，飞快地旋转起来。一只手被夹住的钱马列像风雨中吊在藤蔓上挣扎的葫芦，在炮塔上滚来滚去，摇摇欲坠。"鼓声"的节奏越来越慢，声音越来越弱。

快速转动下的坦克不能射击，正是靠近爆破的好时机！赵福生反应过来时，对面战壕里已经有五六个人拎着成捆的手榴弹冲了上去。他们佝偻着腰背，避着旋转横扫的炮管钻到了坦克跟前，然后，从各个方向把手榴弹塞进了履带里。

接二连三的爆炸声后，坦克被四周冒出的黑烟包裹了。等黑烟散尽，炮塔已经停止了转动。钱马列从炮塔慢慢滑下，在履带上磕了一下，滚落在地，软得像一袋子棉花。

埋伏在公路两侧的十几个人全力开火，子弹和手榴弹像炒豆子一样在坦克的装甲上活蹦乱跳。

打头的坦克瘫了，后面的一辆坦克顶着它的屁股把它拱到了一边。车队继续前进。同时，炮塔上的机枪全面开火，把钢刀连压制在工事里，直到车队从他们面前开过，再没人能抬起头来。

坦克和车辆就这样轰轰隆隆地从钢刀连的眼皮子底下开了过去。等所有人抖落着尘土从掩体里钻出来时，只能看到满地的车辙和车辙上空飘荡着的浓浓黑烟。

两拨人马在公路中间重新合成了一股。指导员钱马列已经没了气息。李四大弯腰在他怀里一阵摸索，什么也没摸出来。

刘朝阳问，你找什么？

没什么。李四大说，大家入党的事，书记交代过，尽管没有名单，但我都记着。

再找找。赵福生一听是入党名单，说，棉衣洞里或许有。

你怎么知道？李四大扭头看着他，你信不过俺这个副书记？俺现在就代表党支部宣布，剩下的所有人立马火线入党。

没有听到任何回应。钱马列一牺牲，连领喊口号的人都没了，谁也不知道这个时候是该兴奋、激动，还是该悲愤、沉痛。死一般的静寂中只听到刘朝阳的声音像绸子一样颤巍巍地飘在寒风中。他问，现在怎么办？

追，跑进娘胎里也要追！

12

出乎意料的安静，是"娘胎"留给赵福生最深刻的印象。因为安静，他们深入"娘胎"很远才知道已经追进了"娘胎"。

"娘胎"就是新兴里，传说中一个几十户人家的村子。但一路上他们都没有遇到这样的村子，看不见成群的院落，也听不见枪炮声，于是他们一直尾随着一小股美军往前摸，直到摸进一座家屋，看到墙上挂着的军用地图，听到屋外叽里咕噜的说话声，他们才知道这回真追进了娘胎里。

此时的"他们"，是三个人。连长李四大、翻译刘朝阳和炊事员赵福生。其余人员全部倒在了追往新兴里的路上。赵福生没中弹是因为他跑得太慢，一直在队伍的末尾。他的阴囊炎越来越严重了，一使劲跑，就撕心裂肺地痛，好像两颗蛋子都要甩出去。和他一起在队尾的是翻译刘朝阳。这回不是连长李四大特意安排的，是全连集体安排的，把他挤到后面，每个人都可以为他挡子弹、护驾。谁都不希望他在这个节骨眼上有什么闪失。他已经同意，一到新兴里就回师部。

屋外叽里咕噜的声音越来越大，且夹杂着枪械相互摩擦的声音。不用刘朝阳翻译赵福生也知道，他们被包围了。

三个人开始收集屋里所有的弹药，手榴弹扎成一捆，能用的子弹全部压进两支卡宾枪里。捆完压完，枪和弹码放在地上，三人围成一堆坐下，像是要开作战会，但没人说话。钢刀连各种突围战术都是现成的，演练过无数次，只剩三人的情况下，必定是一人引爆手榴弹掩护，两人持枪往外冲。

屋外开始喊话。刘朝阳翻译，限时三分钟出来投降。赵福生把手伸进棉衣，像捉虱子一样在衣服里摸索着。《证明》还在，最不可能发生的事情即将发生。

李四大突然笑起来，说，奶奶个熊，老天爷真会安排，一百四十几号人剩下仨，全是有媳妇的。你们说为啥要剩下仨有媳妇的？就是让俺们都活着冲出去，世界上少三个寡妇。

我那不算，刘朝阳说，我们没有结婚，只摸过手，我死了她也不算寡妇。

赵福生说，我也不算，我们只洞房了一半，她还是黄花闺女，能再嫁。

那你俩就更得冲出去把剩下的任务完成了。李四大说着把手榴弹一把搂进怀里，说，真要冲出去了，去俺家看看，看俺媳妇种上没。

赵福生没有去捡地上的卡宾枪，他把那只手掏出来，张开。

啥？

240

《优待证明》，一直带在身上。现在，该让我带它去见阎王爷了。赵福生说着把纸条塞回衣洞，双手伸向李四大怀里的手榴弹。

留着!

没用，我是个……孤儿。

孤儿个屁! 你爹还在，等着你回去见他最后一面。老子命令你，留着!

落美国佬手里咋办?

所以你要活着冲出去，落鬼子手里你就是叛徒。

刘朝阳突然抽泣起来。李四大以为他是想吴旻昊了，问来问去才知道是定情信物不见了。再问，才知道所谓定情信物就是那把剪刀，吴旻昊最早用它剪纱布，后来钢刀连的人用它剪毛巾和服装标识，再后来刘朝阳用它剪伤员的血皮子，再再后来孙大脖子用它剪马肉。

进屋时还在身上。刘朝阳说。

李四大和赵福生便低了头往地上扫，从各自脚下往四周扩散。果然在李四大脚尖五步远的地方躺着。李四大扔了手榴弹去拾剪刀。剪刀拾起来，刘朝阳已经抱着手榴弹跳到了门口。

把他交给我媳妇。刘朝阳说完冲屋外叽里咕噜地吼了一嗓子英文。

赵福生想扑过去，但第一下腿没迈出去，被大腿根撕心裂肺的疼痛扯住了。第二下腿没来得及迈出就感觉到耳朵聋了。美军潮水一样冲进了屋子，刘朝阳拉响了手榴弹。

赵福生看到一股黑烟，黑烟中一把明晃晃的剪刀抛向空中，接着，所有的一切都不见了。

13

赵福生再次睁开眼的时候，他看到的是一片雪白。看到雪白，他确认自己死了，正躺在灵堂里。他使劲地睁开眼，想看看有谁在为自己守灵。他想，他能看到老婆玉秀。但他看到的却不是自己的老婆，是刘朝阳的老婆，是军医吴旻昊。他急切地支起身，总算看清楚了，不是老家的灵堂，是师野战医院的手术室。师医院的手术室在一个山洞里，几张病床，到处挂的都是白床单和白纱布，布置得像赵福生老家的灵堂。

吴军医告诉他，他是被兄弟部队的人从死人堆里抬出来的，当时受的炸伤不重，倒是在治疗炸伤的时候发现，他的阴囊炎远比炸伤严重，相当一部分组织已经坏死了，于是手术队给他做了阴囊切除手术，连同部分阴囊一起切除的还有一颗睾丸。他的知觉下意识地往那个部位延伸，一直牵扯他行动的那部分物件果然被彻底清除了，疼痛和憋胀也消失了，随疼痛和憋胀一起消失的，还有他在吴旻昊面前的拘束感，于她而言，他已经没有任何隐私。

他想起那把剪刀，问连长李四大和翻译刘朝阳的情况。吴军医除了哭什么也没说。他又问战斗情况。吴军医告诉他，赢了，就在他们赶往新兴里的途中，兵团部也获悉了真实敌情，军里在参战部队冻伤、冻亡和伤亡减员三分之二的情况下，调集了两个师的主力，又打了一天两宿才结束战斗，那只熊没了，最后的四十多个美国鬼子坐汽车、坦克从湖面上逃跑时，冰层断裂，全部掉进了湖里。

他问吴军医自己还能活下去吗？

你现在已经活了。

那你告诉我，活下去后还能打仗吗？

一年以后才知道。

那我……还能有后吗？

这……不能了。

那我就成半颗麻了？

啥叫半颗麻？

就是北方人说的太监、骡子、二刈子。

吴旻昊咽下哭声，咬着嘴唇默默地出了山洞。

他的目光随着她的身影移到洞口止住。他看到洞口的一张油布上摆着一堆小山一样高的劈柴。可那不是劈柴，那是从伤病员身上截下来还来不及掩埋的人体器官。他尝试着坐起来，下床，扶着床架、洞壁摇晃着往外走。少了一部分东西，他感到身体轻松了许多。在洞口，他看清了那一堆各种各样的肢体，有整条的胳膊和腿，也有整只的手掌和脚掌，但更多的是零零碎碎的手指和脚趾，它们像木炭一样，乌黑、冰冷、僵硬。他没看到从自己身上切下来的那一部分。他从小就听家族里的老人们说过，在宫里做了太监的男人虽然不再是男人，但无论如何一定要找回割下的东西，当命根子一样保管好，死的时候一起带进棺材，以保来世投胎时物件健全。

但他没看到从自己身上切下来的那一部分，他继续往外走。

洞外异常的安静，连零星的枪炮声也没了，只剩下雪花落地的声音。被炮弹炸黑的大小山头，又重新被雪盖上了，白白胖胖的，似乎什么都没有发生过。

只有担架队还在紧张地忙碌。但担架上躺着的已经没有多少伤员，大多是尸体。尸体和伤员的区别是尸体脸上或多或少都盖着些东西，有的盖着一块破布，有的盖着一把松枝。担架队已经彻底变成了收尸队。而这些尸体，除了团以上干部能运送回祖国，其他只能就地掩埋。赵福生拦下一位担架队员询问，问钢刀连的墓地在哪里，问连长李四大，问指导员钱马列，问孙大脖子和王老幺，问他们都埋到了什么地方。担架队员可能是忙晕了，也可能是第一次遇到有人问这样的问题，停下来愣了半天才想好怎么回答他：一、掩埋是不可能的，土层都冻了，根本挖不了坑，所有的尸体都只能集中火化；二、由于时间仓促，许多的尸体连名字都来不及核对，具体哪具尸体是哪个连哪个人的，一时很难全部弄清，但每个连基本上都有相对固定的阵地，只要拿着花名册一翻，基本上就知道哪一片躺着的是哪几个人。

要没有固定阵地的呢，比如说从内洞峙一直到新兴里都有？

也好办，各连总有活着的，只要有本连队的人做证，也算牺牲。要不还有那么多被大雪埋着的尸体怎么算？

要是一个活着的也没有呢？

那不可能！

那就有可能！

那只能算失踪。因为，因为……担架队员见他好像要发火，边说边迈了步子往前走：因为不能确定到底是叛逃、被俘或者其他什么情况……

看着担架队员的身影在雪地里变成一粒黑豆直至消失，他感到眼前又变成了一锅白面糊糊，混沌不清，没有界线，更涂抹不开。按担架队员的说法，他们钢刀连的大多数人都将在不知姓名的情况下分散归入各团进行火化，因为他们的遗体遍布内洞峙和新兴里的各个战场，更因为钢刀连除他之外再无幸存者，从而也就无人能识别他们。想到这里他感到头顶轰隆直响，像炸裂了似的。他以为是打雷，但他抬起头看到的却是飞机。十几架美军运输机还在往各阵地投掷物资，五颜六色的降落伞飘飘悠悠往下落，像满天都在开花。看着那些鲜艳的伞包，他再次想起洞房里的那方盖头。

赵福生摇晃着回到手术室。他问吴军医，有无人知道他是谁？吴军医说，没有，除了我。你们全连都没了，送来时谁也不知道你是哪个单位的，都是醒了后才登记造册。

求你一件事，就说我死了，把我的名字也写进坟里去，和全连写在一起。

可你是战斗英雄。

不能打仗连个狗熊也不是。我要马上回去。

你要当逃兵？

随你怎么说吧。

可你这样回去什么都会没有，革命经历、战斗功劳、军属优待，还有……

我已经什么都没有了。

就算回到家里也会被查出来，地方民主政府都有登记。

查不出来，我没登记上。他从衣洞里掏出已经被揉得皱皱巴巴的《证明》，在她面前展开：只要我不拿出来。

这么做……是为了啥？

见我父亲，找回我老婆。

不能再等等？

不能了。

尾声

作家首长，欢迎您来我们干休所蹲点。我们主任让我来，是要我向您汇报我花了大半年时间忙活的一件事。

半年前的某一天，我所在单位政治部下辖干休所的一位离休老干部病重住院了。按照她离休前的级别和相对应的政治待遇，作为机关负责老干部工作的业务部门，我们老干办需要派一名干部前往医院看望慰问。这事理所当然地落到我的头上。作为一名刚调入机关的新同志，我经常需要参加的类似的活动还有替人值班、各类无关痛痒的知识竞赛、出公差凑人数的参观以及普通离休老干部的追悼会，等等。所以，当我按既定程序代表各级组织向这位名不见经传的老同志表示亲切问候并祝愿她早日康复时，一切早已轻车熟路。而躺在病床上的老同志也一直机械地用点头表示客套性的感谢——我代表一级，她就点一下头。直到我认为任务即将圆满完成，准备起身告辞回去复命时，她才停止点头，开口说话，但并不是表示感谢的客套话，而是提了一个实质性的愿望。这位年过八旬、终身未嫁、无儿无女的老同志希望我帮她寻找一个人。

这多少有些意外。

当我把这个情况向领导反映，并根据她提供的信息去军史馆查询资料时，才发现她让我找的这个人竟然是烈士！我只好擦着冷汗返回医院。但她的病情已经进一步恶化，一度昏迷。医护人员不允许我在病房逗留过久。幸好她在我被赶出病房前醒了过来。她示意护士摘掉罩在脸上的各种医疗器具之后，用微弱的声音告诉我，她坚信他还活着。

我觉得我摊上了一件大事。因为在场的医生和护士都一口咬定她当时神志清醒。

我们老干办的领导也觉得此事非同小可。我们那位新闻干事出身的主任听后很兴奋，说要是真还活着，那就是一个很好的新闻线索，如果能赶在朝鲜战争停战六十周年纪念日之前把人找到，至少可以在报纸上争取个重要版面，身体健康的话或许还可以请过来做做报告。保卫干事出身的副主任却很谨慎，说现在地方上情况很复杂，谁也不知道他们家有没有拆迁、征地、上访之类的事，万一听说你是老部队来的，把你拉扯进去或者打着你的旗号去干点什么，可就麻烦大了。

为了稳妥起见，主任和副主任经过研究决定，让我"微服私访"，迂回穿插，尽量避免正面交锋。受领任务后，我才发现我所要寻找的这位"烈士"，留给我的线索实在少得可怜，军史资料里只有大概的家庭住址。而他所在的家乡，历经多次行政区划的调整和几十年的建设发展，早已经面目全非。考虑到这些困难，领导们给了我五个月的"办案"时间。可我们都低估了网络的神奇，我利用互联网查询，足不出户，一个多月就收集了一米多厚的资料。我几乎成了那场战役的专家。

后来，我又用电话、手机、微博、微信进行"人肉"，再通过比对、筛查，很快就把目标锁定为中南省国中县森格乡森格村一个绰号叫赵瘸子的老农民。然而这只是推测，我没有找到任何可以摆在桌面上跟领导汇报的"硬家伙"。而且，赵瘸子的大名并不叫赵福生，而叫赵新生，并于十年前去世。

为了不至于半途而废，使前期投入的人力物力打水漂，领导又给了我三个月时间（那时距朝鲜战争停战六十周年纪念日正好还有三个月），去证明我的推测。为了完成任务，我只好放下手头所有的工作，穿着便装拎着行李箱，先到县里，再到乡里，最后到村里，一级一级往下，到有关部门翻箱倒柜，搜集证据。但都一无所获。

最令人沮丧的是，他所在的村也没有一个人听说过他当过解放军或者志愿军，村里人只知道他当过国民党兵，刚解放那会儿都以为他死了或者跟着蒋介石去了台湾，没想到解放几年后却突然回到了村里。大家都认为他是从国民党军队里逃回来的，因为他以前就逃过。

至于他的原名是否叫赵福生，是否回村里以后改的名，更无人能证实。因为被抓壮丁前他在村里最知名的称呼是小名，新中国成立后家里人也都以为他再也回不来了，地方政府新建各种名册时均没有登记他的大名。"赵新生"这个名字是他回到村里后自己向村公所报填的，他报什么后来的名册上就是什么。

而唯一对他知根知底的哥哥赵祥生，打解放初进城当官起，就很少回村，加上"文革"时曾与他划清界限，断绝关系，从未有人听他提起过兄弟赵新生的过往。而且现在，赵祥生也已去世多年。

村里那些"资深"老人倒是能提供不少情况，但大都陈芝麻烂谷子，经过梳理，真正有用的信息少得可怜：

一是赵新生回村后从娘家找回了已经圆房的老婆玉秀，但婚后一直没有子嗣，大概五六年后，在邻县当副县长的哥哥把膝下三儿两女像赶羊似的赶到他们两口子面前，要他随便挑一个，过继给他养老送终，作为替他顶壮丁的回报。赵新生和老婆玉秀在屋里商量半天，最后把五个孩子中个头最大身板最结实的长子留了下来，改名赵和平。

二是因为是国民党，他在村里老实巴交，少言寡语，见谁都乐呵呵的。有人叫他"国民党"，他顶多装着没听见，低了头就从那人身边钻过去。几十年来只有三件事让村里人印象深刻：

第一件，全村在打谷场看露天电影，抗美援朝的，我军旗开得胜，美军丢盔弃甲。全村老小看得津津有味，赵新生突然从凳子上蹦起来大骂：什么卵电影，全是胡编乱造！端着凳子就走了。从此只要是放打仗的电影他都不看。这也让村里人更加坚信他是国民党——不仅向着国民党，还向着美国人。

第二件，"文化大革命"期间，由于历史问题，他被红卫兵押到台上和四类分子一道批斗，要他承认是国民党潜伏特务。但任凭红卫兵拳打脚踢，他也一声不吭。和他一起挨批斗的几个"四类分子"劝他，你咋不吱个声呢，就服个软吧。他呸那人一脸说，爷爷什么场面没见过？由于拒不交代问题，他最终被红卫兵打断了一条腿，由赵新生变成了享誉全村的"赵瘸子"。拖着一条残腿的赵瘸子，依旧整天乐呵呵的。

第三件，有一年寒冬，水管冻裂，生产队最值钱的一台水泵掉进了水塘。大队书记发出号召，谁跳下去把绳子套上就火线入党。入党积极分子还在做热身、喝烧酒，拖着一条残腿的赵新生扑通一声就跳下去了，在冰渣子里一阵摸，把缆绳套在了水泵上。上来之后，大队书记很为难，说要知道是你就不让下去了。最后大队研究决定，反正赵瘸子不怕冷，就安排他看管大队的大小水塘吧，既算奖励也便于以后发挥特长。可惜的是，大队的水泵再也没有掉落过水塘。他也再没有过入党的机会。

……

眼看着规定的期限已到，无奈之下，我只好把心一横，去了他们家——他们家确实涉及拆迁补偿问题，村干部领着我和民政干部跨进院门的一刹那，就明显感觉到了有一股强烈的敌意扑面而来。待我说明情况，赵家老小的表情更加复杂起来。他们觉得莫名其妙，一口咬定我们走错了地方。经我和民政干部再三提示，赵新生的儿子赵和平才想起父亲临终前遗留给他的一个破木头箱子。我一听像终于抓到了最后一根稻草，兴奋地问，里面有没有一张《革命军人家属优待证明书》？赵和平说，好像是有那么个纸片，压在一套旧军装下面，都繁体字，还竖着写的，日期是民国多少多少年，看不懂。

现在呢？我和民政干部异口同声地问。我看到民政干部的眼珠子瞪得溜圆，由此想到我的眼珠子也应该溜圆。

烧了，国民党的东西……不敢留啊。

我们一下子就掉进了冰窖里。民政干部气得跳脚，说，这东西能证明你爸当过兵！

赵和平的儿子赵小平笑得浑身发颤说，不用它证明，全村人都知道他当过兵，国民党的兵。

赵小平的老婆听后从里屋冲出来说，小平，烧得好！落到他们手里就是整人的把柄！

从赵家灰头土脸地出来，我连夜坐高铁赶回了北京。面对主任和副主任，我羞愧难当，不仅觉得没法向身患重症的老同志交差，连报销差旅费的事都不好意思提，只好一个劲地解释说，我们要找的赵福生和找到的赵新生只差一张《证明》。主任到底是主任，听完我的汇报略一沉思说，这种事情，全国各地到处都是，咱不一定非得证明百分之百就是，能证明有可能是就行，是吧副主任？

副主任看了看头顶的吊灯，比任何时候都要沉稳地点了点头。

我恍然大悟。为了让老同志走得安心，不留遗憾，我不仅精心地编造了一个"喜大普奔"的结局，甚至连那张传说中的《证明》都仿造好了，喏，就是这个，跟真的一模一样：

中国人民解放军第三野战军司令部、政治部
革命军人家属优待证明书

兹证明赵福生同志系民国三十八年十一月二十四日参加本军，现在虎军狼师任战士职务，其家居中南省国中县森格乡森格村，请民主政府根据法令与优待军属条例及其家庭实际情况予以适当照顾，特此证明。

赵六合收执。

司令员兼政治委员　　陈　毅

副司令员　　粟　裕

副政治委员　　谭振林

政治部主任　　唐　亮

副　主　任　　钟期光

一九四九年十二月十三日

可惜的是，那位老同志已经重度昏迷，直到去世，也没听上我的汇报——她还是带着遗憾走了。那个童话一样圆满的结局只能烂在我肚子里了。这种胎死腹中的滋味憋得我一直缓不过劲来，一年多了我还记着她的名字，很有个性的三个字：吴旻昊。

写给塞外的兄弟们（创作谈）

不怎么喜欢写创作谈这种东西，一是因为不擅长，怕露怯；二是觉得没必要。一个小说写完了，想说的话也就说完了，再于小说之外去诠释一番，浪费口舌，还有王婆卖瓜之嫌，生怕别人看不懂似的。

　　这几年读小说，一不小心就能撞上创作谈比作品本身写得好的，而这其中但凡创作谈越写越好的，往往小说越写越不好。想想都害怕，怕自己哪天一聊起小说来也侃侃而谈、口若悬河，引经据典，"言必称希腊"。

　　但把几个小说放在一起出版，总还要解释一下。

　　这个集子里收录的大都是近三年创作发表的作品。因为所写的地域都是塞外，故事都取材于我军校毕业后，当排长期间的生活经历，人物原型几乎来自一个连队，所以把它们放在一起——包括六年前发表的《斜坡》。

　　特别需要说明的是，已经被我写过 N 次的塞外，当年——也就是我人在塞外的时候，并不觉得它有多好，小说中的那些人物原型——无论是同年兵老乡还是我的各级上司，还是自己带的那些兵，我也并不觉得他们有多可爱，更不觉得和他们朝夕相处是件幸福的事。恰恰相反，那时我觉得这样的生活十分无聊无趣，和那些人（至少是其中的相当一部分）在一起，简直是我人生的不幸。那时我混得很不如意，做梦都想早点离开那个地方。

直到部队撤编、我离开塞外多年，在新的单位混得更加不如意之后，我才开始怀念他们，于是我把他们写进了小说。不管是否因了"衣不如新，人不如故"的缘故，我都觉得有必要，毕竟，他们曾真实地出现和存在于我的生活和生命中。

　　所幸的是，直到现在，他们中几乎还没有人知道我在写小说。前年我回塞外，和留守在那里的战友一起喝酒，当时就很紧张，因为在座的一位，我在写小说的时候为了更加"感人"，竟把他给写死了。但从头到尾也没人提小说的事，他们问得最多的，是我的五公里和四百米障碍现在是不是还跟当年一样厉害。

　　所以那次之后，我吸取了教训，再没有为了"感人"把人往死里写。写得好不好另说，至少这本书出来之后，我不用害怕它落到当年塞外那些战友的手里。

朱旻鸢

江西赣州人。1996 年 12 月入伍，结业于鲁迅文学院第 29 届中青年作家高研班。

中国作家协会会员。现供职于驻京某部。

曾获《解放军文艺》年度优秀作品奖、全军军事题材中短篇小说一等奖、第十二届全军文艺优秀作品奖一等奖，入围第五届鲁迅文学奖。

代表作品

中篇小说

《坝上行》

《拉练》

《天涯 明月 刀》

短篇小说

《美女阿福》

《斜坡》

《参军记》

向前——新锐军旅小说家丛书·红炉一点雪

丛书主编｜朱向前

主编助理｜徐艺嘉

出 品 人｜续小强

策划统筹｜刘文飞

责任编辑｜刘文飞

助理编辑｜畅 浩

书籍设计｜张永文

责任印制｜巩 璠

投稿邮箱｜liuwenfei0223@163.com

微博｜http://weibo.com/beiyuewenyichubanshe

微信公共账号｜bywycbs1984